W0342467

SUTTON
VERLAG

Gunnar Schuberth

TODESFINAL

Ein Nürnberg-Krimi

SUTTON KRiMI

Sutton Verlag GmbH
Hochheimer Straße 59
99094 Erfurt
www.suttonverlag.de
www.sutton-belletristik.de
Copyright © Sutton Verlag, 2011

ISBN: 978-3-86680-866-9

Lektorat: Dr. Marion Heister, Köln
Druck: Aalexx Buchproduktion GmbH, Großburgwedel

DER AUTOR

Gunnar Schuberth, 1959 in Hof geboren, lebt und arbeitet in Nürnberg. Neben Gedichtbänden und Erzählungen in Anthologien veröffentlichte er zahlreiche Kurzkrimis sowie mehrere Kriminalromane. Sein vielbesuchter Blog unterhält darüber hinaus mit beißenden Satiren.

»ICH hätte eine Waffe mitnehmen sollen«, dachte er. Plötzlich hatte er Angst. Es war Vollmond, der Himmel war klar, doch das helle Mondlicht drang nur schwach durch die Baumwipfel. Er hastete durch den Wald. Der Lichtschein seiner Taschenlampe flackerte über den Boden wie ein aufgeschrecktes Tier auf der Flucht.

Er blickte auf die GPS-Anzeige seines Handys. Noch zweihundert Meter. Auf einmal fühlte er sich leicht und sicher. Die Angst war verschwunden. Am Abend hatte er drei Whisky getrunken und danach Tabletten geschluckt. Die Mischung aus Alkohol und Drogen beflügelte ihn. Er lachte kurz auf, ein unmotiviertes, lautes Lachen, aber hier würde ihn niemand hören. Er war allein, es war zwei Uhr nachts, um diese Zeit würde er niemandem begegnen.

Er war jetzt mitten im Wald. Ihm war, als hätte ihn die Dunkelheit verschluckt. Es war Ende März, doch in der letzten Woche war es noch einmal kalt geworden. Wenn er atmete, verließ ein Frosthauch seinen Mund.

Er blieb stehen und blickte auf sein Handy. Noch fünfzig Meter. Sein Atem ging heftig, er war die Anstrengung nicht mehr gewohnt. Seit zwei Stunden irrte er schon durch die Nacht, aber jetzt war er kurz vor dem Ziel.

Sein Puls beruhigte sich. Im nächsten Moment hörte er einen Schrei. Ein schriller Schrei, wie in Todesangst ausgestoßen und danach ein dumpfer Schlag, als würde etwas Schweres auf den Boden fallen.

Er stand jetzt regungslos, horchte in die Nacht. Aber es war nichts mehr zu hören. Nur manchmal ein Knacken, als würde jemand auf einen Ast treten. Wind kam auf und schüttelte die Baumkronen.

Er begann zu schwitzen. Feiner Schweiß stand auf seiner Stirn, obwohl es kalt war. Aber das war die Anstrengung, erst der Weg zum ersten Versteck, dann die Suche nach dem nächsten Hinweis. Vielleicht waren es auch die Tabletten, vielleicht auch die Angst, vielleicht auch alles zusammen.

Denn die Angst war wieder da. Ein instinktives Wissen, dass er in Gefahr war. Eine Stimme in seinem Kopf sagte ihm, dass er zurückgehen solle. Jetzt sofort, ohne nachzudenken, einfach nur weg von hier. Noch konnte er zurück.

Der Schrei war verklungen. Er kramte in seiner Tasche, ob er noch eine Pille hatte, aber da war nichts mehr. Egal, er musste weiter, er würde nicht umkehren, dafür war er schon zu nahe, sein Handy zeigte fünfzig Meter Entfernung an. Fünfzig Meter, dann würde er mehr wissen. Die anderen in der Redaktion hatten ihn schon abgeschrieben, sie glaubten, dass es vorbei war mit ihm, aber in dieser Nacht würde er ihnen zeigen, dass er immer noch einen Riecher für die große Story hatte. Es war seine letzte Chance und er war so nah am Ziel.

Er dachte an Carola. Vor der Fahrt nach Nürnberg hatte er sie angerufen. Er hatte ihr gesagt, dass sich alles ändern würde. Dass er einer Sache auf der Spur war, einer großen Sache, und dass alles wie früher sein würde.

Er lief weiter, dreißig Meter zeigte das Handy an, zwanzig Meter. Der Schein seiner Taschenlampe flackerte über den Boden.

Dann sah er den Mann. Am Zielpunkt, zwanzig Meter vor ihm, war eine Gestalt. Ein Schatten, der wie aus dem Nichts aufgetaucht war und sich nicht bewegte.

Er blieb stehen, stand regungslos da, blickte auf die Gestalt vor ihm, sein Herz spürte er im Hals pochen, ein lautes, schnelles Pochen voller Angst. Er leuchtete mit der Taschenlampe nach vorne, aber der Schein war zu schwach, das diffuse Licht machte alles noch geheimnisvoller, der Wald bestand nur aus Schatten und Gesichtern.

»Wie heißt die Antwort?«, fragte eine Stimme.

Er zitterte. Das Licht seiner Taschenlampe zuckte über den Boden. Die Gestalt vor ihm hatte gesprochen. Er hatte die Worte klar und deutlich gehört. Dann begriff er. Das gehörte zur Suche.

Fieberhaft überlegte er. Am letzten Versteck hatte er eine Nachricht entschlüsselt. Das musste die Antwort sein.

»Jona«, sagte er. »Jona ist der Mann im Walfisch.«

Einen Augenblick war Stille. Dann hörte er wieder die Stimme.

»Eine gute Antwort.«

Langsam hob die Gestalt vor ihm die Hand und deutete nach rechts.

»Zwanzig Schritte«, sagte der Mann.

Er nickte. Ganz ruhig, sagte er sich. Er hatte nicht damit gerechnet, dass er hier auf jemanden treffen würde. Im nächsten Moment war wieder ein Schrei zu hören. Er wandte sich in die Richtung, aus der er den Schrei gehört hatte, aber da war nur Dunkelheit und eine Wand von Bäumen. Vielleicht kam das vom Tiergarten, er musste sich ganz in der Nähe befinden.

Er sah wieder nach vorne. Der Mann vor ihm war verschwunden, war weg, als wenn er sich in Luft aufgelöst hätte.

Er ging langsam weiter bis zu der Stelle, wo der Mann gestanden hatte. Das würde ihm niemand glauben. Dass da in der Nacht ein Mann gewesen war, der ihn nach Jona im Walfisch gefragt hatte.

Er bewegte sich nach rechts in die Richtung, die der Mann gezeigt hatte. Leise zählte er. Nach zwanzig Schritten stand er vor einem großen Baum. Er blieb stehen.

Hier war also das Versteck. Er ging näher zu dem Baum.

Auf einmal war seine Angst wie weggeblasen. Er blickte nach oben. Dann sah er es. Der Lichtschein seiner Taschenlampe war zu schwach, um genau erkennen zu können, worum es sich bei dem Ding handelte, das da oben an einem Ast baumelte. Aber er war sich sicher, dass es das war, was er suchte.

Jetzt wusste er auch, warum für dieses Versteck ein Seil nötig war. Kletterausrüstung sei wichtig, hatte es in der Beschreibung geheißen. Der Schein seiner Taschenlampe fuhr über den Baumstamm. In etwa fünf Metern Höhe gab es einen dicken Ast. Wenn man das Seil um diesen Ast schlang, konnte man daran hochklettern. Den Rest des Stammes hochzukommen, dürfte dann nicht mehr schwer sein.

Er warf das Seil nach oben. Beim vierten Wurf schlang es sich so um den Ast, dass das Ende des Seils wieder nach unten flog und er die beiden Enden verknoten konnte. Er zog ein paar Mal heftig an dem Seil, um sicherzugehen, dass es halten würde.

Er achtete nicht mehr auf das, was um ihn war. Er hatte die geheimnisvolle Begegnung im Wald vergessen, er dachte nur noch an das, was er da oben finden würde. Er hatte eine Pechsträhne gehabt, er trank zu viel, aber das würde sich ändern. Er dachte wieder an Carola. Gleich am Morgen würde er sie anrufen. Er würde sich ändern. Er wollte noch eine zweite Chance, dann würde es wieder so sein wie früher.

Er tat das hier nur für sie.

Er wusste nicht, dass er Carola nie mehr sehen würde.

Nürnberger Abendblatt

Nürnberg. Vor drei Tagen wurde in den frühen Morgenstunden der 35-jährige Andreas W. aus Leipzig in der Nähe des Tiergartens tot aufgefunden. Ein Jogger hatte die Leiche entdeckt und sofort die Polizei alarmiert. Der Tote hatte schwere Kopfverletzungen. Die Polizei geht davon aus, dass Andreas W. durch einen Sturz von einem Baum ums Leben gekommen ist.

Andreas W. war mithilfe eines Seils auf einen Baum geklettert. Dabei stürzte er vermutlich ab und fiel mit dem Kopf unglücklich auf einen Stein. Er war nach Angaben der Polizei sofort tot.

Das Seil hing noch an dem Baum. Bei dem Toten fand man neben seinem Handy, einem Ausweis und einer Brieftasche nur ein Papier, auf dem handschriftlich eine sinnlos aneinandergereihte Buchstabenfolge notiert war.

Erste Untersuchungen haben ergeben, dass der Tote einen Blutalkoholwert von über zwei Promille hatte. Außerdem fanden sich in seinem Blut Spuren von Kokain und Medikamenten. Ein Fremdverschulden wird von der Polizei ausgeschlossen.

Andreas W. arbeitete als freier Journalist in Berlin. Er war vor zwei Tagen in einem kleinen Hotel abgestiegen. Welche Gründe er für seinen Aufenthalt in Nürnberg hatte, ist der Polizei nicht bekannt.

»Und wenn der Gott der Schatzsucher gnädig war, wenn man die Zeichen richtig gedeutet hat, die Wüsten durchquert hat und den Dschungel durchwandert, wenn man die Hitze ertragen hat und die Kälte, den Hunger und den Durst, wenn man nicht verrückt geworden ist, besessen von dem Dämon Gold, dann kann man vielleicht den magischen Augenblick erleben, wo man die Schatzkiste hebt. Niemand kann diesen Moment beschreiben, den Augenblick, in dem wir die Schatztruhe öffnen. Wir wissen nicht, was sie enthält: wertlose Knochen oder einen Haufen Goldmünzen und funkelnder Diamanten.«

Paul Skamper schwieg einen Moment, ließ die Worte wirken.

»Im Dschungel Kolumbiens habe ich jahrelang nach der sagenumwobenen goldenen Stadt gesucht. Gefunden habe ich sie nicht. Das Einzige, was ich von meinen Reisen mitgebracht habe, ist ein mysteriöses Artefakt. Ich wurde von den Organisatoren dieser Veranstaltung gebeten, hier unbedingt auch dieses Artefakt zu zeigen. Ich komme dieser Bitte gerne nach und habe es mitgebracht. Hier ist es.«

Skamper drückte auf das Mousepad seines Notebooks und an der Wand erschien die Vergrößerung eines würfelförmigen Steins. Dann öffnete Skamper seinen Notebook-Koffer, holte das Artefakt heraus und legte es auf den kleinen Tisch neben seinem Pult.

Der Durchmesser des würfelförmigen Steins betrug ungefähr fünfzehn Zentimeter. Er hatte eine matte, graublau glänzende Oberfläche. Im Innern des Würfels waren kleine Punkte, die bei Lichteinfall zu leuchten begannen. Sobald man von einer anderen Seite des Steins in das Innere blickte, änderte sich auch die Anordnung der Punkte. Das Ganze wirkte wie ein eingearbeitetes Hologramm. Was es bedeutete, wusste niemand. Skamper hatte auch nach vielen Untersuchungen noch nicht herausgefunden, woraus diese Punkte gemacht waren und wie sie in den Stein gekommen waren.

Skamper fuhr mit seiner Rede fort: »Niemand konnte mir bisher sagen, ob dieser Stein ein bedeutendes Kunstwerk aus längst vergangenen Epochen ist oder eine wertlose Spielerei, ob die geheimnisvollen Zeichen im Innern eine raffinierte Fälschung oder das Zeugnis einer Kultur sind, die vor Urzeiten versunken ist, die aber schon damals unvorstellbare Kenntnisse und Fähigkeiten besaß. Das Artefakt ist ein Geheimnis und es ist meine persönliche Schatzsuche.«

Paul Skamper machte eine Pause. Ein röchelndes Husten war zu hören. Skamper blickte den Mann in der zweiten Reihe an. Ein älterer Mann in weißem Hemd mit Brille, der immer in den unpassendsten Momenten des Vortrags gehustet hatte, ein heiseres Krächzen, als würde er im nächsten Moment die Lebensgeister aushauchen.

Skampers Blick strich über die Stuhlreihen vor ihm. Man hatte mit hundert Zuhörern gerechnet, gekommen waren jedoch weit weniger und die meisten Stühle waren leer geblieben.

Arabella, die die Veranstaltung organisiert hatte, hatte so etwas geahnt.

»So was Blödes, dass zur selben Zeit im Haus so viele interessante Kurse laufen. ›Partnersuche – richtig angepackt‹. Da würde ich auch gern hingehen. Und neben uns läuft der Vortrag ›Abnehmen – aber richtig‹. Da kommen also auch die ganzen Dicken nicht zu uns. Das wird echt schwer.«

Als Skamper jetzt die leeren Reihen vor sich sah, war er froh, dass sein Vortrag bald zu Ende war. Vielleicht zwanzig Zuhörer verloren sich in dem großen Raum, wobei man das alte Ehepaar in der dritten Reihe abziehen musste, das während seines ganzen Vortrags selig geschlafen hatte.

»Haben Sie vielleicht Fragen?«

Skamper blickte in die Runde, sah dann zu dem großen Mann mit Halbglatze, der ganz vorne saß und sich die ganze Zeit über Notizen gemacht hatte. Wahrscheinlich jemand von der Presse.

Einen Augenblick herrschte Schweigen. Der Brillenträger aus der zweiten Reihe ließ ein unterdrücktes Röcheln hören, als würde er gleich wieder von einem Hustenanfall geschüttelt, konnte das aber unterdrücken.

In diesem Moment öffnete sich die Tür. Eine ältliche Frau mit kunstvoll toupierten Haaren streckte den Kopf herein. Alle blickten sie erwartungsvoll an.

»Bin ich hier richtig bei dem Vortrag ›Urintherapie für Fortgeschrittene‹?«

Arabella antwortete für Skamper. »Das ist einen Stock höher, direkt über uns. Aber passen Sie auf, dass Sie nicht versehentlich in den Kurs daneben reinplatzen. Da läuft das Anti-Aggressionstraining für Senioren. Die alten Herrschaften können ganz schön sauer werden, wenn man sie bei ihrem Kurs stört.«

Die ältere Dame nickte und schloss wieder die Tür, die mit lautem Quietschen ins Schloss fiel.

Der hustende Brillenträger hatte sich vorgebeugt, um einen besseren Blick auf das Artefakt zu haben. »Meines Wissens nach ist dieses Artefakt nichts weiter als ein würfelförmiger Stein, der überhaupt keine Bedeutung hat.«

»Sie können es so sehen«, sagte Skamper.

»Da habe ich aber etwas anderes gelesen.« Die blonde Frau aus der vierten Reihe hatte sich zu Wort gemeldet. Sie war mollig, trug eine rosa Bluse und hielt mit beiden Händen ihre hellblaue Handtasche auf ihrem Schoß fest.

»Solche Artefakte gibt es doch wie Sand am Meer.« Der hustende Brillenträger lehnte sich zurück, nahm seine Brille ab und fuchtelte bei seinen weiteren Worten damit herum.

»Bei Ebay kann man Dutzende davon kaufen. Und alle sollen irgendeine geheimnisvolle Kraft haben. Aber seriöse Wissenschaftler haben festgestellt, dass es sich fast immer um Fälschungen aus dem 19. Jahrhundert handelt. Mit modernsten Labormethoden hat man das untersucht. Aber die Leute glauben lieber, dass da ein großes Geheimnis dahintersteckt.«

»Seriöse Wissenschaftler«, schnaufte jetzt Arabella. Sie konnte es nicht stehen lassen, dass jemand die Echtheit des Artefakts anzweifelte. »Diese Wissenschaftler erzählen uns doch alles Mögliche. Dabei braucht man sich nur ein bisschen informieren, dann weiß man, was da dahintersteckt.«

»Was steckt denn dahinter?«, fragte der Brillenträger.

»Außerirdische. Diese Artefakte sind Relikte von Außerirdischen. Die haben das vor Jahrtausenden von Jahren hier zurückgelassen.«

Einen Augenblick sagte niemand etwas. Skamper sah stumm auf die Notizen seines Vortrags. Er kannte Arabellas Faible für Aliens. Wenn sie einmal davon anfing, war sie nicht mehr zu bremsen. Unauffällig sah er auf seine Uhr. Noch fünf Minuten, dann hatte er diese Veranstaltung hinter sich. Er hatte keine Lust mehr. Sollte Arabella ruhig noch etwas über Außerirdische erzählen. Dann war die Zeit um, und Skamper würde sich nie mehr zu einem Vortrag »Auf Schatzsuche in Südamerika« überreden lassen.

»Natürlich Außerirdische.« Die Ironie in der Stimme des Brillenträgers war nicht zu überhören. »Die kleinen, grünen Männchen. Ich frag mich nur: Warum sind die denn damals wieder abgehauen? Sind einfach auf die Erde gekommen, haben ein paar Dinge gebaut – und flutsch. Weg waren sie wieder. Und haben den Erdlingen nur ein paar Steinchen zurückgelassen, die angeblich magische Kräfte haben.«

»Wer sagt denn, dass die Außerirdischen wieder verschwunden sind?«, fragte Arabella.

Skamper wurde es nun doch zu viel. »Ich denke, dass dieses Artefakt hier durchaus irdisch ist. Und dass Außerirdische heute noch auf der Erde rumstolpern, das kann ich wirklich nicht glauben.«

»Du kannst doch die Fakten nicht leugnen.« Arabella wandte sich jetzt an die anderen. »Ich wollte es ja nicht erzählen, aber mich hatten sie auch schon am Wickel.«

»Die Außerirdischen?«, fragte die mollige Blonde aus der vierten Reihe.

Arabella nickte heftig. »Sie haben mich auf ihr Raumschiff entführt. Vor fünf Jahren war das. Und dann irgendwelche

Untersuchungen gemacht, ich habe davon nichts mitgekriegt, ich war die ganze Zeit bewusstlos. Aber wie sie mich dann wieder rausgelassen haben, daran kann ich mich erinnern.«

Arabella machte eine Pause, Skamper nahm einen großen Schluck von dem Glas Wasser, das auf seinem Pult stand. Er hatte die Entführt-von-Außerirdischen-Geschichte schon ein Dutzend Mal gehört.

»Als ich da ging, war so ein Typ, der sah genauso aus wie in dem Film ›Die unheimliche Begegnung der dritten Art‹. Der sagt also zu mir: ›Putz dir immer die Schuhe ab, wenn du in eine fremde Wohnung gehst.‹« Arabella nickte wie zur Bestätigung ihrer Worte. »Genau so hat er das gesagt. Ich habe das noch heute im Ohr, als wäre es erst gestern.«

Nach ihren Worten war es still.

»Genau wie meine Mutter«, sagte die Blonde dann. »Meine Mutter hat das auch immer zu mir gesagt.«

»Das ist unglaublich«, sagte Arabella. »Das könnte bedeuten …« Sie stockte.

»Dass meine Mutter auch schon von denselben Aliens entführt wurde«, ergänzte die Blonde.

Arabella nickte bedeutungsvoll. Offensichtlich hatte sie jemanden gefunden, der ihr Faible für Außerirdische teilte.

Skamper musste das Gefühl unterdrücken, laut loszulachen. Aber er wusste, wie sehr das Arabella verletzt hätte.

Arabella deutete auf den Stein. »Also, ich hatte den Stein schon einmal in der Hand. Und da ist so was durch meinen Körper, so ein Gefühl. Und in meinem Kopf hat es Klick gemacht. Was ich damit sagen will: Das Ding ist nicht von unserer Welt.«

Wieder trat Stille ein. Alle blickten auf den Stein, der auf einem kleinen Tisch neben dem Stehpult lag. Skamper sah auf seine Uhr.

»Leider ist unsere Zeit um«, sagte er. »Ich bedanke mich sehr für Ihre Aufmerksamkeit. Wer sich den Stein genauer anschauen will, bitte, hier liegt er. Wer noch Fragen hat, ich stehe Ihnen gerne zur Verfügung. Ich wurde außerdem gebeten, auf eine Veranstaltung hinzuweisen, die heute nach uns in diesem Haus läuft. Und zwar findet hier in diesem Saal um achtzehn Uhr die Veranstaltung ›Wege aus der Seinskrise‹ statt. Sehr zu empfehlen.«

Skamper packte das Manuskript in seinen Koffer und schaltete das Notebook aus. Die Zuhörer standen auf, kamen nach vorne. Die meisten blieben noch vor dem Artefakt stehen. Der Mann, der die ganze Zeit mitgeschrieben hatte, drängte sich zu Skamper. Er reichte ihm die Hand.

»Felix Schröder. Ich bin freier Mitarbeiter der ›Nürnberger Zeitung‹ und werde über Ihren Vortrag schreiben. Fand ich übrigens sehr interessant.«

Skamper nickte. Schröder sah auf seine Notizen.

»Ich bräuchte nur noch ein paar Informationen. Darf ich nach Ihrem Alter fragen?«

»Vierundvierzig.«

»Sie sind jetzt wie lange wieder in Nürnberg?«

»Seit einem halben Jahr.«

»Und planen Sie wieder eine Schatzsuche oder haben Sie das ganz aufgegeben?«

»Doch, ich bereite eine Suche vor, aber Sie müssen verstehen, dass ich darüber keine Details sagen will.«

»Verstehe.« Der Mann schrieb etwas in seinen Notizblock. Er zögerte einen Moment. »In Ihrem Vortrag sind Sie nur ganz kurz auf Ihre Expedition in Kolumbien eingegangen.«

Skamper schwieg. Kolumbien war wie ein Stichwort. Ein Stichwort, das ihn mit einem Schlag weit weg von diesem Raum führte, mitten hinein in den Dschungel.

Die drei Monate dauernde Expedition in Kolumbien. Die Suche nach der goldenen Stadt El Dorado. Sie waren zu dritt gewesen, drei Freunde, die sicher waren, endlich das Rätsel um El Dorado zu lösen. Skamper schwieg noch immer. Er erinnerte sich an den Moment, als er auf dem Dschungelboden lag und darauf wartete zu sterben.

Dann war das Bild weg, Skamper war wieder in dem Raum mit dem Mann, der ihn neugierig ansah.

»Alles, was es dazu zu sagen gab, habe ich schon gesagt. Ich will nicht mehr über diese Expedition sprechen.« Skamper hatte unfreundlich geklungen.

»Verstehen Sie«, versuchte er zu erklären, doch Schröder winkte ab.

»Sie brauchen das nicht zu erklären, ich verstehe das.« Er schrieb noch etwas in sein Notizbuch. »Vielen Dank. Der Artikel erscheint wahrscheinlich nächste Woche. Ich wünsche Ihnen noch alles Gute für Ihre neue Expedition.«

Skamper nickte. Schröder steckte seinen Notizblock ein und ging zur Tür. Der Saal hatte sich geleert. Skamper hatte während des Gesprächs den Stein im Auge behalten. Jetzt ging er zu dem Tisch, wo das Artefakt noch lag, und steckte es in seinen Notebook-Koffer.

Von draußen hörte er Arabellas Stimme. Was erzählte sie da? Als er aus der Tür in den großen Vorraum trat, sah er Arabella vor einem Tisch, auf dem kleine Wasserflaschen aufgereiht waren. Um sie herum standen Zuhörer seines Vortrags.

Obwohl Arabella Mitte zwanzig war, wirkte sie auf Skamper oft wie ein Teenager. Vielleicht lag das an den Zöpfen, die sie bevorzugt im Pippi-Langstrumpf-Look trug. Heute hatte sie einen weiten, blauen Rock an, an dessen Saum ein Stofftier baumelte, ein lustig blickender Delphin.

Arabella deutete auf die Wasserflaschen. Ihre Zuhörer, darunter der Brillenträger und das ältere Ehepaar, hörten ihr mit skeptischen Gesichtern zu.

»Das hier ist Wasser, in dem das Artefakt eine Monddekade lang gelegen hat. So konnten die magischen Kräfte des Steins auf das Wasser übertragen werden. Dieses Wasser ist wirklich unglaublich. Es hilft gegen Schmerzen aller Art, gegen Bluthochdruck«, Arabella blickte kurz auf den schwindenden Haaransatz des Brillenträgers, »gegen Haarausfall, Husten und gegen Beschwerden, von denen wir nicht einmal wissen, dass es sie gibt.«

Eine typische Idee von Arabella, dachte Skamper. Er musste sich zusammenreißen, um sie nicht einfach zur Rede zu stellen.

»Wie viel kostet denn eine Flasche?«, fragte der Brillenträger.

»Eine Flasche kostet nur zehn Euro. Das ist fast geschenkt.«

»Zehn Euro einfach nur für Wasser?«, fragte einer der Umstehenden. »Das ist ein ziemlicher Hammer.«

»Nicht einfach nur Wasser«, sagte Arabella. »Magisches Wasser, angehäuft mit Energie des Artefakts.«

Die Zuhörer sahen sich an, dann schüttelten sie den Kopf.

»Sie verpassen eine echte Chance.«

Doch die Leute vor Arabella wandten sich ab und drängten zur Treppe. Sie rief ihnen nach: »Es hilft auch gegen Rückenschmerzen und gegen Hämorrhoiden. Und mit der Flasche kann man sich am Rücken auch an Stellen kratzen, wo man normal nicht hinkommt. Ich hab das ausprobiert.«

»Was soll dieser Quatsch, Arabella?«, fragte Skamper.

»Das mit dem Wasser ist mir erst gestern eingefallen. Das ist 'ne tolle Idee. Ich wette, wir können ein Vermögen machen.«

»Das kommt überhaupt nicht in Frage. Ich möchte den Leuten nicht irgendwas andrehen. Und ich finde, das ist eine völlig bescheuerte Idee.«

»Wenn dir das mit dem Wasser nicht gefällt, ich habe da noch eine andere Idee. Ich war in der Pause in dem Urintherapie-Vortrag über uns. Monika, die das macht, hat auch einen Kräuterladen in der Stadt. Von daher kenne ich sie. Und sie hat gesagt, wenn das Artefakt die ganze Zeit in deinem Schlafzimmer war, dann haben sich die Schwingungen schon längst auf deinen Körper übertragen. Wir könnten deinen Urin als Wundermittel verkaufen. Monika ist überzeugt, dass das einschlägt wie eine Rakete.«

Skamper war einen Moment fassungslos. »Sag mal, bist du noch zu retten?«

»Es könnte nur Probleme mit der Lieferung geben. Du müsstest jeden Tag eine bestimmte Menge liefern. Aber Kräutertee könnte dir dabei helfen. Das wirkt ungeheuer harntreibend.«

»Arabella, ich will von diesem Schwachsinn nichts mehr hören.«

»Du könntest es doch wenigstens versuchen. Ich hätte schon einen Namen für das Mittel: Der Lebenssaft des Artefakts. Monika kennt einen Amerikaner, sie hat gesagt, der würde locker tausend Euro für eine Flasche von deinem Urin bezahlen.«

»Tausend Euro?«, fragte Skamper verblüfft.

Arabella nickte. »Es könnte ein Riesengeschäft werden.«

Skamper überlegte kurz, dann schüttelte er den Kopf. »Nein, nein, nein.«

In dieser Nacht träumte Skamper das erste Mal seit langer Zeit wieder von Kolumbien. Er wachte mitten in der Nacht auf, der Schweiß klebte auf seiner Haut und alles war wieder da. Die sengende Hitze, die Erschöpfung, der Durst, die Moskitos und das Fieber. Die Bilder waren so intensiv, dass er einige Zeit brauchte, um in die Realität seines Schlafzimmers zurückzukehren.

Und noch später am nächsten Tag tauchten die Bilder wieder auf. Als hätte er Kolumbien nie verlassen, als wäre ein Teil von ihm immer noch dort, würde immer noch auf dem Boden des Dschungels liegen und nach einem Grund suchen, wieder aufzustehen.

•

Simon Morlov erinnerte sich noch genau an den Tag, als der Graue bei ihm aufgetaucht war.

Es war zu der Zeit, als die Kopfschmerzen zum ersten Mal auftraten. Stechende Schmerzen, die ihn die halbe Nacht lang wach liegen ließen.

Der Graue hatte nicht angeklopft, das tat er auch später nie. Er saß in Morlovs Küche, als dieser von seinem Garten zurückkam. Morlov musste einmal unvorsichtig gewesen sein und die Haustür offen gelassen haben. Das war die einzige Erklärung, dass der Fremde einfach so in das Haus gekommen war.

»Guten Tag«, hatte der Graue gesagt, als Morlov in der Tür stand und ihn völlig erstaunt ansah.

»Setz dich«, sagte er dann. »Wir haben nicht viel Zeit.«

Der Graue stellte sich nicht vor, er erwähnte gegenüber Morlov nicht, wie er hieß, er sagte nicht, woher er kam und was er wollte. Er schien von Anfang an davon auszugehen, dass Morlov Bescheid wusste und dass Fragen unnötig waren und nur Zeit kosten würden.

Er saß an Morlovs Küchentisch, ein großer, knochiger Mann um die sechzig in einem perfekt sitzenden, dunklen Anzug. Er trug einen schwarzen Hut und die grauen, langen Haare, die struppig und wirr unter dem Hut hervorquollen, passten nicht zu seinem gepflegten Aufzug.

Morlov hatte keine Fragen gestellt, nicht nach dem Namen und woher der Fremde kam. Er hatte ihn erwartet. So lange hatte er darauf gehofft, dass irgendwann einer in seiner Küche saß so wie früher, mit einem Koffer und ohne Namen. Namen waren nie gefallen.

»Du weißt, warum ich hier bin«, hatte der Graue gesagt und Morlov hatte genickt.

»Das ist gut. Erklärungen kosten nur Zeit und wir haben nicht viel Zeit.«

Später hatte es doch Fragen gegeben. Morlovs Neugier war zu groß gewesen. Wie er gerade auf ihn gekommen sei und ob man ihn empfohlen habe, vielleicht jemand von früher.

Der Graue hatte aufgesehen und dann gelächelt. Es war das einzige Mal, dass der Graue an diesem Nachmittag lächelte und auch später sah ihn Morlov nie mehr lächeln.

Morlov sah in sein gegerbtes Gesicht, ein Gesicht mit tiefen Furchen und Narben. Auf einmal wurde seine Miene kalt und Morlov wusste, dass er nicht hätte fragen dürfen.

»Vergessen Sie die Frage«, sagte Morlov sofort. »Ich wollte nicht fragen, wirklich nicht …« Er stockte, wusste nicht mehr weiter. »Es ist nur so … es ist nur so lange her, dass jemand wie Sie hier war.«

»Ich weiß, Simon. Aber ich vertraue dir. Ich weiß, dass du der Richtige bist.«

Die Worte des Grauen machten Morlov glücklich.

Der Graue erklärte ihm alles genau. Er bestand darauf, dass Morlov sich keine Notizen machte, nichts Schriftliches, keine Fotos, keine Papiere, nichts.

Bevor der Graue ging, stellte Morlov eine zweite Frage. Eine Frage, die er stellen musste. Nach der Bezahlung. Der Graue sah ihn lange an.

»Du wirst gut bezahlt werden. Mach dir deswegen keine Sorgen, Simon. Man wird dich gut bezahlen.«

Dann nahm er seinen Koffer in die Hand und ging zur Tür. Dort blieb er stehen.

»Ich werde jetzt öfters kommen.« Er nickte ihm zu, öffnete die Tür und verschwand.

Nachdem der Graue gegangen war, spürte Morlov wieder seine Kopfschmerzen. Während des Gesprächs waren sie weg gewesen. Doch dann pochte wieder etwas in seinem Kopf und Morlov nahm zwei Tabletten.

Dr. Barin entfernte die Blutdruckmanschette von Morlovs Arm. Er beugte sich über seine Unterlagen und schrieb etwas in unleserlicher Schrift auf einem Notizblock. Morlov zog seinen Pulloverärmel wieder nach unten.

Er blickte den Arzt an. Morlov schätzte ihn auf Ende zwanzig. Er hatte ein jungenhaftes, etwas dickliches Gesicht und auf Morlov wirkte er wie ein pickliger Schüler, der sich den Arztkittel seines Vaters angezogen hatte, um mit seiner Freundin schmutzige Doktorspielchen zu veranstalten.

»Die Werte sind alle in Ordnung. Vielleicht ist der Cholesterinspiegel etwas hoch. Aber ...« Barin blickte auf seine Notizen. »Nein, für Ihr Alter ist das völlig okay.«

Morlov war Anfang fünfzig, wirkte aber viel jünger. Er war schlank und drahtig und man sah ihm an, dass er täglich trainierte.

»Haben Sie denn noch die Kopfschmerzen?«

Morlov nickte.

»Haben Sie die Tabletten genommen, die ich Ihnen verschrieben habe?«

»Ich habe die Tabletten genommen, sie helfen, aber nicht lange.«

Barin lehnte sich zurück, betrachtete Morlov. Unter dem grauen, dünnen Pullover zeichnete sich der Ansatz eines Bauches ab. Die Arme waren dünn, die Schultermuskeln kaum ausgeprägt.

Der Junge braucht Training, dachte Morlov. Morgens hundert Liegestütze und danach einen scharfen Waldlauf. Das würde helfen, dass er nicht in zehn Jahren aussah wie ein Knautschsessel.

»Wissen Sie«, sagte Barin. »Wenn ich Kopfschmerzen habe, nehme ich einen Löffel Honig am Morgen und einen Baldriantee. Das ist manchmal besser als Tabletten.«

Morlov sah ihn stumm an.

»Nun gut, Baldriantee ist nicht jedermanns Sache. Schmeckt etwas eigenartig. Aber ich schwöre darauf.«

Was soll dieses Gerede, dachte Morlov. Er spürte wieder den Druck in seinem Schädelinnern. Die Tabletten waren das Einzige, das den Schmerz etwas dämpfen konnte.

»Sie können das ja mal probieren. Wenn es nicht klappt, verspreche ich Ihnen, dass ich Ihnen sofort wieder die Tabletten verschreibe.«

Morlov fing an zu begreifen. Der Kerl wollte ihm die Tabletten nicht verschreiben. Vielleicht hatte er sein Budget schon ausgeschöpft und musste sparen.

»Oft sind Schmerzen auch ein Zeichen«, redete Barin weiter. »Ein Zeichen dafür, dass wir mit uns nicht im Reinen sind. Vielleicht gibt es ja etwas, das Sie bedrückt.«

»Wie meinen Sie das?«

»Ich meine das seelisch. Wenn Sie Kummer haben, dann kann sich das in Kopfschmerzen äußern. Das ist durchaus üblich.« Der Arzt rutschte auf seinem Stuhl herum. »Als ich ein

Kind war und mein Hamster starb, was glauben Sie, was ich für Kopfschmerzen hatte, das hat gar nicht mehr aufgehört.«

Was ist mit diesem Arzt los, dachte Morlov.

»Ist da vielleicht etwas, was Sie bedrückt?«

»Ich hatte nie einen Hamster«, sagte Morlov.

»Ach so.« Barin versuchte ein Lachen, es klang unecht.

»Das war ja auch mehr ein Beispiel, wissen Sie.«

»Ich weiß.«

Der Arzt rutschte wieder unruhig auf seinem Stuhl hin und her. Morlov sah ihn direkt an, Barin hielt dem Blick nicht stand. Er senkte seine Augen.

»Fühlen Sie sich nicht wohl?«, fragte Morlov.

Barin blickte auf. »Aber nein, ich fühle mich sehr gut. Wie kommen Sie auf diese Frage?«

Morlov lehnte sich zurück. Das Pochen in seinem Kopf wurde stärker. »Verschreiben Sie mir die Tabletten«, sagte er.

Barin zögerte einen Moment, dann nickte er eifrig. »Natürlich, ich verschreibe sie Ihnen, gleich. Baldriantee ist ja nicht jedermanns Sache. Das verstehe ich.«

•

Paul Skamper stand gebeugt vor der geöffneten Motorhaube seines alten Ford Kombi und horchte auf das gleichmäßige Geräusch des Motors. Geschafft, das Auto lief wieder. Drei Stunden hatte er damit verbracht, den alten Kasten zu reparieren.

Er wollte die Haube wieder schließen und zurück zum Hintereingang des Hauses, als er plötzlich eine Hand auf seiner Schulter spürte. Skamper drehte sich blitzschnell um. Er sah in das rosige, runde Gesicht seines Freundes Viktor Boritsch, der mit breitem Grinsen vor ihm stand.

»Paul, alter Freund.«

Boritsch drückte ihn an seine massige Brust und würgte Skamper fast die Luft ab, dann ließ er ihn los, immer noch mit seinen Pranken auf Skampers Schulter.

Skamper schnappte nach Luft. »Mann, Viktor, das ist ja 'ne Riesenüberraschung.«

Viktor nahm ihn noch einmal stumm in den Arm. Er war ein Riesenbaby, die einzig passende Bezeichnung für den Russen. Dann drehte sich Viktor nach hinten zu Arabella, die das Wiedersehen der beiden Freunde beobachtet hatte.

»Ich hab dir gesagt, ich werde weinen, wenn ich ihn wiedersehe, meinen alten Freund. Und jetzt schau in meine Augen, siehst du, ich weine.«

Viktor war einfach zu gefühlsduselig für einen Mann mit eins fünfundneunzig Körpergröße.

Es war schon Jahre her, dass Skamper mit Viktor einige gefährliche Touren unternommen hatte. Viktors Gesicht war wie damals von einem struppigen, schwarzen Bart bedeckt. Zum Bilderbuchrussen, von dem man erwartete, dass er im nächsten Moment einen Kasatchok aufs Parkett legte, fehlte ihm nur die Pelzmütze.

»Mann, Viktor«, sagte Skamper. »Warum hast du nicht angerufen, dass du kommst?«

»Ach, ich hasse diesen modernen Kommunikationsscheiß. Und so ist die Freude viel größer.« Viktor wandte sich Arabella zu. »Deine wunderschöne Chefin hat mir erzählt, dass du hier bist und dass du jetzt als Privatdetektiv arbeitest.«

Arabella lächelte geschmeichelt.

»Hat sie dir erzählt, dass sie meine Chefin ist? Arabella, hör mit diesem Unsinn auf. Ich arbeite nicht für deine Detektei und du bist nicht meine Chefin.«

»Das mit der Chefin war doch nur Spaß. Er hilft mir manchmal«, erklärte sie Viktor.

»Aber warum willst du nicht so eine schöne Chefin haben? Ich wäre glücklich über so eine wunderschöne Frau als Chefin.« Er blickte lächelnd auf Arabella, der die plumpen Komplimente des Russen offensichtlich gut gefielen.

»Dein Freund ist sehr sympathisch«, sagte sie zu Skamper.

Der Russe strahlte Arabella immer noch mit einem breiten Lächeln an.

»Ich mach erst mal einen Kaffee«, sagte Arabella. »Damit ihr euch über die alten Zeiten unterhalten könnt.«

Viktor hatte seine großen Pranken um die Kaffeetasse gelegt. Sie saßen zu dritt an dem großen Tisch in der Gemeinschaftsküche. Arabella war zu einem Bäcker in der Nähe gefahren und hatte Gebäck gekauft. Der Russe hatte schon sein drittes Nougathörnchen vertilgt und kaute genießerisch an dem letzten Bissen.

»Du wirst mir nicht erzählen, dass du hierher gekommen bist, weil du Sehnsucht nach einem alten Freund hattest«, sagte Skamper.

»Aber natürlich. Hätte ich gewusst, dass du hier mit so einer schönen Chefin wohnst, dann wäre ich noch viel früher gekommen.« Wieder ein kurzer Seitenblick zu Arabella.

Hoffentlich geht das nicht die ganze Zeit so weiter mit dem Geturtel der beiden, dachte Skamper. Das wäre kaum auszuhalten.

»Komm, erzähl nicht so einen Mist. Jetzt rück schon raus, warum bist du hier?«

Der Russe nahm einen Schluck von seinem Kaffee, stellte die Tasse ab, überlegte einen Moment, dann sah er Skamper an. »Ich hab beruflich hier zu tun. Ich bin einer Sache auf der Spur.«

Skamper wusste, dass Viktor für ein Berliner Journalistenbüro arbeitete. Er recherchierte für Artikel und Reportagen. Selbst etwas zu schreiben war nicht seine Sache. Dafür waren seine Deutschkenntnisse auch nicht gut genug. Aber für seine Arbeitgeber war er Gold wert, weil er ein Talent hatte, brisante Informationen zu beschaffen oder hinter vordergründig belanglosen Ereignissen eine packende Geschichte aufzuspüren.

»Du bist einer Sache auf der Spur? Hier in Nürnberg?«

»Vor drei Wochen gab es einen Unglücksfall am Tiergarten. Ein Journalist, ein Kollege aus Leipzig, ist im Wald von einem Baum gestürzt.«

Skamper dachte nach. »Ich glaub, ich hab in der Zeitung davon gelesen«, sagte er.

»Der Journalist hieß Andreas Wojcek. Er war ein Freund von mir.«

Skamper sah Viktor überrascht an.

»Andreas hat früher in derselben Agentur gearbeitet wie ich.«

»In der Zeitung stand, dass es sich um einen Unglücksfall gehandelt hat und dass dieser Wojcek auf Drogen war.«

Viktor schüttelte den Kopf. »Ein Unglücksfall, das ist doch Unsinn. Andreas war nicht der Typ, der einfach in den Wald geht und dort den Abgang macht.«

Viktor war mit einem Mal laut geworden. Wie erschrocken über seine heftige Reaktion schwieg er einen Moment still, dann nahm er einen Schluck von seinem Kaffee. Skamper sah, dass seine Hand zitterte.

»Natürlich hatte Andreas Probleme.« Viktor war jetzt wieder ruhiger geworden. »Ich habe ihn in den letzten Jahren etwas aus den Augen verloren. Aber ich hab einfach das Gefühl, dass da noch was anderes dahintersteckt. Ich war gestern bei Carola, seiner Frau, seiner Ex-Frau. Sie hat erzählt, dass er Schwierigkeiten im Job hatte, er hat Drogen genommen. Aber Andreas hat ihr auch erzählt, dass er einer großen Sache auf der Spur ist. An dem Tag, bevor er starb, hat er sie angerufen. Er war richtig euphorisch, hat irgendwelche Andeutungen gemacht, von einer großen Geschichte, die ihm viel Geld einbringen würde. Aber sie hat das für seine üblichen Sprüche gehalten.«

Skamper überlegte. Er sah Viktor an. Vor ihm saß nicht mehr der leutselige Russe, vor ihm saß jemand, der sich in eine Sache verbissen hatte und nicht mehr ruhen würde, bis er sie aufgeklärt hatte. Du verschweigst mir etwas, dachte Skamper. Aber jetzt war nicht die Zeit, danach zu fragen. »Könnte es nicht sein, dass das wirklich nur Sprüche waren und der Unfall am Tiergarten eine Art Selbstmord war?«

»Das könnte schon sein. Aber erstens ist es schon komisch, dass er über dreihundert Kilometer von Leipzig nach Nürnberg fährt, nur um hier seinen Abgang zu machen.«

»Bei den hohen Benzinpreisen«, pflichtete Arabella dem Russen bei.

»Und zweitens gibt es da ein paar Umstände, die ziemlich seltsam sind, wo die Polizei überhaupt nicht nachgeforscht hat.«

Skamper erinnerte sich. Im Artikel war von einem Papier die Rede gewesen, das man bei Wojcek gefunden hatte. »Du meinst, dieser Zettel mit den seltsamen Buchstaben.«

»Genau. Carola hat mir gestern alles erzählt, was die Polizei über den Fall herausgefunden hat. Und sie hat mir auch diesen Zettel gegeben. Den Zettel, den man bei Andreas gefunden hat.« Viktor holte ein zerknittertes Papier aus seinem Rucksack, den er neben sich auf dem Boden abgestellt hatte. Er glättete es und legte es auf den Tisch.

Skamper und Arabella beugten sich darüber. Was auf dem Papier zu sehen war, waren einige Buchstaben, die keinen Sinn ergaben.

ABW ???? HEK UR KWIEX YMQ UZWPYMIP IQPN XVX PUAB MAWIVQR

»Das könnte ein Code sein«, sagte Arabella. »Eine Geheimschrift.«

»Das ist aber nicht das einzig Seltsame.« Viktor griff wieder in seinen Rucksack und legte eine Karte auf den Tisch. Skamper erkannte sofort, was der Kartenausschnitt zeigte. Die Gegend um den Tiergarten in Nürnberg.

»Die Polizei hat den Weg rekonstruiert, den Wojcek in der Nacht gelaufen ist. Hier in der Nähe der Kunstakademie hat er sein Auto geparkt. Er muss dann direkt in den Wald gelaufen sein und ist hier am Tennisclub wieder herausgekommen. Und dann ist er wieder durch den Wald in Richtung Eingang zum Tiergarten. An der Straßenbahnhaltestelle vor dem Tiergarten hat man seine Mütze gefunden. Und dann ist er wieder zurück in den Wald bis zu dem Baum, wo man ihn gefunden hat. Die Frage ist: Warum läuft einer stundenlang kreuz und quer durch die Gegend, um am Ende auf einen Baum zu klettern?«

Viktor sah Arabella und Skamper erwartungsvoll an.

»Spielen wir hier Sherlock Holmes?«, fragte Skamper. »Du hast doch sicher schon eine Theorie dafür.«

»Natürlich hab ich die. Hast du schon einmal etwas gehört von Geocaching?«

»Geocaching, natürlich.« Arabellas Gesicht zeigte, dass ihr das Wort völlig fremd war.

»Wovon redet ihr?«

»Geocaching ist die sogenannte neue Schatzsuche«, erklärte Skamper. »Man veröffentlicht im Internet die GPS-Koordinaten eines Verstecks, in dem man irgendetwas finden kann, und jeder kann sich dann aufmachen, das zu suchen.«

Arabella sah ihn an. »Und warum macht man das?«

Viktor gluckste in sich hinein. »Ein Muggel, wir haben einen Muggel unter uns.«

»Und was ist ein Muggel?«, fragte Arabella.

»Jemand, der keine Ahnung hat, so jemand wie du«, sagte Skamper.

»Na, vielen Dank für die Erklärung.«

»Geocaching ist so was wie die gute alte Schnitzeljagd. Nur eben mit GPS-Koordinaten. Du kannst dir gar nicht vorstellen, wie viele Leute das machen. Im Internet gibt es 'ne große Fangemeinde. Es gibt Tausende von Verstecken, auch hier in der Gegend.«

»Und was ist in den Verstecken?«

»Da kann alles Mögliche drin sein.«

»Das letzte Versteck, was ich gefunden hab, da war ein kleiner, alter Bilderrahmen drin«, sagte Viktor.

»Mit einem Bild?«, fragte Arabella.

»Was soll ein Bild in einem kaputten Bilderrahmen? Hat doch keinen Sinn.«

Arabella sah ratlos von Viktor zu Skamper. »Ich lauf also durch die Gegend, um einen alten kaputten Bilderrahmen zu finden, der dann zu Hause bei mir rumsteht.«

»Der steht nicht bei dir rum«, sagte Viktor. »Du darfst nicht mitnehmen, was du findest.«

»Ich darf nicht mal mitnehmen, was ich gefunden habe?«

»Es geht doch gar nicht um das, was du findest«, sagte Skamper. »Es geht um die Suche. Meistens suchst du auch nicht nur ein Versteck. Du musst oft auch Rätsel lösen, damit es etwas schwieriger ist. Oder du musst verschlüsselte Codes knacken.« Er blickte wieder auf das Papier mit den Buchstaben. »Wenn Wojcek nach einem Cache gesucht hat, würde das sein Verhalten allerdings erklären.«

»Ich glaube«, sagte Viktor. »Es ging hier um eine besondere Form des Cachings. *Extreme Geocaching*.«

Skamper hatte schon davon gelesen. »Aber das ist doch eigentlich auch ganz harmlos.«

Viktor schüttelte den Kopf.

»Was ist dieses *Extreme Geocaching*?«, fragte Arabella.

»Meist sind das Verstecke an besonderen Orten«, erklärte Skamper. »In irgendwelchen Höhlen oder an besonders ausgefallenen Orten, wie alte, aufgegebene Fabriken. ›Lost Places‹ nennt man diese Orte. Meistens braucht man eine bestimmte Ausrüstung und oft genug ist es schmutzig, aber ich habe nicht gelesen, dass es da irgendetwas Spektakuläres oder Gefährliches gibt.«

»Die letzten zwei Wochen habe ich mich nur noch mit Geocaching beschäftigt«, sagte Viktor. »Zuerst bin ich überhaupt nicht weitergekommen. Aber dann hab ich einen Tipp gekriegt, von ’nem Typen aus der Szene. Er hat mir von Gerüchten erzählt, dass es spezielle Caches gibt. Und darin sollen Leichenteile sein.«

Skamper sah seinen alten Freund nachdenklich an. Was er erzählte, klang für ihn sehr fantastisch. Viktor bemerkte seinen zweifelnden Blick.

»Ich muss auf jeden Fall rausfinden, was da passiert ist«, sagte er.

Skamper hatte wieder das Gefühl, dass Viktor etwas verschwieg.

Er sah auf den Kartenausschnitt. Viktor hatte mit rotem Kugelschreiber den Weg eingezeichnet, den Wojcek in der Nacht gegangen war. Skamper fuhr die Linie nach bis zu dem Punkt an der Straßenbahnhaltestelle.

»Wenn er wirklich einen Cache gesucht hat, dann könnte hier irgendwo ein Hinweis gewesen sein.«

»Das habe ich mir auch schon gedacht«, sagte Viktor. »Wahrscheinlich an der Stelle, wo er die Mütze verloren hat.«

»Vielleicht ist der Hinweis ja immer noch dort.«

»Wie weit ist es denn bis zum Tiergarten?«

»Mit dem Auto sind wir in ein paar Minuten dort.«

Skamper, Viktor und Arabella parkten an der Kunstakademie in der Nähe des Tiergartens, dort, wo auch Wojcek sein Auto abgestellt hatte. Sie liefen auf der Straße, die direkt zum Eingang des Nürnberger Zoos führte. Skamper hatte seine Jacke im Auto gelassen und genoss den milden Wind.

Heute war der erste schöne Frühlingstag, und zahlreiche Nürnberger nutzten das schöne Wetter für einen Besuch des Tiergartens.

Ein paar Meter vor dem Eingang wandten sie sich nach links zur Straßenbahnhaltestelle. Dort stand ein langgestreckter Bau, eine kleine Gaststätte mit Kiosk und Biergarten, der heute geschlossen war, wie ein Schild an der Frontseite verkündete.

»Die Polizei hat die Mütze von Andreas beim Kiosk gefunden«, sagte Viktor.

Sie sahen sich um. Eine Straßenbahn fuhr vor und hielt. Menschen stiegen aus, gingen zielstrebig zum Eingang des Tiergartens. Vor dem Verkaufstresen des Kiosks bildete sich eine kleine Schlange von Jugendlichen.

Skamper überlegte, wo er hier einen Hinweis oder etwas Ähnliches verstecken würde. Seiner Ansicht nach gab es nicht viele Möglichkeiten. Entweder in der Nähe des Kiosks, an den Straßenbahnschienen oder am Weg zum Eingang des Tiergartens.

»Dann fangen wir mal an zu suchen«, sagte Viktor.

»Arabella sucht da hinten, am Weg zum Tiergarten«, sagte Skamper. »Schau du dir mal die Haltestelle an und ich gehe zum Kiosk.«

»Was suchen wir denn eigentlich genau?«, fragte Arabella.

»Keine Ahnung. Vielleicht 'nen Zettel, Steine, die seltsam angeordnet sind, vielleicht hat jemand auch was geschrieben. Irgendwelche Buchstaben, den Schlüssel für den Code auf dem Zettel. Such einfach, und wenn dir irgendwas auffällt, dann schauen wir uns das an.«

Skamper ging am Einkaufstresen des Kiosks vorbei an die Rückseite des Gebäudes, wo sich Toilettentüren und ein großer Müllcontainer befanden. Dahinter standen Büsche und Bäume.

Er brauchte nicht lange zu suchen. Schon nach kurzer Zeit hatte er eine kleine Inschrift unten am Stamm eines Baums entdeckt. »Kommt mal hierher, ich hab es.«

Arabella und Viktor kamen und beugten sich über die Inschrift. Es war eine auf dem ersten Blick sinnlose Buchstabenfolge, ähnlich der, die Wojcek auf seinem Zettel hinterlassen hatte.

Die Schrift war mit einem schwarzen Stift aufgezeichnet und noch gut zu lesen.

Viktor strich mit den Fingern darüber. »Ich wette, das ist der Schlüssel zu dem Code auf dem Zettel. Wahrscheinlich wurde die One-Time-Pad-Methode verwendet. Ist sehr beliebt unter Geocachern.«

Viktor holte sich Zettel und Stift aus seiner Tasche. Arabella diktierte ihm die Buchstaben.

Eine Stunde später saßen die drei im Biergarten der Gaststätte »Waldschänke«. Das Gasthaus lag am oberen Ende des Tiergartens, nicht weit vom Aqua Park. Viktor und Skamper hatten ein Weizenbier vor sich stehen, während Arabella von einer Cola trank.

Es war jetzt am Nachmittag noch wärmer geworden, die milde Frühlingssonne schien Skamper direkt ins Gesicht.

»Da ist die Auflösung«, sagte Viktor. Er schob das Blatt Papier vor Arabella und Skamper, die sich neugierig darüberbeugten.

Unter die zwei sinnlos erscheinenden Buchstabenfolgen hatte Viktor den entschlüsselten Satz geschrieben. Arabella las laut vor.

»Und ????? lebte drei Tage und Nächte im Bauch des Fisches.«

Einen Moment sagte niemand etwas.

»Ich hab's«, sagte Arabella. »Die Fragezeichen stehen für Jonas. Das ist aus der Bibel. Es heißt: Und Jonas lebte drei Tage und Nächte im Bauch des Fisches.« Sie stand von ihrem Stuhl auf und riss die Arme nach oben. »Arabella hat den Jackpot geknackt.« Kurz blieb sie in der Pose der Siegerin stehen, dann setzte sie sich wieder. Sie sah zu Skamper, dann zu Viktor. »Und was haben wir jetzt davon?«

»Zumindest wissen wir, dass Wojcek wirklich einen Cache gesucht hat«, sagte Viktor.

»Aber wir haben noch keine Ahnung, was er gesucht hat«, sagte Skamper. »Und wir wissen immer noch nicht, ob sein Tod ein Unfall war oder eine tödliche Falle.«

Vom Aqua Park herauf hörte man Beifall. Dort musste es eine Vorstellung geben. Der Aqua Park war eine Wasserlandschaft für Pinguine, Seelöwen und Eisbären. Skamper war mit Arabella und Viktor fast eine Stunde durch den Tiergarten gelaufen, bevor sie hier an der »Waldschänke« eingekehrt waren. Am Aqua Park waren sie am längsten gewesen. Die Pinguine hatten es Arabella angetan.

»Wir könnten uns mal die Stelle ansehen, wo Wojcek abgestürzt ist«, sagte Skamper.

Viktor zuckte die Schultern. »Ich hab keine Ahnung, wo das genau war. Außerdem sind nach zwei Wochen sicher schon alle Spuren verwischt.«

Skamper überlegte. »Wenn er wirklich ein Geocacher war, dann hat er doch sicher ein GPS-Gerät dabei gehabt.«

»Er hatte ein Handy mit GPS-Funktion. Hat man auch bei ihm gefunden. Hat aber nicht mehr funktioniert, wahrscheinlich ist es bei dem Sturz kaputt gegangen.«

Viktor reagierte nicht auf seine Worte. Er wirkte abwesend. »Ich hab da noch eine andere Idee«, sagte er. »Vielleicht war dieser Cache ja nur eine Zwischenstation und dieses Rätsel, das man lösen musste, war wichtig, wenn man den *Final* finden wollte.«

»Final?«, fragte Arabella, »Was ist denn das schon wieder?«

»Der *Final* ist das letzte Versteck«, erklärte Skamper. »Viele Caches haben verschiedene Zwischenstationen. Man findet quasi ein Versteck und dort sind Hinweise, die einem zum nächsten Versteck führen, bis man endlich den *Final* findet.«

»Im Auto von Wojcek hat man noch ein Papier gefunden mit einer Internetadresse«, sagte Viktor. »Carola hat mir das gegeben und ich hab auch mal versucht, die aufzurufen, aber die Seite war mit einem Kennwort geschützt. Vielleicht ist ja ›Jonas‹ das Kennwort.«

»Probieren wir es einfach aus«, sagte Skamper.

Viktor saß vor Skampers Computer und wartete, bis sich die Website aufgebaut hatte. Eine Kennwortabfrage erschien. Viktor tippte »Jonas« ein. Es dauerte einen Augenblick, dann kam die Meldung, dass das Passwort falsch war.

Viktor fluchte auf Russisch. Hinter ihm saßen Skamper und Arabella.

»Vielleicht muss alles klein geschrieben sein«, sagte Arabella. »Oder alles groß. Oder jeder zweite Buchstabe groß. Oder man muss zwischen jeden Buchstaben ein Sternchen tippen. So mach ich das bei meinen Kennwörtern.«

Viktor sah sie einen Moment zweifelnd an, dann tippte er wieder etwas ein. Er schrieb alle Buchstaben klein, er schrieb alle Buchstaben groß, doch immer erschien dieselbe Meldung: Falsches Passwort.

Viktor ließ einen Dutzend Flüche vom Stapel. Er warf sich enttäuscht nach hinten, so dass Skamper Angst hatte, der Korbstuhl, auf dem der Russe saß, würde unter dem Gewicht zusammenbrechen.

»Ganz ruhig bleiben«, sagte Skamper. »Wir kriegen das schon raus.«

»Moment mal«, sagte Arabella. »Jetzt fällt mir was ein. Ich hab die Geschichte von Jonas auch mal in einer alten Bibel gelesen. Und da hieß der Mann nicht Jonas, sondern Jona.«

Viktor sah sie einen Augenblick an, dann beugte er sich wieder nach vorne und tippte langsam die vier Buchstaben ein.

Diesmal dauerte es länger, bis sich die Seite wieder aufbaute. Doch es kam keine Fehlermeldung. Langsam erschien auf weißem Hintergrund eine Schrift.

In der Stadt, in der es nie Winter wird,
warten die Eingeschlossenen auf Weiße Weihnachten,
um in metallenen Vögeln
von den Dächern zu fliehn.

Die Lösung ergibt sechs Zahlen.

Zahl 1 = A, Zahl 2 = B, Zahl 3 = C, Zahl 4 = D, Zahl 5 = E, Zahl 6 = F
(A+3)(B-9)°C(D+3)‘(E-3)(F+2)“N, (A-1)(C+1)°(B-4)(A-1)‘(F-5)(E-4)“E

Die Suche beginnt im Monat April, bei Vollmond.

FJSIEORPFGJQWAUZYCMPEHFLSWZUABVKIEKO-
FEUDKVNCEQIRPVHDLOBAZTOFLVMNBYXQCQYWI-
YKRUSTYMNVLQAUIQXHRTGVFRARGOLTQVMYH-
COFGIUEJDFGVUR

Die drei sahen stumm auf den Bildschirm.

»Und was bedeutet das jetzt alles?«, fragte Arabella.

»Da sind verschlüsselte GPS-Daten«, erklärte Viktor. Er zeigte auf die sechste Zeile. »Wir müssen die GPS-Daten herausfinden, die uns zu dem Versteck führen. Und das läuft über das Rätsel. Wenn wir das Rätsel lösen, haben wir sechs Zahlen. Die müssen wir dann nur so eingeben, wie es da steht, dann haben wir die Koordinaten für das Versteck. Wahrscheinlich ist im Versteck die Entschlüsselung für den Code da unten. Und hier heißt es, die Suche beginnt im Monat April. Ich schätze, dass das bedeutet, dass in dem Versteck nur ein Hinweis ist, der uns zu einem anderen Versteck führt und dann vielleicht weiter bis zum Final.«

»Das klingt ganz einfach«, sagte Arabella. »Und wie sollen wir von diesem Rätsel auf sechs Zahlen kommen?«

»Ich habe keine Ahnung.«

Sie sahen wieder stumm auf den Computerbildschirm.

»Vollmond ist in vier Tagen«, sagte Skamper.

»Dann haben wir drei Tage, um das Rätsel zu knacken.«

•

Morlov versuchte kontrolliert und gleichmäßig zu atmen. Er rannte den kleinen Waldweg hoch zu dem großen Felsen. Es war sechs Uhr morgens, die kalte, neblige Luft strich über sein Gesicht, sein Atem wurde zu einer grauen, kleinen Wolke, die sich im nächsten Moment verflüchtigte und außer seinem Keuchen und seinen Schritten auf dem Waldboden war nichts zu hören.

Morlov steigerte das Tempo und jetzt glaubte er es zu spüren. Das Gefühl, dass er ganz aufging in einer einzigen, fließenden Bewegung. Als erinnerten sich die Zellen in seinem Körper an abertausende Läufe, die er und andere gemacht hatten. In Wüsten und Schneelandschaften, in Hitze und Kälte, auf Straßenasphalt oder auf weichem Waldboden. Und mit diesem Gefühl verschwand auch das Pochen in seinem Kopf, das ihn in der Nacht wach gehalten hatte.

Dann trat er auf eine Unebenheit, und er hörte wieder sein Keuchen, spürte das heftige Pochen seines Herzens, das immer mehr Blut durch die Adern jagte.

Noch dreihundert Meter, er sah schon den Felsen vor sich. Und Morlov rannte schneller, sprintete die letzten Meter hoch, bis er am Ziel war.

Er lief noch einige langsame Schritte und blieb dann stehen. Gleichmäßig atmen, sagte er sich. Er hatte die Hände auf seine Oberschenkel gestützt und wartete einen Moment, bis sein Puls langsamer wurde.

Hier oben zog sich zu beiden Seiten der Wald zurück, der Weg, auf dem Morlov gelaufen war, öffnete sich und führte auf ein großes Felsplateau, von dem aus man einen Ausblick auf das Tal hatte. Morlov ging bis zum Ende des Felsplateaus und sah in die Landschaft. Auf einmal wurde das Geräusch des Windes leiser, Stille senkte sich über den Ort und Morlov wusste, dass er hier war.

Er drehte sich um. Der Graue hockte auf einem kleinen, abgesägten Baumstamm am Rand des Waldes und sah Morlov direkt an. Er trug wie immer seinen dunklen Anzug, hatte trotz der Kälte keinen Mantel an und auf seinem Kopf saß der schwarze Hut.

Der Graue nahm ihn ab und strich sich mit der Hand durch sein ungekämmtes, dünnes Haar. »Du bist heute früh da«, sagte er.

»Ich konnte nicht schlafen. Die Kopfschmerzen.«

»Ach ja, die Kopfschmerzen.« Der Graue äffte Morlovs Stimme nach. »Immer deine Kopfschmerzen, es ist nicht zum Aushalten.«

Morlov sagte nichts. Er stand nur da und spürte, dass die Kälte unter seine Trainingsjacke kroch.

»Wie weit bist du?«, fragte der Graue.

»Ich arbeite daran.«

Der Graue hielt seinen Hut in der Hand, schlug sich dann damit auf die Knie. »Du arbeitest daran, das ist alles?« Dann schüttelte er heftig den Kopf. Umständlich setzte er seinen Hut wieder auf. »Das ist nicht sehr hilfreich, dass du dir nicht mehr Mühe gibst, Simon. Nicht sehr hilfreich.«

»Ich gebe mir Mühe. Aber es geht nicht so schnell.«

Der Graue sah ihn nachdenklich an. Auf einmal wandte er den Blick ab, sah nach links, dann nach rechts. Er schnüffelte wie ein Hund in der Luft, blickte dann zu Morlov.

Jetzt spürte es auch Morlov. Als hätten sich die Spannungszustände der Luftmoleküle einen Hauchbreit verändert. Eine kribbelnde Elektrizität war in der Luft und Morlov fühlte die Kälte nicht mehr, die sich unter seine Haut bis in die Knochen fraß.

»Du musst vorsichtig sein«, sagte der Graue. »Du musst immer auf der Hut sein.«

Morlov blickte nach rechts, zu den Bäumen, aber immer noch hing ein Dunstschleier in der Luft, der alles zu einem einzigen Grau verschwimmen ließ. Dann sah er wieder zu dem abgesägten Baumstamm, auf dem der Graue gesessen hatte. Doch der war verschwunden.

Morlov ließ sich auf den Bauch fallen und presste sich mit seinem Körper gegen den Boden. Es war keine Sekunde zu spät. Das »Plop« eines Gewehrs mit Schalldämpfer war zu hören, dann zischten Schüsse über ihn hinweg. Morlov wartete, zählte bis drei, dann schnellte er hoch und rannte auf die Bäume hinter dem abgesägten Baumstamm zu.

Jetzt musste es wieder so weit sein. Morlov machte eine abrupte Bewegung nach links und der Schuss knallte an ihm vorbei. Noch ein paar Meter, dann hatte er den Wald erreicht. Morlovs Füße trafen auf den weichen Waldboden und er rannte weiter, bis ihn die Bäume und der Morgennebel verschluckten.

Bevor Morlov duschte, überprüfte er die Fenster und Türen seines kleinen Hauses. Morlov lebte in einem kleinen Dorf in der Fränkischen Schweiz, das aus bestenfalls zehn Häusern bestand. Die Hälfte der Bewohner waren Bauern, die anderen hatten einen Arbeitsplatz in einer größeren Stadt in der Nähe, meistens in Nürnberg, und hatten sich hier ihren Traum vom Häuschen im Grünen verwirklicht. Rings um den Ort war dichter Wald, es gab nur eine kleine Straße, die durch das Dorf führte.

Morlovs Fenster und Türen waren gesichert. Hier würde niemand reinkommen, ohne dass er das bemerkte.

Morlov duschte sich, seine Pistole immer in Griffweite. Der Killer würde nicht aufgeben, er hatte ihn oben am Felsen verfehlt, aber wenn er ein Profi war, würde er so lange weitermachen, bis er seinen Auftrag erfüllt hatte.

Nachdem sich Morlov abgetrocknet und angezogen hatte, kochte er sich einen Kaffee. Er setzte sich an den Küchentisch, trank hin und wieder einen kleinen Schluck des heißen Getränks und wartete.

Nach einer halben Stunde klingelte es. Morlov ging ans Fenster und sah hinaus. Von hier aus konnte man den Platz vor der Haustür gut überblicken. Er sah einen jungen Mann in einer blauen Adidas-Trainingsjacke, der ungeduldig auf den Klingelknopf drückte. Morlov schätzte ihn auf höchstens fünfundzwanzig Jahre. Er konnte es nicht fassen. Der Kerl da draußen hatte mindestens dreißig Kilo zu viel auf den Rippen. Das war eine Beleidigung. Die schicken mir einen fetten Anfänger, dachte er. Einen Amateur, dessen Fettwülste bei jeder Bewegung hin und her schlabberten. Glaubten die, dass Morlov inzwischen Altersrheuma hatte und sich nicht mehr bewegen konnte?

Morlov ging in den Flur. Er hatte die Hand in der Jackentasche, die Pistole fest im Griff. Er stellte sich so, dass er bei einem Angriff sofort ausweichen konnte. Dann öffnete er mit einer schnellen Bewegung die Tür.

Der Dicke vor ihm war einen Moment überrascht. Dann hielt er Morlov eine Plastikkarte mit seinem breiten Gesicht vor die Nase. »Mark Klöpper. Ich bin vom Bayerischen Rundfunk. Ich möchte es kurz machen. Ich habe mit den Nachbarn gesprochen, und ich bin sicher, dass Sie ein nicht angemeldetes

Fernsehgerät besitzen. Ich könnte Ihnen jetzt 'ne saftige Strafe aufbrummen, aber wenn Sie mich reinlassen, dann lass ich vielleicht mit mir reden.«

Der Kerl sprach mit einem osteuropäischen Akzent. Wahrscheinlich ein Deutschrusse, dachte Morlov.

Er sagte immer noch nichts, blickte stumm auf den Mann vor ihm. Morlov sah vor sich das Ergebnis von Tonnen zuckriger Cornflakes, Unmengen von Tafeln billiger Schokolade und Tausenden sinnlos in sich hineingestopften Hamburgern in trostlosen McDonald's-Restaurants.

Klöpper hatte eine Baseballkappe auf dem Kopf. Unter seiner offenen Trainingsjacke trug er ein schwarzes T-Shirt, das über dem Bauch spannte. Darauf war ein Totenkopf aufgemalt.

»Es hat keinen Sinn zu leugnen. Ich weiß, dass Sie ein Fernsehgerät besitzen. Sonst bräuchten Sie ja auch nicht die Schüssel.«

Klöpper hatte eine quäkende Stimme, die Morlov an Donald Duck erinnerte. Mit seinen Fingern zeigte er auf die Satellitenschüssel, die etwa zwei Meter entfernt von der Tür angebracht war. Was sollte dieser bescheuerte Trick mit dem nicht angemeldeten Fernseher?

Das sind die Jungen, dachte Morlov. Einer aus seiner Generation hätte sich etwas Raffinierteres ausgedacht, um in seine Wohnung zu kommen.

Zwei Häuser weiter sah Morlov Veronika Lederer am Gartenzaun stehen und mit Schröder, seinem Nachbarn auf der rechten Seite, reden. Sie sah zu ihm herüber, winkte ihm mit einem strahlenden Lächeln zu. Morlov nickte. Der Dicke blickte nervös zu ihr. Zeugen konnte er bei seinem Plan nicht brauchen, das war Morlov klar, er musste versuchen, möglichst schnell in die Wohnung zu kommen. Morlov musterte den Kerl noch einmal von oben nach unten. Er blickte auf den aufgedruckten Totenkopf auf dem Shirt.

»Mann, sind Sie fett«, sagte Morlov.

Das Gesicht von Klöpper wurde kalt. »Werden Sie nicht unverschämt. Außerdem geht Sie das einen Scheißdreck an«, schnauzte er. »Lassen Sie mich herein.«

»Ich muss Sie nicht reinlassen. Ich kenne meine Rechte.«

Morlov sah ihn an. Klöpper machte einen kurzen Seitenblick nach links, wo Lederer noch immer mit Schröder redete.

»Jetzt lass mich herein, Alter, sonst kann das sehr unangenehm für dich werden.«

Morlov sah den Dicken nachdenklich an, dann trat er ein paar Schritte zurück und ließ ihm Raum, um einzutreten.

Klöpper kam in den Flur, die Haustür fiel mit einem lauten Knall ins Schloss.

Es ist zu einfach, dachte Morlov. Wieder ärgerte er sich, dass sie ihm einen so blutigen Anfänger geschickt hatten.

Morlov machte einen Ausfallschritt nach links und schleuderte seinen Fuß gegen die linke Hand des Dicken, die dieser in der Jackentasche hatte.

Klöpper ließ ein quietschendes Schreien hören, doch das wurde übertönt von dem Krachen, als Morlov seine Hacke in einer Rückwärtsbewegung gegen die Schläfe des Dicken knallen ließ.

Klöpper klatschte auf den Boden. Mit einem Schritt war Morlov über ihm, nahm den Kopf des Dicken in beide Hände. Ein kurzer Ruck, ein hässliches Knirschen und Klöppers Wirbelsäule war gebrochen.

Morlov richtete sich auf. Der Totenkopf auf dem Shirt des Dicken schien höhnisch zu grinsen.

Morlov saß wieder am Küchentisch. Manchmal sah er zu dem Toten, der immer noch im Flur lag.

Der Kaffee in seiner Tasse war kalt geworden. Dann klingelte es wieder. Morlov überlegte. Er wusste, wer draußen vor der Tür stand. Veronika Lederer von gegenüber. Sie klingelte wieder und wieder. Es hatte keinen Sinn. Morlov kannte sie, sie würde nicht locker lassen.

Morlov stieg über den Toten im Flur und öffnete die Tür einen Spaltbreit.

Sie fing sofort zu plappern an, kaum hatte sie Morlov erblickt.

»Ist er schon weg?« Sie wartete Morlovs Antwort nicht ab. »Ein unverschämter Kerl. Was glauben Sie, was der für Fragen gestellt hat. Der wollte alles über Sie wissen.«

Morlov wurde einen Moment unsicher. Ging so ein Killer vor, so auffällig, auch wenn es sich um einen verdammten Anfänger handelte?

»Ob Sie einen Fernseher haben oder Internet und ob ich Sie schon gesehen hätte, wie Sie abends Fernsehen schauen. ›Sie sind doch sicher eine Frau, die gerne in die Fenster ihrer Nachbarn schaut, was die so treiben‹, hat der gesagt. Eine Unverschämtheit. Ich habe ihm die Tür vor der Nase zugeknallt. Was bildet sich der Kerl eigentlich ein?«

Unter ihrer Jacke trug Lederer eine dunkelrote Bluse. Sie hatte die drei oberen Knöpfe offen, so dass fast die Hälfte ihrer vollen, weißen Brust zu sehen war. Morlov dachte an den Toten hinter ihm im Flur. Ihn wegzuschaffen, das würde viel Arbeit bedeuten, und Lederer vor ihm hatte nichts anderes zu tun, als ihm ihr milchweißes Fleisch vor die Nase zu halten.

Veronika Lederer und ihr Mann waren vor zwei Jahren gegenüber eingezogen und seitdem war es mit der Ruhe vorbei. Der Mann war den ganzen Tag damit beschäftigt, irgendetwas an seinem Haus zu reparieren oder neu anzubauen, oder das, was er angebaut hatte, wieder abzureißen, und die Frau kam beinahe jeden Tag zu Morlov, um ihm mit irgendwelchen Belanglosigkeiten auf die Nerven zu gehen.

Sie hatte es auf ihn abgesehen, Morlov wusste das. Ein klares Wort von seiner Seite hätte ihre Besuche sicher beendet. Doch aus einem Grund, der ihm noch nicht klar geworden war, ließ er sie glauben, dass er sich über ihr Interesse an ihm freute.

Lederer wechselte das Thema. »Haben Sie gelesen, was searcher09 geschrieben hat?«

Morlovs Gesicht verdüsterte sich. Natürlich hatte er es gelesen.

»Eine Unverschämtheit. Dieser arrogante Ton. Was glaubt er eigentlich, wer er ist. Man sollte den Administrator bitten, den Beitrag zu löschen.«

Morlov schüttelte den Kopf. »Dadurch würde searcher09 doch nur glauben, er hätte mich mit seinen Angriffen wirklich getroffen. Außerdem bin ich mir ziemlich sicher, zu wissen, wer sich hinter searcher09 versteckt. Ein unreifer Knabe, der nicht weiß, was er tut, und der zur rechten Zeit seine Lektion erhalten wird.«

»Sie haben etwas vor?«

»Ich habe einen Plan.«

»Sie müssen mir davon erzählen.«

Morlov schüttelte den Kopf. »Es ist noch zu früh. Wenn es so weit ist, werde ich es Ihnen als Erster sagen.«

»Sie und Ihre Geheimnisse. Irgendwann werde ich noch dahinterkommen, wer Sie wirklich sind.«

Morlov lächelte und sagte nichts. Das war wie ein Spiel zwischen den beiden. Von Anfang an hatte er auf ihre neugierigen Fragen zu seiner Person nur ausweichend geantwortet, hatte es aber auch zugelassen, dass sie immer neue Spekulationen über ihren mysteriösen Nachbarn anstellte.

»Auf der Geocaching-Messe in zwei Wochen, da werde ich Ihnen auf den Zahn fühlen.«

Die Geocaching-Messe. Morlov hatte sie beinahe vergessen.

»Über die Messe müssen wir noch reden«, sagte Lederer. »Sie haben mir versprochen, dass Sie mitkommen und mir helfen. Jetzt sagen Sie nicht, dass Sie das vergessen haben.« Sie drohte ihm schelmisch mit dem Finger.

»Ich habe das natürlich nicht vergessen«, log Morlov.

»Sie könnten Dienstag am Nachmittag zu mir kommen, Dienstag habe ich Zeit. Wenn das für Sie günstig ist.«

Morlov überlegte kurz, dann nickte er. »Okay, am Dienstagnachmittag.«

Lederer war begeistert. »Ich kann auch etwas Gebäck kaufen. Oder noch besser, ich mache einen Apfelkuchen. Sie werden meinen Apfelkuchen lieben. Jeder liebt ihn.«

Von Lederers Haus drang das Geräusch einer Motorsäge zu ihnen. Sicher ihr Mann. Er war wieder am bauen. Das letzte Mal, als Morlov ihm begegnet war, hatte er davon gesprochen, sein Haus auf der linken Seite mit einem Wintergarten zu erweitern. Das würde bedeuten, dass er in den nächsten Monaten jeden Tag hämmern und bohren würde.

Er sollte sich öfters mit den Geräten seiner Frau abgeben, dachte Morlov, und nicht dauernd mit Hammer und Bohrer.

»Ich werde um drei Uhr kommen«, sagte Morlov. »Drei Uhr ist Ihnen doch recht?«

Die Lederer nickte begeistert. »Drei Uhr ist wunderbar.« Sie sah ihn mit strahlenden Augen an. »Eines müssen Sie mir noch sagen.« Sie beugte sich vor, kam Morlov ganz nah. Ein Schwall von starkem Parfüm hüllte ihn ein und wirkte wie Schnupftabak, ging tief in die Nase und verursachte einen blitzartigen Schmerz in den Gehirnwindungen.

Dies und der fast unverhüllte Blick auf die Fleischmasse direkt vor ihm, die notdürftig von einem viel zu knappen BH in Form gehalten wurde, verursachten ein Schwindelgefühl bei Morlov.

»Sie müssen mir sagen, was in Ihrem *neuen Cache ist, was Sie in dem Travel Bug* versteckt haben.« Sie hatte geflüstert und sah Morlov neugierig an.

»Ein Totenkopf«, sagte Morlov. »In dem *Travel Bug* ist ein Totenkopf.«

Einen Moment sah die Lederer Morlov erschrocken an. Dann fing sie an zu lachen, ein Lachen, das sich schrill mit der lauter werdenden Motorsäge zu einer hässlichen Symphonie der Misstöne vereinigte. »Sie machen Witze, was sind Sie doch für ein witziger Mann.«

Morlov sah sie stumm an und verzog keine Miene.

»Sie sind so witzig«, wiederholte die Lederer. Sie tatschte ihm wie spielerisch gegen seine Brust. Endlich beruhigte sie sich. »Ein Totenkopf«, wiederholte sie und schüttelte den Kopf. »Aber ich lasse nicht locker, am Dienstag müssen Sie es mir verraten.«

Das Kreischen der Säge war lauter geworden.

»Bis Dienstagnachmittag, ich freue mich schon auf Sie.«

Ihre Stimme hatte etwas Neckisches. Dann trippelte sie von dannen. Vor dem Eingang zu ihrem Garten drehte sie sich noch einmal um und winkte ihm zu. Morlov zeigte keine Reaktion. Er schloss die Tür und blickte auf den toten Körper im Flur. Den Dicken zu beseitigen, das würde ihn die nächsten Stunden beschäftigen.

•

In der Stadt, in der es nie Winter wird, warten die Eingeschlossenen auf Weiße Weihnachten. Als Skamper erwachte, war es ihm, als ob der Satz noch in seinem Bewusstsein nachschwingen würde wie eine Saite, die verklingt. Im Traum war die Lösung mit einem Mal da gewesen, sie war Skamper ganz einfach erschienen und er hatte sich gefragt, warum er nicht eher darauf gekommen war. Aber so sehr sich Skamper auch anstrengte, er konnte sich nicht mehr an seinen Traum und an die Lösung des Rätsels erinnern.

Morgen war Vollmond und sie waren keinen Schritt weitergekommen. Sie hatten schnell herausgefunden, dass die sechs Zahlen des Rätsels sich auf ein Datum beziehen mussten. Ein historisches Ereignis, verschlüsselt in poetischen Sätzen. Aber dann waren sie stecken geblieben.

Die drei letzten Tage hatten sie kaum etwas anderes gemacht, als über dem Rätsel zu grübeln und im Internet zu recherchieren. Viktor war im Gästezimmer des Hauses untergekommen. Skamper wohnte in Erlenstegen, am Stadtrand von Nürnberg. Am Wochenende hatten sie einen Ausflug in die Fränkische Schweiz gemacht, sie waren mehrmals in der Stadt gewesen. Immer, wenn sie überhaupt nicht weiter wussten, hatte Skamper vorgeschlagen, in die Stadt zu gehen oder einen Spaziergang in der Umgebung zu machen. Skamper hatte gehofft, dass sie bei diesen Unternehmungen einen entscheidenden Einfall hatten, aber sie waren immer zurückgekehrt ohne die geringste Idee, was sich hinter dem Rätsel verbarg.

Skamper wälzte sich aus dem Bett und ging in die Küche. Die Uhr zeigte halb sechs an, draußen war es noch dunkel und Skamper machte sich einen Kaffee.

Er fühlte sich erholt, obwohl er nicht einmal sechs Stunden geschlafen hatte. Stumm saß er am Küchentisch und genoss diese Zeit, wo alles noch ruhig war, wo die Zeit eine Pause zu machen schien, die Zeit zwischen Nacht und Tag.

Im Haus war es still. Es würde sicher noch einige Zeit dauern, bis Arabella und Viktor aufstanden. Skamper beschloss, einen Waldlauf zu machen. Vielleicht hatte er ja dabei einen Einfall, der sie weiterbringen würde.

Nach einer Stunde kam Skamper zurück. Als er sich geduscht hatte und in die Küche kam, saßen Arabella und Viktor schon am Tisch.

Viktor schien bester Laune zu sein. Er hatte sich das zweite Glas Wodka eingeschenkt. Er hielt die Flasche auffordernd hoch und sah Skamper fragend an.

Doch Skamper schüttelte den Kopf. »Wodka am Morgen ist nichts für mich.«

Als sie mit dem Frühstück fertig waren, lehnte Viktor sich zurück. »Und du bist also jetzt ein Sesselpupser geworden, der die ganze Zeit zu Hause sitzt«, sagte er zu Skamper.

»Wie kommst du denn darauf?«

»Arabella hat erzählt, dass du jetzt immer in Nürnberg bleibst, keine großen Abenteuer mehr, keine Schätze mehr in Südamerika.«

»Da hat sie dir was Falsches erzählt. Was ich jetzt mache, ist mehr so was wie 'ne Pause, eine Auszeit. Ich bin nach Nürnberg zurückgekommen, weil mein Vater vor einem halben Jahr gestorben ist und ich bestimmte Sachen regeln musste.«

Viktor nickte verstehend.

»Er muss ein Jahr mit seiner Tochter und mir in dem Haus hier wohnen. Das ist so 'ne Erbschaftssache von seinem Vater«, erklärte Arabella.

»Du hast eine Tochter?«, fragte Viktor. »Warum hast du nie davon erzählt?«

Skamper zuckte die Schultern. »Das hat sich nicht ergeben.«

»Na, erzähl. Wie alt ist sie, sie ist doch nicht so hässlich wie du?« Er ließ sein dröhnendes Lachen hören.

»Sie ist sehr hübsch«, sagte Arabella. »Sie kommt mehr nach der Mutter.«

»Und wo ist sie?«, fragte Viktor.

»Die ist auf 'ner Exkursion, kommt in zwei Tagen zurück«, erklärte Skamper.

»Und wegen dieser Erbschaftssache wohnen wir drei in einem Haus«, erklärte Arabella. »Ich bin nämlich die beste Freundin von Jasmin.«

»Aha«, sagte Viktor. Doch sein Gesichtsausdruck zeigte, dass er das komplizierte Wohnarrangement noch nicht ganz verstanden hatte.

»Ab heute ist diese Geocaching-Sache übrigens ein offizieller Fall der Detektei Arabella-Investigations«, sagte Arabella zu Skamper. »Ich habe vorhin mit Viktor darüber gesprochen. Wenn wir das Rätsel heute noch knacken wollen, müssen wir alle unsere Kräfte dafür einsetzen.«

Viktor nickte zu ihren Worten.

»Wir können bei diesem Fall auch sicher ein Sonderangebot machen«, sagte Arabella.

Viktor blickte erst sie an, dann Skamper. »Das kostet Geld?«, fragte er ungläubig. Offensichtlich hatten Viktor und Arabella über die finanziellen Fragen nicht gesprochen.

»Natürlich«, sagte Arabella. »Das kostet Geld, wie das bei einer guten Detektei so üblich ist.«

»Aber du bist doch gar keine richtige Detektivin«, sagte Viktor.

»Aber natürlich bin ich das.« Arabella war empört. »Ich kann dir sogar mein Diplom zeigen. Ich habe einen Lehrgang gemacht. Praxis und Theorie des Detektivberufs. Eine ganze Woche lang.«

Viktor sah sie zweifelnd an.

»Du glaubst nicht, dass ich eine gute Detektivin bin. Aber ich sage nur Carlo.«

»Wer ist Carlo?«

»Carlo war ein gefährlicher Rowdy, der ganz Erlenstegen in Angst und Schrecken gesetzt hat. Und ich habe dafür gesorgt, dass das aufhört.«

Viktor schien beeindruckt zu sein.

»Carlo war ein entlaufener Spitzpudel, der gerne alte Damen angebellt hat«, erklärte Skamper.

»Wirklich gefährlich war er«, sagte Arabella.

»Arabella hat ihn wieder eingefangen und zu ihrem Besitzer gebracht.«

»Und das war nicht so einfach, wie sich das vielleicht anhört.« Arabella nickte bekräftigend zu ihren Worten.

»Aber«, sagte Viktor, »ich kann eine Detektei nicht bezahlen.«

»Okay«, sagte Arabella. »Dann vereinbaren wir eine Gewinnbeteiligung. Wenn da wirklich eine große Sache dahintersteckt und du damit was verdienst, dann kannst du uns ja beteiligen.«

Viktor überlegte. »Okay«, sagte er.

Sie gaben sich die Hände. Arabella grinste Skamper an.

Doch auch die unermüdliche Mitarbeit von Arabella-Investigations brachte sie nicht voran. Es war Mittag, als Skamper den Monitor ausschaltete und den Computer herunterfuhr.

»Wir sollten in die Stadt gehen und etwas essen. Vielleicht hilft uns das weiter.«

»Das haben wir die letzten Tage dauernd gemacht«, sagte Arabella. »Und gebracht hat es nichts.«

»Dann gehen wir in die Stadt, weil wir Hunger haben.«

»Er hat recht«, sagte Viktor zu Arabella. »Ich brauch dringend was zu essen.«

Eine Stunde später saßen sie in einem Café in der Nähe der Lorenzkirche. Sie hatten Sandwiches gegessen und saßen stumm und schläfrig auf Hockern um einen hohen Tisch. Die Bedienung brachte ihnen noch drei Espressi und Skamper schüttete Zucker in seine Tasse und verrührte ihn mit einem kleinen Löffel.

Das Radio spielte einen Oldie, einen Sommerhit. »In The Summertime«. Arabella wippte mit den Füßen den Takt zur Melodie. »Das Lied passt gar nicht zur Jahreszeit«, sagte sie.

Skamper sah aus dem Fenster nach draußen. Es war kälter geworden und über Nürnberg lag ein grauer, trüber Himmel.

Als sie später auf die Straße traten, blieb Skamper stehen. Arabella hatte etwas gesagt, was wichtig war. Etwas zu dem Lied, das sie im Café gehört hatten. Dass das Lied »In The Summertime« gar nicht zur Jahreszeit passe.

Es war, als hätten Arabellas Worte eine Blockade gelöst. Auf einmal wusste Skamper, was das Rätsel bedeutete. In der Stadt, in der es nie Winter wird, warten die Eingeschlossenen auf Weiße Weihnachten. »Weiße Weihnachten« bezog sich auf das Lied »White Christmas«. Skamper erinnerte sich an eine Dokumentation über den Vietnamkrieg, die er im Fernsehen gesehen hatte.

»White Christmas« war ein Signal gewesen. Die Eingeschlossenen in der amerikanischen Botschaft in Saigon hatten darauf gewartet. Es musste irgendwann 1975 gewesen sein. Die Radiostationen hatten »White Christmas« gespielt, als Zeichen für den Beginn der Operation »Frequent Storm«.

Die Eingeschlossenen waren in Hubschraubern von den Dächern geflohen. In metallenen Vögeln, wie es in dem Rätsel hieß. Auf einmal ergab alles einen Sinn.

»Was ist los mit dir?«, fragte Arabella, da Skamper immer noch wie versteinert dastand.

Skamper sah sie an. »Ich habe es. Ich weiß die Lösung.«

Skamper berechnete die gesuchten GPS-Daten für den Cache mithilfe des Datums 29.04.75, dem Tag, an dem die Aktion »Frequent Storm« gestartet worden war.

Mehrere hundert US-Bürger und Tausende vietnamesische Flüchtlinge waren an diesem Tag in Saigon vom Dach der Botschaft vor der heranrückenden Nordvietnamesischen Armee evakuiert worden.

Als Skamper die Daten bei Google Maps eingab, wurde ein Punkt etwa hundertzehn Kilometer von Nürnberg entfernt angezeigt.

»Das Rätsel bezieht sich tatsächlich auf den 29. April 1975.« Skamper starrte auf den Bildschirm. Hinter ihm standen Arabella und Viktor.

»Und wo ist das genau?«, fragte Viktor.

Skamper zoomte das Bild größer. »Das Versteck ist in der Nähe von Zell. Im Fichtelgebirge. Vielleicht eine Stunde mit dem Auto von hier.« Skamper lehnte sich zurück. Er rieb sich die Augen. »Wir haben es gerade noch geschafft. Morgen ist Vollmond.«

»Und warum kann man dieses Versteck nur an einem bestimmten Tag finden?«, fragte Arabella.

»Keine Ahnung, das werden wir morgen sehen.«

In der Nacht hatte es geregnet, und der Wetterbericht hatte gemeldet, dass es heute bewölkt und regnerisch sein würde. Aber als sie gegen Mittag Nürnberg verließen und auf der Straße Richtung Fichtelgebirge fuhren, durchbrachen erste Sonnenstrahlen die dunkle Wolkendecke und es sah aus, als könnte es ein wunderschöner Frühlingstag werden.

»Du hast doch wegen dieser Geocaching-Story ziemlich viel recherchiert«, sagte Skamper zu Viktor, der auf dem Beifahrersitz saß. »Gibt es denn irgendwelche Theorien, warum es da Leichenteile in irgendwelchen Verstecken geben soll?«

»Eine Theorie ist, dass das Werbung ist. Wie ein Gewinnspiel von einer Firma. Dass die Leichenteile gar nicht echt sind und eine Firma diese Gerüchte in die Welt setzt.«

»Und für welche Firmen soll das interessant sein?«

»Firmen, die Outdoor-Ausrüstung herstellen, Firmen, die GPS-Geräte verkaufen. Da gibt es viele Möglichkeiten. Es gibt viele Geocacher in Deutschland, viel mehr als man denkt.«

»Und was ist die andere Theorie? Denn dass eine Firma auf diese Art Werbung macht, das kann ich ehrlich gesagt nicht glauben.«

»Die andere Theorie ist, dass es draußen einen Verrückten gibt, irgendjemand, der so durchgedreht ist, dass er Leichenteile versteckt.«

Skamper dachte nach. Arabella auf dem Rücksitz hatte sich nach vorne gebeugt, um dem Gespräch der beiden Männer zuzuhören.

»Ein Serienkiller«, sagte sie. »Das ist auf jeden Fall meine Theorie. Das ist echt Wahnsinn.«

Skamper machte ein skeptisches Gesicht. »Was ist das für ein Serienkiller, der seine Leichen versteckt und dann die GPS-Daten zu diesen Verstecken im Internet veröffentlicht? Und dann auch noch mit irgendwelchen Rätseln.«

»Der Serienkiller will im Grunde, dass er entdeckt wird«, sagte Arabella. »Er leidet unter seinen Taten, es gibt zwei Seelen in ihm. Eine will, dass er entdeckt wird. Und weil die andere Seele damit nicht einverstanden ist, wählt er ganz verrückte, heimliche Wege, um sich zu enttarnen. Wenn hier wirklich ein Serienkiller am Werk ist, dann versteckt die eine Seele in ihm die Leichen und will, dass sie gefunden werden, und die andere Seele versucht, die Leute daran zu hindern, dass sie die Leiche finden.« Arabella war selbst überrascht über das, was sie gesagt hatte. »Das klang richtig gut«, sagte sie.

»Deine Chefin ist wirklich klug«, sagte Viktor zu Skamper.

»Du hast eine Manie mit Serienkillern«, sagte Skamper. »Und das mit den zwei Seelen klingt mir ziemlich banal.«

»Das ist überhaupt nicht banal«, protestierte Viktor.

»Okay«, sagte Skamper. »Dann ist es eben nicht banal.«

Arabella grinste Viktor an und gab ihm einen Knuff auf den Unterarm. Der schlug spielerisch zurück, jedoch so stark, dass Arabella laut schrie und sich den Oberarm rieb. »Au, Mann, du musst aufpassen.«

Viktor haute Skamper mit seiner riesigen Pranke auf die Schulter. »Du kannst wirklich froh sein, dass du so eine Chefin hast.«

»Ich weiß nicht. Sie wollte meinen Urin verkaufen.«

Viktor sah ratlos von ihm zu Arabella.

»Das wäre ein Riesengeschäft«, sagte Arabella. »Monika von dem Kräuterladen ist immer noch interessiert. Sie hat einen amerikanischen Kunden, der würde dafür ein Vermögen ausgeben.«

»Ich verstehe überhaupt nichts«, sagte Viktor.

»Arabella meint, man könnte den Leuten weismachen, dass mein Urin ein Wundermittel ist, weil ich dauernd das Artefakt in meinem Zimmer habe und irgendwelche Schwingungen davon in meinem Körper sind.«

Viktor nickte verstehend. »Das ist eine wunderbare Idee. Darauf wäre ich nie gekommen.«

»Darauf kann auch wirklich nur Arabella kommen«, meinte Skamper.

»Willst du es dir noch einmal überlegen?«, fragte Arabella.

»Vergiss es.«

Arabella ließ sich in ihren Sitz zurückfallen. Skamper hörte auf die Verkehrsdurchsagen im Radio. Für ihre Gegend waren keine Staus gemeldet. In fünfzehn Minuten würden sie am Ziel sein.

»Wenn das aber wahr ist«, sagte Arabella, »ich meine das, was ich mit den zwei Seelen gesagt habe, dann könnte es heute doch richtig gefährlich werden.«

Skamper schwieg. Darüber hatte er auch schon nachgedacht. Vor der Fahrt hatte er sich gefragt, ob er Arabella nicht bitten sollte, zu Hause zu bleiben. Doch ihm war klar gewesen, dass sie nie auf diesen Vorschlag eingegangen wäre.

»Wir müssen auf jeden Fall sehr vorsichtig sein.« Skamper blickte in den Rückspiegel und sah Arabella, die jetzt mit ihrem Kopf zu der Popmusik aus dem Radio wippte.

»Vielleicht bleibst du ja im Auto, wenn wir das Versteck suchen«, sagte er zu ihr.

»Kannst du vergessen.«

Sie parkten an einem Parkplatz in der Nähe des kleinen Städtchens Zell. Skamper schaltete den Motor ab. »Hier in der Nähe muss es sein. Beim Teufelstisch.«

»Teufelstisch?«, fragte Viktor.

»Es gibt eine alte Sage um diesen Felsen. Der Felsen ist flach und sieht so aus wie ein Tisch. Und auf dem Felsen sind Eindrücke wie von Spielkarten. So, als ob sich hier nachts Teufel und Geister getroffen hätten, um auf dem Felsen Karten zu spielen. Und dabei haben sie so wild mit den Karten auf den Stein gehauen, dass man heute noch die Eindrücke sieht.«

Viktor lachte. »Das ist wirklich eine lustige Geschichte.«

»Gehen wir los«, sagte Skamper. »Bevor es Nacht wird und wir den Teufel beim Kartenspielen stören.«

Viktor lachte wieder. Skamper sah auf sein GPS-Gerät. Er kannte die Gegend, von hier bis zum Teufelstisch waren es etwa fünfzehn Minuten zu laufen.

Er zog die Kapuze seiner Jacke hoch. Das Wetter hatte umgeschlagen, es war kühler geworden. Skamper musterte den Himmel. »Sieht nach Regen aus.«

Der Waldweg war so schmal, dass sie hintereinandergehen mussten. Skamper ging zügig voran, hinter sich hörte er das Schnaufen von Viktor und dahinter trottete Arabella den beiden Männern nach. Der Weg stieg sehr bald an. Das Keuchen hinter

Skamper wurde stärker, aber Skamper hatte schon viele Touren mit Viktor gemacht und wusste, dass der Russe ein zäher Bursche war.

Als sie ihr Ziel erreichten, klatschten schwere Regentropfen auf die Bäume und das Geräusch übertönte das Rauschen des Windes. Auf dem Weg hatten sie niemanden getroffen, obwohl die Wanderwege der Gegend oft von Touristen und Einheimischen genutzt wurden. Aber bei dem Wetter blieben die Leute lieber zu Hause.

Der Teufelstisch lag auf einer kleinen Anhöhe. Eine Steintreppe führte links zu ihm hoch. Links und rechts waren einige Bäume, dahinter war dichter Fichtenwald.

Auf einmal hatte Skamper das Gefühl, dass er beobachtet wurde. Er blickte sich um, der Wind war stärker geworden und zerrte an den Bäumen.

»Was ist?«, fragte Viktor.

»Weiß nicht, hab so ein komisches Gefühl, als ob da irgendjemand ist.«

Skamper blickte sich wieder um, aber er sah nur den Wald hinter dem Grauschleier, den die Regenwolken über die Bäume gelegt hatten.

»Gehen wir weiter, sonst finden wir bei dem Regen gar nichts mehr«, drängte Arabella.

Sie hatte recht. Skamper holte sein GPS-Gerät aus der Tasche und sah auf das Display. »Hier muss es sein«, sagte er.

»Vielleicht ist es oben auf dem Teufelstisch«, sagte Arabella.

Skamper nickte. »Wir müssen auf jeden Fall hoch.«

Die Steinplatte war vielleicht drei Meter hoch und es gab keine Möglichkeit, ohne Hilfsmittel auf ihre Oberfläche zu kommen. Skamper blieb stehen. Er blickte zu Viktor.

»Gib mir Hilfestellung, dann befestige ich oben ein Seil.«

Viktor nickte. Er stellte sich mit dem Rücken zum Felsen, faltete die Hände zusammen und hielt sie vor seinen Bauch, so dass Skamper seine Hand wie einen Steigbügel benutzen konnte. Er stieg mit einem Fuß auf Viktors Schulter und zog sich dann auf die Platte hoch.

Die Platte war mit Moos bewachsen. Skamper fand einen kleinen Vorsprung, an dem er ein Seil befestigen konnte. Dann half er Viktor hochzuklettern, kurze Zeit später folgte Arabella.

Als alle oben waren, zeigte Skamper auf Eindrücke in dem harten Steinboden. »Hier haben sie gespielt, die Teufel.«

Viktor betrachtete interessiert die Stelle, auf die Skamper deutete, aber Arabella war schon weiter und suchte den Boden nach möglichen Verstecken ab.

Sie hatten etwa zwei Minuten gesucht, als Skamper einen kleinen Spalt ganz links auf der Platte entdeckte. Darin fand sich ein grauer, mit Plastikfolie verschweißter Briefumschlag. Skamper holte ihn heraus und die beiden anderen kamen sofort zu ihm.

Skamper hielt den Umschlag unschlüssig in der Hand.

»Mach auf, das ist jetzt richtig spannend«, sagte Arabella.

Es regnete stärker, Skamper sah nach oben in das verwaschene Grau, die Regentropfen waren wie kleine spitze Nadeln auf seinem Gesicht.

»Schauen wir uns das im Auto an. Hier fängt es gleich an, richtig zu gießen.«

Auf dem Zettel standen oben die GPS-Daten. Darunter war eine fortlaufende Reihe von Buchstaben, die sinnlos angeordnet schienen.

»Das ist der Schlüssel«, sagte Viktor. »Die Buchstaben sind der Schlüssel für den Text auf der Internetseite. Wahrscheinlich wieder die One-Time-Pad-Methode.«

Sie hatten die ausgedruckte Internetseite mitgenommen. Viktor holte sie aus dem Handschuhfach und legte die beiden Zettel vor sich auf den Schoß. »Das wird ein wenig dauern.«

»Dann werde ich mal sehen, wohin uns die GPS-Daten führen«, sagte Skamper.

Nach fünfzehn Minuten hatte Viktor den Text Buchstaben für Buchstaben entschlüsselt. Er las den entschlüsselten Text laut vor. »Suche den Ort der Wandlungen. Dort wartet der Mann, der die Demut kennt. Frage ihn nach dem Weg zum sechsten Planeten. Frage ihn zweimal. Er wird dir den Weg weisen.«

Viktor las den Text noch einmal vor.

»Der, der das geschrieben hat, könnte sich ruhig etwas klarer ausdrücken«, sagte Arabella.

Skamper zuckte die Schultern. »Das gehört zum Spiel.«

»Was ist mit den GPS-Daten?«, fragte Viktor.

»Das ist auch so ein Witz. Die GPS-Daten führen uns nach Nürnberg. Wir sind den ganzen Weg hierher gefahren, damit uns diese komische Schnitzeljagd wieder nach Nürnberg schickt.«

»Dass es nicht einfach werden wird, war doch klar«, sagte Viktor.

»Suche den Ort der Wandlungen. Dort wartet der Mann, der die Demut kennt. Was soll das bedeuten?«, fragte Skamper.

»Lass uns erst mal wieder zurückfahren«, sagte Arabella. »Wir werden das schon rausfinden.«

Skamper drehte den Zündschlüssel und startete den Motor.

Skamper sah auf die belebte Straße vor sich. Die GPS-Daten hatten sie mitten in die Nürnberger Fußgängerzone vor den Ehebrunnen geführt. Hier in der Nähe musste er irgendwo sein, der Mann, der die Demut kennt.

Es nieselte nur noch leicht. Inzwischen war es später Nachmittag, dunkle Wolken über der Stadt drückten auf die Dächer und hüllten die Szenerie in ein verwaschenes Grau. Skamper sah auf die regennasse Straße.

Die Leute eilten durch die Stadt, um in einem der Cafés schnell etwas zu trinken oder um noch Einkäufe zu erledigen.

»Hier muss es sein. Und hier in der Nähe muss es diesen Ort der Wandlungen geben«, sagte Skamper.

»Wo soll es hier einen Ort der Wandlungen geben?«, fragte Arabella.

»Ihr seid doch aus Nürnberg«, sagte Viktor. »Ihr müsst das wissen.«

»Sorry, aber da bin ich überfragt.« Skamper blickte zu Arabella, die nur die Schultern zuckte.

Rechts von ihnen lag eine Buchhandlung, vor der einige hüfthohe Auslagekisten mit Ramschbüchern standen. Davor war ein Café. Die Karolinenstraße, an deren Ende sie standen, zog sich gerade und etwa dreihundert Meter bis zur Lorenzkirche. Sie bildete ein Zentrum der Nürnberger Fußgängerzone. Rechts und links der Straße waren Cafés, Filialen von Telekommunikationsfirmen, Banken und Geschäfte.

»Machen wir einfach mal einen kleinen Spaziergang«, schlug Viktor vor. »Vielleicht finden wir ja den Ort der Wandlung.«

Sie gingen durch die Fußgängerzone. Skamper lief auf der rechten Seite, sein Blick musterte die Vorübergehenden, er sah sich alle Häuser und Geschäfte genau an, doch wo hier ein Ort der Wandlung sein sollte, war ihm schleierhaft. Der Regen hatte zwar aufgehört, doch die Kälte kroch unter seine Jacke. An der Lorenzkirche machten sie kehrt und gingen auf der anderen Seite zurück, bis sie wieder vor dem Ehebrunnen standen.

»Irgendeine Idee, was mit dem Ort der Wandlungen gemeint sein könnte?«, fragte Arabella.

»Vielleicht ist das nur irgendein Scherz«, sagte Skamper

Viktor schüttelte den Kopf. »Nein, kein Scherz. Wir müssen hier noch einmal durchlaufen.«

»Wir sollten erst mal in ein Café gehen. Mir geht diese Schnitzeljagd langsam auf die Nerven und es ist verdammt kalt«, sagte Skamper.

Viktor sah ihn tadelnd an. »Bist du hier in Nürnberg ein Weichei geworden, ich kenne noch einen anderen Skamper. Einen Skamper, der hart und ein richtiger Mann ist.«

»Okay. Gehen wir noch einmal durch die Straße.«

Noch einmal gingen sie durch die Straße bis zur Lorenzkirche. Hier blieben sie kurz stehen, sahen sich um und marschierten dann wieder zurück.

Auf halber Strecke war rechts eine Filiale einer großen Telekommunikationsfirma, links eine Buchhandlung und in der

Mitte der Straße stand eine Skulptur. Ein Stahlpfeiler, der nach oben ragte, vielleicht drei Meter hoch. Skamper blieb stehen.

Ohne ein Wort zu sagen, ging Skamper auf die Skulptur zu. Er umrundete sie einmal und blieb dann vor einem in die Straße eingegossenen Schild stehen. »Zeichen – Wandlungen« stand darauf. »1986-88«

Skamper wandte sich zu Arabella und Viktor, die ihm gefolgt waren. »Das ist es.«

Arabella und Viktor lasen, was auf dem Schild stand.

»Wir haben es gefunden, wir haben es gefunden.« Arabella war so begeistert, dass sie vor Freude vor der Skulptur hin und her hüpfte.

Skamper sah sich um. Ein paar Meter hinter der Skulptur war eine große, dunkle Rundbank. Ihnen direkt zugewandt saß ein alter Mann in einem grauen Mantel, der sich auf seinem Stock aufgestützt hatte und mit leeren Augen nach vorne starrte.

»Dort wartet der Mann, der die Demut kennt«, zitierte Arabella den Satz, der auf dem Zettel gestanden hatte.

»Und wer soll dieser Mann sein?«, fragte Skamper.

»Nur Geduld, wir kriegen das raus«, sagte Viktor.

»Vielleicht der Alte dort«, sagte Skamper. »Alter macht demütig.«

»Ich weiß nicht«, sagte Arabella.

»Was sollen wir ihn noch mal fragen?«

»Wir sollen ihn nach dem Weg zum sechsten Planeten fragen.«

»Der sechste Planet unseres Sonnensystems ist der Saturn«, sagte Skamper.

Viktor sah ihn überrascht an. Er legte seinen Arm um ihn. »Ich habe gewusst, dass du der Richtige bist für diese Sache.«

»Das hilft uns erst mal auch nicht weiter. Ob wir den Typen nach dem sechsten Planeten oder nach dem Saturn fragen, kommt aufs selbe raus. Die Frage klingt einfach idiotisch.«

Er blickte wieder auf den alten Mann auf der Bank, der immer noch unbeweglich dasaß und ins Nirgendwo starrte. Viktor war Skampers Blick gefolgt.

»Wenn er nicht der Richtige ist, wird er uns für meschugge halten«, sagte Viktor. »Und zwar für mächtig meschugge.«

»Er wird dich für meschugge halten«, sagte Skamper. »Du wirst nämlich fragen.«

»Warum ich? Ich bin Russe, mit meinem russischen Akzent versteht er mich vielleicht überhaupt nicht.«

Skamper sah Arabella an. »Arabella, du fragst ihn.«

»Arabella, du fragst ihn«, äffte sie ihn nach. »Redet man so mit seiner Chefin? Mann, Paul, du hast dich auf der ganzen Welt rumgetrieben, hast die verrücktesten Dinge gemacht. Aber 'nen alten Mann nach dem Weg zum sechsten Planeten zu fragen, davor hast du Angst.«

»Angst, Unsinn.«

Sie blickten unschlüssig den alten Mann auf der Bank an. Passanten eilten vorbei, manche warfen einen verwunderten Blick auf die drei, die auf der Straße standen und manchmal zu dem Alten auf der Bank hinübersahen.

»Also los, gehen wir«, sagte Skamper.

Die drei gingen los und blieben vor dem Alten stehen. Skamper vorneweg, daneben der hünenhafte Viktor und Arabella hinter den beiden.

Der Alte rührte sich nicht, schien die drei nicht einmal zu bemerken. Sein graues, zerfurchtes Gesicht schien wie von einer Eisesstarre befallen zu sein. Fast war Skamper versucht, den Alten im Gesicht anzufassen, um zu prüfen, ob unter der Haut noch Blut pulsierte.

Skamper räusperte sich. Der Mann zeigte keine Reaktion. Skamper suchte Viktors Blick, der zuckte die Schultern.

Arabella drängte sich vor und sprach den Mann an. »Entschuldigen Sie, wir wollten Sie etwas fragen.«

Es dauerte einige Zeit, bis der Mann den Kopf hob und sie aus wässrigen Augen ansah. Verstand er sie überhaupt? Skamper war sich nicht sicher.

»Ich wollte Sie fragen, ob Sie nicht den Weg zum sechsten Planeten kennen.«

Skamper kam sich vor wie ein Idiot. Stand er hier wirklich und fragte einen Mann nach dem Weg zum sechsten Planeten?

Nach einer unendlich langen Zeit beugte der Mann den Kopf leicht nach vorne. »Wie bitte?«, krächzte er. Seine Stimme klang blechern, als hätte er seine Stimmbänder viel zu lange geschont.

Skamper beugte sich vor und versuchte, ganz deutlich und langsam zu sprechen. »Der Weg zum sechsten Planeten. Ich wollte Sie fragen, ob Sie den Weg zum sechsten Planeten kennen.« Er zögerte einen Moment. »Oder zum Saturnweg, vielleicht kennen Sie einen Saturnweg.«

Skamper wusste, dass diese Frage keinen Sinn hatte. Er kannte sich in Nürnberg aus, hier in der Nähe gab es keinen Saturnweg. Nur ein Saturn-Elektromarkt war in der Nähe, aber darum konnte es sich nicht handeln.

Der Alte sah ihm einen Moment in die Augen, dann stützte er sich wieder auf seinem Stock, schaukelte ein paar Mal mit seinem Oberkörper nach vorne und zurück. »Ich kaufe nix, ich sag Ihnen gleich, ich kaufe nix.«

Skamper blickte zu Viktor. Das Ganze war ein einziger Witz. Jemand wollte, dass sie sich hier zum Idioten machten.

»Wohin wollen Sie?« Eine ältere Frau mit einer weißen Handtasche, die sich ein paar Meter entfernt von dem Alten gesetzt hatte, war auf die drei aufmerksam geworden.

»Den alten Herrn brauchen Sie nicht zu fragen, der weiß nichts. Aber ich kenne mich hier aus. Ich bin aus Nürnberg.«

Skamper sah noch einmal auf den Alten, der jetzt wieder regungslos ins Leere starrte.

»Es geht um so etwas wie ein Spiel«, erklärte Arabella der Frau. »Wir müssen herausfinden, wie wir zum sechsten Planeten kommen, oder auch zum Saturnweg. Der sechste Planet ist nämlich der Saturn.«

Die Frau überlegte angestrengt, dann schüttelte sie den Kopf.

»Einen Saturnweg kenne ich nicht. Es gibt hier aber einen Saturn-Elektromarkt. Gleich hier in der Nähe.« Sie deutete nach hinten zu einer Nebenstraße. »Vielleicht ist ja das gemeint.«

»Vielleicht«, sagte Skamper. »Auf jeden Fall vielen Dank.« Er sah zu Viktor. »Gehen wir.«

Die drei gingen ein paar Schritte weiter zu einer zweiten Rundbank und setzten sich. Der Untergrund war nass, Skamper spürte, wie die kalte Feuchtigkeit von unten in seinen Körper kroch. Er stand wieder auf. »Vielleicht war das ja die Antwort«, sagte er. »Ich kaufe nix, ich sag Ihnen gleich, ich kauf nix. Vielleicht hat das ja eine Bedeutung.«

Viktor überlegte kurz, dann schüttelte er den Kopf.

»Wir sollten in ein Café gehen«, sagte Skamper.

»Eine gute Idee«, sagte Arabella.

Sie stand auf, nur Viktor blieb sitzen. Sein Blick war auf einen blinden Bettler gerichtet, der auf Höhe der Skulptur auf der linken Seite der Straße an einer Hauswand stand. Skamper war Viktors Blick gefolgt.

»Er kennt die Demut«, sagte Viktor.

Skamper zuckte die Schultern. »Auf einen weiteren Versuch kommt es jetzt auch nicht mehr an.«

Die drei setzten sich wieder in Bewegung. Auf Skamper wirkte der Bettler wie die Künstler in der Fußgängerzone, die Skulpturen nachbildeten und oft stundenlang ohne Bewegung an einem Platz verharrten.

Sie blieben in einiger Entfernung vor dem Bettler stehen.

Skamper hatte für einen Moment den Gedanken, dass dieser Mann den Bettler nur spielte. Wie er so dastand, wirkte er drahtig und gespannt. Auf seinem Kopf war ein alter, grauer Hut, den er tief in die Stirn gezogen hatte. Das Gesicht war unrasiert und die große, dunkle Brille verdeckte die Augen. Die schwarzen Stiefel waren zerschlissen und das Leder seines alten Militärmantels war brüchig und grau. Der Mann bewegte sich nicht. War er wirklich blind? Skamper war sich nicht sicher.

Er räusperte sich. Es war nicht zu erkennen, ob der Mann sie bemerkt hatte. »Entschuldigen Sie, wir hätten eine Frage, die in Ihren Ohren vielleicht seltsam klingt. Es geht um den Weg zum sechsten Planeten. Wissen Sie, wo der Weg zum sechsten Planeten ist?«

Es dauerte eine Ewigkeit, bis der Mann den Kopf leicht bewegte, ein Zeichen, dass er sie bemerkt hatte.

Skamper sah auf die dunklen Brillengläser. Im nächsten Moment fröstelte ihn. Eine instinktive Reaktion seines Körpers, die er nicht kontrollieren konnte. Ein Anfall von Angst, der so schnell ging, wie er gekommen war.

Der Mann lächelte auf einmal. Er bewegte seine rechte, geöffnete Hand und hielt sie in Skampers Richtung. Er hatte graue, an den Fingerkuppen abgeschnittene Wollhandschuhe an. Skamper wechselte einen Seitenblick mit Viktor, dann kramte er in seiner Hosentasche. Er zog eine Fünfzig-Cent-Münze heraus und legte sie dem Blinden in die Hand.

Der Mann nahm die Münze mit seiner anderen Hand, befühlte das Geldstück langsam und sorgfältig. »Fünfzig Cent«, sagte er dann mit einer leisen und weichen Stimme. »Ich danke für die Großzügigkeit, mein Herr. Gott und die Geister der Winde werden Ihnen danken und über Ihr Seelenheil wachen.«

Skamper war irritiert. Wollte sich der Kerl über ihn lustig machen? »Ich habe nicht mehr Kleingeld bei mir«, sagte er unsicher.

Der Blinde lächelte. »Das sagen sie alle.«

Skamper kramte in seiner Tasche und fand einen Fünf-Euro-Schein, den er dem Blinden in die geöffnete Hand drückte.

»Der Weg zum sechsten Planeten. Können Sie uns vielleicht sagen, wo der Weg zum sechsten Planeten ist.«

»Der Weg zum sechsten Planeten«, wiederholte der Blinde. »Natürlich, Sie wollten wissen, wo der Weg zum sechsten Planeten ist.«

So spricht niemand, der in der Fußgängerzone die Hand zum Betteln aufhält, dachte Skamper. Und dass der Mann blind war, kaufte er ihm auch nicht ab. Das gehörte sicher zum Spiel. Wahrscheinlich war der Kerl vor ihm derjenige, der diesen geheimnisvollen Cache versteckt hatte und sich jetzt einen Spaß daraus machte, sich als Bettler zu verkleiden und die Leute mit seltsamen Rätseln durch die Gegend zu jagen.

»Ich habe keine Ahnung, wo der Weg zum sechsten Planeten ist«, sagte der Mann. »Und ich habe ihn mein Leben lang gesucht. Aber ich habe einen Freund, der es sicher weiß. Sie sollten unbedingt zu ihm gehen und ihn fragen.«

Skamper wartete, dass er weiterredete, aber der Mann schwieg.

»Wenn wir zu ihm gehen sollen, sollten Sie uns vielleicht auch sagen, wie der Mann heißt und wie seine Adresse ist«, sagte Arabella.

Der Mann lachte leise. Dann wandte er den Kopf in Arabellas Richtung. »Mein Freund ist ein außergewöhnlicher Mann. Ein starker Charakter, ein Mann wie ein Fels. Man erkennt ihn sofort, er hat keine Haare mehr. Zwei Wege führen zu ihm. Nehmen Sie den oberen. Und gehen Sie nicht vor neun Uhr. Vorher ist er nicht zu Hause.«

Als der Blinde fertig war, nahm er seinen Stock, den er an die Mauer hinter sich gelehnt hatte, und wandte sich nach links. Ohne sich zu verabschieden, begann er langsam an dem Gebäude entlangzulaufen in Richtung der U-Bahnstation Weißer Turm.

Skamper, Viktor und Arabella blickten ihm nach. Skamper überlegte einen Moment, ob er ihm nicht nachlaufen sollte, um weitere Fragen zu stellen – aber was hatte das für einen Sinn? Was der Mann hatte sagen wollen, hatte er gesagt.

»Was soll das denn wieder?«, fragte Skamper.

Skamper sah den Mann in der Menge verschwinden. Die Straße, die ihm vor einer Stunde noch wie eine normale Fußgängerzone an einem Montagabend erschienen war, war auf einmal in ein dunkles, verschwommenes Grau gehüllt. Voller Zeichen, die sich nicht deuten ließen, und Menschen, die ein Geheimnis mit sich trugen.

Sie waren in einer Pizzeria neben dem Kaufhof gelandet. An der Frontseite gab es einen Straßenverkauf, man konnte aber auch in einen rückwärtigen engen Raum gehen und sich dort zum Essen setzen. Die drei Schnitzeljäger hatten ein Bier vor sich stehen und warteten auf die Pizza.

»Der Blinde war nicht blind«, sagte Skamper.

»Wie kommst du darauf?«, fragte Viktor.

»Weiß nicht, ist ein Gefühl.«

»Kennst du Blinde?«

»Nein, ich sag ja, war nur ein Gefühl.«

»Ich kenne einen Blinden«, sagte Viktor. »Sogar sehr gut.«

»Und, glaubst du, dass das da oben ein Blinder war?«

»Schwer zu sagen. Wenn er kein Blinder war, hat er auf jeden Fall gut gespielt.«

»Der Blinde war sicher der, der den Cache versteckt hat. Schon wie der geredet hat. Die Götter der Winde werden Ihnen danken.«

»Natürlich hat der Blinde den Cache versteckt«, sagte Viktor. »Deswegen konnte man sich ja auch nur an einem bestimmten Tag auf die Suche machen, damit er in der Fußgängerzone auf uns warten kann. Gehört zum Spiel, Geocacher kommen auf die verrücktesten Sachen.«

»Aber wenn das derselbe war, der auch den Cache für Andreas Wojcek versteckt hat, und wenn du damit recht hast, dass Wojceks Tod kein Unfall war, sondern Mord, dann haben wir eben mit einem Mörder gesprochen.«

Eine Zeitlang schwiegen die drei.

»Und was hätten wir machen sollen?«, fragte Arabella. »Den Mann festhalten und die Polizei rufen?«

»Und was hätten wir denen erzählt?«, fragte Viktor.

Skamper dachte an den Blinden. »Den hätten wir nicht festhalten können. Und vor der Polizei wären wir wie Idioten dagestanden.«

»Deswegen müssen wir den Cache finden, damit wir Beweise haben.«

»Okay«, sagte Skamper. »Versuchen wir, diesen Cache zu finden. Wir sollen zu einem Mann gehen, ein Mann wie ein Fels, der keine Haare mehr hat.«

Die drei dachten nach.

»Vielleicht ist der Mann gar kein Mann«, sagte Skamper.

»Wie meinst du das?«, fragte Viktor.

»Wir suchen doch nach GPS-Daten, nach einem Ort. Vielleicht bezieht sich ja dieses Gerede von dem Mann mit dem starken Charakter auf einen Ort und nicht auf eine Person, die wir fragen sollen.«

»Vielleicht eine Statue oder sowas«, sagte Arabella.

Skamper zuckte mit den Schultern.

Arabella holte ihr Smartphone aus der Tasche, sie legte es vor sich auf den Tisch und begann etwas auf der kleinen Tastatur zu tippen.

»Was willst du mit dem Ding?«, fragte Skamper.

»Damit kann man von überall aus im Internet surfen. Ich schau mal, ob ich irgendwas finde, wenn ich was bei Google eingebe.«

Während Arabella mit ihrem Smartphone hantierte, kam die Bedienung mit den drei Pizzas. Skamper und Viktor hatten nach der langen Schnitzeljagd großen Hunger und fingen sofort zu essen an.

»Was willst du denn eingeben?«, fragte Skamper.

»Mann ohne Haare, Statue, Nürnberg. Mal sehen, was da kommt.«

Arabella legte das Smartphone neben ihren Teller und nahm sich ein Stück ihrer Pizza.

Sie blickte auf das Display ihres Smartphones. »Da kommt nur Blödsinn«, sagte sie.

»Vielleicht hätten wir den Blinden noch einmal fragen müssen«, sagte Viktor.

»Ich habe zweimal gefragt«, sagte Skamper.

»Ich gebe mal was anderes ein«, sagte Arabella. Sie nahm ihr Smartphone in die Hand und tippte. »Mann mit Glatze, Mann wie Felsen, Nürnberg«, murmelte sie.

»Das hat keinen Sinn«, sagte Viktor.

»Abwarten.«

»Moment«, sagte Skamper. Er blickte Arabella starr an. »Was hast du eingegeben?«

»Mann mit Glatze, Mann wie Felsen, Nürnberg«, wiederholte Arabella.

»Der Glatzenstein«, sagte Skamper. »Das ist es.«

»Der Glatzenstein?« Viktor sah Skamper ratlos an.

»Der Glatzenstein ist eine Felsformation in der Nähe von Schnaittach. Das muss es sein. Es gibt zwei Wege dorthin. Der obere führt direkt zum Gipfel.«

»Und wie weit ist das von hier?«

»Vielleicht 'ne halbe Stunde mit dem Auto. Ich war schon öfters mal dort. Der Felsen ist ein beliebtes Ausflugsziel für Kletterer.«

»Und dass wir nicht vor neun dorthin gehen sollen, heißt, dass vorher die Suche umsonst ist«, sagte Arabella.

»Genau.«

»Wie spät ist es denn jetzt?«, fragte Viktor.

Skamper sah auf seine Uhr. »Halb acht.«

»Dann haben wir noch knapp eine Stunde Zeit.« Viktor aß zufrieden noch ein Stück von seiner Pizza.

»Ich hoffe nur, dass wir dort nicht wieder irgendein idiotisches Rätsel lösen müssen«, sagte Skamper.

Der Glatzenstein lag etwa dreißig Kilometer von Nürnberg entfernt in Richtung Norden. Ein Fels mitten im Wald, den man von der Straße aus sehen konnte und der oft von Hobbykletterern besucht wurde. Als Skamper, Arabella und Viktor an einem kleinen Waldweg hinter dem Ort Kersbach parkten, war es schon dunkel.

Das Waldstück, das den Glatzenstein umgab, lag wie ein dunkler Schatten vor ihnen. Die drei stiegen aus.

»Wie weit ist es von hier?«, fragte Viktor.

»Nicht mal ein Kilometer«, sagte Skamper.

Skamper ging zur Rückseite des Wagens, öffnete die Hecktür und holte ein paar Taschenlampen, Seile und Kletterausrüstung heraus. Die Taschenlampen verteilte er an Arabella und Viktor.

»Glaubst du, wir brauchen dieses ganze Zeug?«, fragte Viktor mit Blick auf die Seile und Steigbügel, die sich Skamper über die Schulter geworfen hatte.

»Ich bin mir ziemlich sicher«, sagte Skamper.

Es war inzwischen dunkel geworden, ein kühler Wind hatte eingesetzt, manchmal klarte der Himmel auf, dann konnte man den vollen Mond sehen, und das Licht war so hell, dass man auch ohne Taschenlampen hätte laufen können.

Der Weg führte direkt zum Gipfelplateau. Es ging steil bergauf, sie gingen hintereinander und Skamper hörte hinter sich das Keuchen von Viktor.

Skampers Taschenlampe flackerte auf dem Weg. Auf einmal schoben sich schwarze Wolken vor den Mond und Dunkelheit umfasste sie.

Durch die Wipfel der Bäume fiel kaum noch Licht. Von der Autobahn in der Ferne drang Motorenlärm, aber es klang alles gedämpft hier, als wären sie in einer Glasblase, die alle Geräusche von außen filterte und abgeschwächt zu ihnen durchließ.

Skamper hörte etwas, ein Knacken, er hatte auf einmal wieder das Gefühl, dass man sie beobachtete. Er blieb unvermittelt stehen, so dass Viktor beinahe auf ihn aufgelaufen wäre.

»Was ist los?«, fragte er.

»Da ist irgendwer«, sagte Skamper.

»Woher weißt du das?«

»Ist so ein Gefühl.«

Sie horchten in die Nacht, ihre Taschenlampen durchschnitten die Dunkelheit, aber das führte nur dazu, dass die ganze Szenerie noch geheimnisvoller und undurchdringlicher wirkte.

Im nächsten Moment hörten sie einen Schrei. Ein schriller Schrei, wie in Todesangst ausgestoßen.

Alle drei standen regungslos und stumm. Aber es war nichts mehr zu hören. Nur der Wind in den Bäumen.

»Was war das?«, fragte Arabella. Ihre Stimme klang leise und ängstlich.

»Keine Ahnung«, sagte Skamper.

»Vielleicht sollten wir nachschauen, was da passiert ist«, sagte Viktor.

Skamper war einen Moment unschlüssig. »Von woher ist das denn gekommen?«, fragte er.

Viktor deutete mit seiner Taschenlampe nach hinten, zu dem kleinen Waldweg, wo ihr Auto stand.

»Ich hatte den Eindruck, es kommt von der Seite«, sagte Skamper. »Von links.« Er deutete mit seiner Taschenlampe in die Richtung. Doch das Licht wurde schon nach einigen Metern von der Dunkelheit verschluckt.

Skamper spürte, wie sich Arabella an ihn drückte. »Es hat keinen Sinn, da jetzt zu suchen«, sagte er. »Gehen wir weiter.«

Endlich hatten sie das Gipfelplateau erreicht.

Direkt vor ihnen war eine Steinformation, deren Schatten in der Dunkelheit wie ein schlafender Riese wirkte. Auf einem dieser Steine, auf der Brust des Riesen, ragte ein Holzkreuz nach oben in die Dunkelheit. Im Halbdunkel der Nacht schienen die Zweige der umstehenden Bäume nach diesem Kreuz greifen zu wollen wie die knochigen Hände von Geistern.

Skamper, Viktor und Arabella blieben stehen. Sie leuchteten mit ihren Taschenlampen die Umgebung ab.

»Und hier soll irgendwo ein Versteck sein? Hier findet man doch nie etwas«, sagte Arabella.

»So wie ich den Typen einschätze, der das Ganze veranstaltet, ist das Versteck genau dort, wo es gefährlich ist«, sagte Skamper. Er legte seine Kletterausrüstung und seine Seile an einem Baum ab. Dann ging er weiter bis zum Rand des Plateaus, an dem die Felswand etwa fünfzig Meter nach unten abfiel. Ein Geländer aus Eisen sollte vor dem Abgrund schützen. Doch der Zaun war beschädigt, er war mit Absperrbändern gesichert, ein Schild war angebracht: Betreten verboten.

Skamper ging an dem Geländer vorbei. Er versuchte nach unten zu sehen, doch um etwas zu erkennen, hätte er sich weiter nach vorne beugen müssen, was nicht ungefährlich war.

»Mir gefällt die ganze Sache nicht. Ein falscher Schritt und es ist vorbei. Das ist verdammt gefährlich hier«, sagte Skamper. Er spürte erste Regentropfen, der Himmel hatte sich wieder verdunkelt.

»Das sieht wie eine verdammte Falle aus. Vielleicht sollten wir die ganze Suche abblasen.«

»Nicht abblasen«, sagte Viktor. »Was ist los mit dir? Wo ist der Skamper, der gesagt hat, ich liebe die Gefahr, weil ich dann spüre, wofür ich Eier habe?«

Skamper sah ihn kurz an. »So einen Schwachsinn habe ich sicher nie gesagt.«

»Vielleicht ist dieser verrückte Serienkiller hier irgendwo in der Nähe und wartet auf uns«, sagte Arabella.

»Vielleicht«, sagte Skamper.

»Aber das macht nichts. Ich bin Detektivin und ein Profi. Wir gehen jetzt auf keinen Fall zurück.«

»Das ist ein Wort«, sagte Viktor. »Daran könntest du dir ein Beispiel nehmen, Paul. Eine Frau, die wunderschön ist und auch noch taff.«

»Mir wäre lieber, wir würden morgen noch einmal herkommen«, sagte Skamper.

»Morgen werden wir das Versteck nicht mehr finden.«

Skamper wusste, dass Viktor recht hatte. Er ging ein paar Schritte nach links, wo ein kleiner Baum stand. Daran hielt er sich fest, beugte sich nach vorne, leuchtete mit seiner Taschenlampe nach unten.

Der helle Schein zitterte über ein dunkles Etwas, das in ungefähr zehn Metern Tiefe aus der Wand zu kommen schien. Skamper betrachtete es genauer. »Verdammt noch mal, was ist das?«

Es sah aus wie ein Arm, der mitten aus dem Felsen zu kommen schien. Die Hand war geöffnet und blutverschmiert.

Arabella und Viktor traten an seine Seite und leuchteten mit ihren Taschenlampen zu der Stelle, auf die Skamper seinen Lichtstrahl gerichtet hatte.

»Das sieht aus …, das sieht aus wie ein Arm«, sagte Arabella.

Vielleicht ein Scherz, dachte Skamper. Vielleicht stimmte ja die Theorie, die Viktor im Auto erzählt hatte, dass eine mysteriöse Firma auf diese Art Werbung machte.

Skamper leuchtete die Umgebung ab. Links war ein Felsvorsprung, dort ging es nicht so steil nach unten. »Gehen wir ein bisschen zurück«, sagte er.

Die drei gingen zu dem Baum, wo Skamper seine Seile und Kletterausrüstung abgelegt hatte.

»Da ist ein Vorsprung im Felsen«, sagte Skamper. »Ich versuch dahin zu kommen. Dann kann ich mir das genauer ansehen. Ihr bleibt oben und sichert mich.«

»Was heißt, ich soll oben bleiben«, sagte Viktor. »Ich komme mit.«

Skamper sah skeptisch auf die Masse Mensch vor ihm.

»Willst du jetzt sagen, ich bin zu dick für diese Sache?«, fragte Viktor.

»Na ja. Ein paar Kilos weniger würden die ganze Sache einfacher machen.«

»Willst du jetzt auch noch auf meiner kräftigen Figur herumhacken? Muss man sich dauernd blöde Sprüche anhören, nur weil ein Mann Muskeln hat. Ich bin vielleicht schwer, aber geschmeidig wie ein Luchs und ausdauernd wie ein Reh.«

Viktor in irgendeiner Form mit einem Reh zu vergleichen, war sehr gewagt

»Okay«, sagte Skamper. »Fangen wir an, damit wir weiterkommen.« Er nahm sich ein Seil und befestigte es an einem Baumstamm. Er prüfte den Knoten, zerrte an dem Seil. Es würde auch das Gewicht von Viktor halten, da war er sich sicher.

Er ging wieder nach vorne bis zum Rand des Plateaus und warf das Seil nach unten. »Wenn ich auf dem Vorsprung bin, kommst du nach«, sagte er zu Viktor, der ihm gefolgt war.

Skamper seilte sich vorsichtig ab. Auf einmal hatte er alle Bedenken vergessen. Sein Jagdinstinkt war geweckt. Nach etwa zehn Metern hatte er den Vorsprung erreicht. »Alles klar, du kannst kommen«, rief er nach oben.

Er sah nach oben, wo sich sein Freund abseilte. Kurze Zeit später stand Viktor neben ihm. Sie gingen bis zum Rand des Vorsprungs und leuchteten auf das, was da aus der Felswand in etwa fünf Meter Entfernung zu kommen schien. Im unwirklichen Licht ihrer Lampen konnten sie es genauer erkennen.

War das wirklich ein menschlicher Arm? Es sah so echt aus, dass Skamper einen Moment das Gefühl hatte, die Hand würde sich bewegen.

Viktor murmelte etwas auf Russisch, er war genauso erstaunt wie Skamper.

Es geschah so schnell, dass Skamper auch später, als er intensiv über den Vorfall nachdachte, die Ereignisse nicht in eine genaue Chronologie bringen konnte. Sie waren beide einen Schritt nach vorne gegangen, beide gleichzeitig und unwillkürlich, um die seltsame Erscheinung besser in Augenschein zu nehmen. Auf einmal tat sich unter Skamper der Boden auf, er verlor den Halt, spürte noch die Hand von Viktor, der versuchte, ihn zu halten, sich selbst zu halten, der aber genau wie er in die Tiefe gerissen wurde.

Skamper hörte einen Schrei, Arabella hatte geschrien, er drehte sich noch um, sah aber nur den nackten Felsen hinter sich, der kleiner wurde, viel zu schnell kleiner und undeutlich wurde, dann fiel er nach vorne, und dann weiter in eine dunkle, nicht endenwollende Schwärze.

•

Morlov war pünktlich. Er saß in der einfachen Wirtsstube und wartete. Es hatte einige Zeit gedauert, bis er das Lokal gefunden hatte. Panzer hatte ihm nur den Namen genannt, hatte am Telefon erklärt, dass es irgendwo in der Fränkischen Schweiz sei und Morlov es sicherlich finden werde. Er brauche doch nur den Namen bei Google Maps einzugeben.

Doch Morlovs neues Navigationsgerät hatte ihn zweimal in die falsche Richtung geführt.

Aber jetzt war er hier und wartete. Er hatte seinen Toyota Corolla auf dem Parkplatz der Gaststätte abgestellt.

Panzer würde wieder zu spät kommen. Wie jedes Mal. Morlov rechnete damit, er hatte sich schon oft vorgenommen, genauso wie Panzer etwas später zu kommen, aber auch heute war er wieder auf die Minute pünktlich und saß ungeduldig in der Ecke des Raums und ärgerte sich.

Morlov holte ein Taschentuch aus der Hose und wischte den Tisch vor sich ab. Er war mit Staub überzogen. Was für eine Drecksklitsche, dachte Morlov.

Das Lokal sei ein Geheimtipp, hatte Panzer gesagt. Ein Schweinebraten, dass dir die Augen rausfallen. Hatte Panzer gesagt und Morlov hatte ihm zum xten Male gesagt, dass er Schweinebraten hasse.

Warum mussten sie sich auch immer wieder an diesen abgelegenen Orten treffen? Aber hätte Morlov ihm ein anderes Lokal vorgeschlagen, vielleicht irgendwo in Nürnberg, dann hätte ihm Panzer erklärt, dass er vorsichtig sein müsse, bei seinem Bekanntheitsgrad als Fernsehmoderator.

Lächerlich, dachte Morlov. Panzer war nicht mehr als eine drittklassige Fernsehpappnase. In irgendeinem der unzähligen dritten Programme trat er als der weißhaarige Dr. Praetorius Palleto auf und moderierte das Politmagazin »Maulaffen«. Eine Krawallshow für die Halbleichen vor dem Fernseher, die weder Arbeit noch ein funktionierendes Geschmacksempfinden hatten. Wahrscheinlich war Panzer der Star der Seniorenheime und die Alten fieberten seiner Show so ungeduldig entgegen wie ihrer nächsten Darmspiegelung.

Doch Panzer tat, als wäre er ein Star, der sich in der Öffentlichkeit verkleiden müsse, um nicht dauernd belästigt zu werden.

Morlov war gespannt, in welchem Aufzug Panzer diesmal kommen würde.

Das letzte Mal war er in einem weißen Pelzmantel aufgetaucht und hatte ausgesehen wie ein fettsüchtiger Flamingo. Er hatte eine riesige Sonnenbrille getragen und an den Fingern hatten dicke Ringe geglitzert. Die hatten sicher eine Menge Geld gekostet, aber Panzer konnte sich das leisten. Das Fernsehen stopfte jedem, der es in dieser Dumm-Dumm-Welt zu etwas gebracht hatte, so viel Geld in den Rachen, dass er daran erstickte.

Panzer hatte sicher auch genug Geld, um den fetten Killer zu engagieren, der ihn umbringen sollte. Und dass Panzer noch die Kontakte aus der Zeit hatte, wo er ein richtig großes Tier in der Branche gewesen war, darauf konnte man wetten. Diese fette Ratte, er sollte ihm den Hals umdrehen.

Morlov atmete mehrere Male tief durch. Er musste sich beruhigen. Panzer war gefährlich. Er durfte ihn nicht unterschätzen.

Er blickte ungeduldig zur Tür. Der große Raum war fast leer. Nur vorne neben dem Fenster am Stammtisch saß ein alter Mann mit einem Weizenglas und starrte vor sich hin. Am Tisch neben ihm saß ein Rentnerehepaar, das manchmal für einen Moment aus seiner Leichenstarre erwachte. Dann sagte der Mann leise etwas, die Frau nickte und fiel im nächsten Augenblick wieder in eine totenähnliche Bewegungslosigkeit.

Endlich erschien Panzer an der Tür. Er blieb einen Moment stehen, als hätte er einen Auftritt in einer vollen Halle und wartete auf den Begrüßungsbeifall des Publikums.

Doch nicht mal die Fliegen, die sich auf dem Boden um ein paar Brotkrümel stritten, nahmen von ihm Notiz.

Panzer hatte einen schwarzen Anzug an, der glänzte, als wäre er in einer Fettlauge gewaschen worden. Darüber einen braunen Pelzmantel, den er offen trug. Ein Pelzmantel von der Sorte, wie ihn nur Idioten oder zugedröhnte Rockstars trugen.

Panzer sah Morlov und winkte ihm mit einer lässigen Handbewegung zu. Noch hatte Panzer kein Wort gesagt, aber Morlov spürte, wie ihm die Magensäure hochkroch.

Dann sah sich Panzer um, grüßte alle Anwesenden mit einem Kopfnicken. Er wolle kein Aufsehen erregen, deshalb die absonderlichen Kneipen, behauptete Panzer immer. Aber so wie Panzer hier hereinspazierte, war er so unauffällig wie ein Keuchhusten in einer Opernaufführung.

Trotz seiner nach Aufmerksamkeit schreienden Kleidung beachtete ihn hier niemand. Panzer hätte genauso gut eine Leichenhalle betreten können.

Panzer tänzelte an Morlovs Tisch, blieb stehen und reichte ihm seine Hand. Morlov ergriff sie, sie fühlte sich an wie ein gut gefüllter Hundekotbeutel und Morlov ließ sie schnell wieder los.

Dann pflanzte sich Panzer auf den Stuhl ihm gegenüber. Er lächelte und sah sich um. »Wie findest du das Lokal? Das ist ein Geheimtipp, sag ich dir. Einen Schweinebraten gibt es hier, der ist göttlich.«

Panzer wartete die Antwort von Morlov nicht ab. Er stand noch einmal auf, um seinen Mantel auszuziehen und an der Garderobe aufzuhängen. Dann setzte er sich wieder. »Das ist schön, dass wir uns mal wieder sehen.«

Morlov spürte ein leichtes Sodbrennen. Und brennende Stiche in seinem Kopf.

Panzer winkte der Kellnerin zu, die aus einem langen Schlaf zu erwachen schien. Sie war eine mürrisch blickende, ziemlich voluminöse Frau, die die Vierzig schon lang überschritten hatte.

Sie kam angeschlurft und blieb vor den beiden stehen. »Wollen Sie was zu trinken?«

Panzer lachte. Ein blödes, abgehacktes Lachen, das wie das Geräusch klang, wenn man mit seiner Hand in eine Häckselmaschine geriet. »Na, sonst wären wir ja nicht hier, wenn wir nicht was trinken wollten.«

»Ein Mineralwasser«, sagte Morlov.

Die Bedienung wandte sich Panzer zu.

»Mir bringen Sie bitte ein dunkles Weizenbier.«

»Und zu essen?«

»Wir schauen uns die Karte an.«

Sie nickte, dann trottete sie wieder davon.

Panzer schnappte sich die Karte. Ein in eine speckige Folie eingeschweißtes Papier.

»Den Schweinebraten hier kann ich wirklich empfehlen. Ich nehm ihn auf jeden Fall.«

Morlov hatte sich die wenigen Gerichte auf der Karte schon dreimal durchgesehen. Für ihn kam nur ein Rindersteak in Frage.

Einen Moment herrschte Stille. Dann sah Panzer auf und legte ihm die Hand auf die Schulter. »Mann, das ist gut, dass wir uns mal wieder treffen.«

Morlov sah stumm auf Panzers Hand, die wie ein Bleigewicht auf seiner Schulter lag und die Panzer jetzt zurückzog. Was sollte das?

»Geht's dir gut? Du siehst gut aus, trainierst wahrscheinlich wie ein Verrückter.« Panzer lächelte. Dieses schleimige Moderatorenlächeln, das er einfach nicht ablegen konnte.

Die Kellnerin kam und stellte stumm ihre Getränke ab. Dann blieb sie stehen und holte einen zerknitterten Notizblock aus ihrer Rocktasche. Panzer nahm einen Schluck von seinem Weizenbier.

»Großartig, das Bier hier.« Er nickte der Kellnerin zu, die das Lob ungerührt zur Kenntnis nahm. Panzer wandte sich an Morlov. »Das brauen sie selber. Das ist nicht so ein Einheitsgebräu, wie du es sonst bekommst.«

Morlov nippte an seinem Wasser. Die Kellnerin stand immer noch neben ihnen. »Wissen Sie schon, was Sie zum Essen wollen?«

»Ich nehm einen Schweinebraten«, sagte Panzer. »Der soll ja ganz ausgezeichnet hier sein. Und du Simon?«

»Ein Rindersteak. Bitte ganz durch.«

Die Bedienung kritzelte etwas auf ihrem Block, dann nahm sie die Speisekarten und trottete wieder zum Tresen.

Panzer schwieg jetzt. Seine rechte Hand lag auf dem Tisch und die Finger zuckten nervös auf und ab, als trommelten sie einen stummen Rhythmus. Panzer schaute Morlov nicht an, er ließ seinen Blick durch den Raum schweifen.

»Wie lange ist das her, dass wir uns das letzte Mal getroffen haben?«

»Vier Monate und drei Tage«, sagte Morlov.

»Natürlich, im Winter, ganz in der Nähe. Jetzt fällt es mir wieder ein. In dem Lokal, wo es diese ausgezeichneten Bratwürste gab. Ist gar nicht weit von hier.« Panzers Finger hörten auf zu trommeln. Er verschränkte die Hände ineinander, als wolle er beten. Er sah Morlov an. »Nun, du wolltest dieses Treffen. Gibt es etwas Besonderes?«

»Oh ja«, antwortete Morlov, »es geht um den fetten Russen, den du mir auf den Hals gehetzt hast.«

Panzer sah ihn mit einem fassungslosen Gesichtsausdruck an. Ist das echt, fragte sich Morlov. Dieser Ausdruck völliger Ahnungslosigkeit.

»Ich hab ehrlich gesagt keine Ahnung, wovon du überhaupt redest.«

»Jetzt tu nicht so. Du weißt genau, wovon ich rede.«

Panzer hatte noch immer sein Nicht-die-geringste-Ahnung-wovon-du-redest-Gesicht.

»Vor einer Woche hat so ein russischer Eierkopf versucht, mich zu erwischen. Ein fetter, dummer Amateur. Der hat auf Bestellung gearbeitet, da bin ich mir sicher.«

Jetzt war Panzers Blick vorwurfsvoll. Als hätte Morlov ihn beschuldigt, seine Lieblingskatze in der Mikrowelle gegrillt zu haben.

»Für dich wäre mein Tod doch eine riesige Erleichterung«, sagte Morlov. »Du brauchst mir da nichts vorzumachen. Ich bin der Einzige, der weiß, wer du wirklich bist und wer hinter der Pappnase aus dem Fernsehen steckt.«

Morlov war laut geworden. Panzer blickte sich nervös um, als hätte er Angst, Morlovs Stimme könnte die Halbleichen im Raum aus ihrer Totenstarre erwecken. Doch das Rentnerehepaar blickte weiterhin nur trübsinnig vor sich hin und der Alte an dem Tisch daneben sah aus, als würde er schon seit Stunden die aufsteigenden Bläschen in seinem Weizenglas zählen.

»Bitte, jetzt werd nicht beleidigend. Ich weiß, was du vom Fernsehen hältst, aber du musst nicht mit solchen Ausdrücken kommen.«

In diesem Moment kam die Bedienung mit dem Essen. Ohne ein Wort stellte sie die dampfenden Gerichte vor die beiden.

Panzer wurde sofort leutselig. »Das sieht ja toll aus und das riecht so lecker.«

Die Bedienung sah ihn prüfend an. »Ich glaub, ich kenn Sie von irgendwoher. Vom Fernsehen?«

»Das passiert mir oft«, sagte Panzer. »Ich seh da einem so ähnlich.«

»Der von ›Maulaffen‹«, sagte sie.

»Genau, aber der bin ich nicht. Ich seh nur so aus.«

»Ich hass die Sendung, das ist ein Blödmann.«

Panzer schluckte. »Na, die Geschmäcker sind eben verschieden.«

Die Frau ging wieder, ohne ein weiteres Wort zu sagen. Panzer sah ihr kurz nach, dann nahm er das Besteck in die Hand und schnitt etwas von seinem Braten ab. »Blöde Kuh«, sagte er. »Für solche Leute gibt man sich Mühe.« Er schüttelte den Kopf, dann steckte er das Stück Fleisch in den Mund. »Aber das Essen ist hier ausgezeichnet.«

Morlov rührte sein Steak nicht an. Er hatte sich zurückgelehnt und die Arme verschränkt.

Panzer sah ihn an, als müsste er sich erst wieder erinnern, worüber sie gesprochen hatten. »Was war da mit dem Russen?«, fragte er. »Der hat versucht, dich umzubringen?«

»Das war ein Amateur«, sagte Morlov. »Der hat sich als GEZ-Fahnder ausgegeben. Wollte kontrollieren, ob ich einen Fernseher habe.«

»Aber wie kommt der denn auf so eine Idee? Du zahlst doch deine Fernsehgebühren.«

»Darum geht es doch jetzt nicht.«

»Aber wenn du keine Fernsehgebühren zahlst, – das kannst du nicht machen. Das ist ein hochwertiges Programm, das du jeden Tag anschauen kannst. Das kostet viel Geld.« Panzer sah Morlov eindringlich an. »Ich bin cool und zahle Fernsehgebühren«, zitierte Panzer dann einen der Werbesprüche der GEZ.

»Es geht jetzt nicht um diese blöden Fernsehgebühren«, sagte Morlov. »Auf mich wurde geschossen. Dieser Typ wollte mich umbringen.«

Panzer spachtelte wieder ein Stück Schweinebraten in sich hinein. »Ja, das ist sehr beunruhigend, das kann einem wirklich Sorgen machen«, sagte er. »Das könnte heißen, dass deine Deckung nicht mehr sicher ist.«

»Oder dass du mich aus dem Weg haben willst.«

»Also, jetzt lass endlich diese Verdächtigungen, ich hab damit nichts zu tun. Das kann ich dir versichern.« Er kaute an seinem Schweinebraten. »Ich bin wirklich enttäuscht, dass du so was denkst«, sagte er. »Ich hab immer gedacht, dass mehr zwischen uns ist als nur eine berufliche Beziehung …« Panzer stockte, suchte nach Worten, aber das konnte auch nur gespielt sein, um eine Gefühlsregung vorzutäuschen. »Ich meine, dass einen auch interessiert, was der andere so macht. Ich zum Beispiel interessiere mich für dich.«

Täuschte sich Morlov oder waren Panzers Augen tatsächlich feucht? Er wusste, worauf Panzer anspielte. Dass er es war, der ihn damals aus dem Waisenhaus geholt hatte. Dass er, obwohl nur fünfzehn Jahre älter, ein Ersatzvater für ihn gewesen war. Dass er ihn ausgebildet hatte. Dass er alles für Morlov gewesen war, Vater, Bruder, Mentor. Morlov hatte damals niemanden gehabt. Er hatte das Waisenhaus gehasst und Panzer hatte ihn daraus gerettet. Genau das war der Grund, warum es so schwer für Morlov werden würde, Panzer umzubringen.

»Und wenn ich dich frage, wie es dir geht, dann will ich das auch wissen, dann ist das nicht nur eine Floskel. Denn ich sehe doch, Simon, dir geht es nicht gut. Du kommst in das Alter, wo man sich bestimmte Dinge fragt. Und ich muss dir auch sagen, du lebst einfach viel zu einsam in deinem Dorf da draußen.« Panzer schüttelte den Kopf, steckte wieder ein Stück Schweinebraten in den Mund, kaute, um dann weiterzureden. »Und ich habe eine Frage an dich, Simon. Diese Frage mag vielleicht seltsam für dich klingen. Hast du einen Freund, Simon? Ich meine damit einen Menschen, dem du ganz und gar vertraust. Mit dem du alles bereden kannst, was dich bedrückt. Ich hab das erst kürzlich in so einer Zeitschrift gelesen. Freunde sind das Wichtigste.«

Panzer machte wieder eine Pause. Warum bringt mich das nur so auf die Palme, sein Gerede von Freundschaft, dachte Morlov. Ich sollte ihn umbringen. Warum eigentlich nicht? Aber Morlov wusste, dass Panzer zu gewitzt war. Er hatte sicher alle Vorsichtsmaßnahmen getroffen, die man sich nur denken konnte. Wenn du mich umbringst, dann zieht dich das in den Abgrund. Das waren die unausgesprochenen Worte, die hinter dem Gerede von Freundschaft und Vertrauen standen.

»Ich habe immer gedacht, ich bin so was für dich. Ein Freund. Hast du denn alles vergessen? Vielleicht hältst du mich für gefühlsduselig, aber es verletzt mich, wenn du so tust, als wäre da nichts mehr zwischen uns, als könnten wir uns nicht wirklich vertrauen.«

Morlov musste schlucken. Er wehrte sich gegen diese Gefühle, aber Panzers Worte trafen ihn.

Eine Zeitlang schwiegen beide. Panzer vertilgte seinen Schweinebraten und auch Morlov begann, von seinem Rindersteak zu essen. Er musste zugeben, dass es ausgezeichnet war. Panzer sah Morlov prüfend an.

»Du hast doch die Unterlagen inzwischen vernichtet?«

Die Unterlagen. Morlov war beinahe so weit gewesen, Panzer zu glauben, dass er tatsächlich Freundschaft für ihn empfand. Aber die Frage nach den Unterlagen zeigte, worum es Panzer wirklich ging.

Die Unterlagen waren Morlovs Versicherung. Er hatte von Anfang an jeden Mord protokolliert. Am Anfang war es eine

Marotte gewesen. Aber später war Morlov klar geworden, wie sehr Panzer diese Unterlagen fürchtete und wie wichtig sie für ihn waren.

»Die Unterlagen sind an einem sicheren Ort«, sagte Morlov.

Panzer hörte auf, an seinem Schweinebraten zu schnippeln. »Aber Simon, du hast es mir versprochen, dass du das endlich aus der Welt schaffst. Wenn du willst, kann ich das für dich übernehmen. Bring die Unterlagen das nächste Mal einfach mit.«

Morlov sah Panzer kalt an. »Mach dir keine Sorgen«, sagte er. »Wenn du unbedingt willst, werd ich sie selber vernichten. Gleich wenn ich nach Hause komme, werde ich das machen.«

Panzer saß noch immer da, ohne sich zu rühren, er ließ Morlov nicht aus den Augen. »Das ist ja dann gut«, sagte er. Seine Worte klangen nicht überzeugt. Er steckte wieder ein Stück Schweinebraten in den Mund.

Panzer beugte sich nach vorne zu Morlov. Seine Stimme wurde vertraulich. »Du hast das letzte Mal von dieser Nachbarin erzählt.«

»Und?«

»Hast du was mit ihr?«

Morlov schüttelte den Kopf. Warum hatte er bei ihrem letzten Treffen nur die Lederer erwähnt?

»Aber warum nicht? Ich wette, die ist ganz scharf auf dich. Die wartet nur darauf, dass was passiert. Du solltest sie mal richtig hernehmen, die wäre sicher ganz begeistert. Und deinem Hormonspiegel würde das auch gut tun. Du lebst da wie ein Eremit. Sag mir, wie lange ist das her, dass du das letzte Mal mit einer Frau zusammen warst?«

Was zum Teufel ging das Panzer an?

»Wenn ich mit der was anfange, habe ich nur ihren Mann am Hals.«

»Ach was, vergiss den Alten. Viel wichtiger wäre, dass du in deinem Dorf dann endlich voll integriert wärst. So wie du jetzt dort lebst, machen die Leute sich Gedanken. Die halten dich für einen Sexualkranken oder einen schwulen Intellektuellen oder so was, aber wenn du mit der Nachbarin vögelst, wärst du für die ein ganz normaler Perverser, der die Schlampe von nebenan nagelt. Die Leute könnten dich endlich einordnen, du wärst einer von ihnen. Und dir würde das ganz gut tun. Wie lange ist das denn her, dass du was mit einer Frau hattest?«

»Ist schon 'ne Weile her«, antwortete Morlov widerstrebend.

»Siehst du. Ich meine, jeder von uns braucht das manchmal.«

Panzer machte eine eindeutige Handbewegung, dabei grinste er über das ganze Gesicht, hatte den Mund offen, so dass etwas von der Schweinebratensoße über seine Mundwinkel tropfte. Ich sollte ihn umbringen, dachte Morlov wieder.

»Mir gefällt dein Gesicht nicht«, sagte Panzer. »Wenn du so aussiehst, dann denkst du ganz schlimme Sachen. Glaub mir, ich kenne dich. Niemand kennt dich so wie ich.« Panzer vertilgte den letzten Rest Schweinebraten. »Und, was sagst du dazu?«

»Wozu?«, fragte Morlov.

»Na, dass du's mal mit deiner Nachbarin treiben solltest.«

Morlov zuckte mit den Schultern. »Vielleicht hast du ja recht.«

Panzer grinste ihn an. »Natürlich habe ich recht.«

•

Morlov saß vor dem Computer. Er blickte auf die Digitalanzeiger der kleinen Uhr rechts unten. 22:43 Uhr. Vor einer halben Stunde war er nach Hause gekommen. Beim Abschied hatte Panzer einen dramatischen Auftritt hingelegt. Er hatte Morlov umarmt, hatte ihn mit seinen Pranken an sich gezogen und Morlov hatte es stumm über sich ergehen lassen und versucht, Panzers stinkendes Aftershave zu ignorieren.

Vor sich hatte Morlov ein Glas Whisky stehen. Während des Abends mit Panzer hatte er noch zwei Bier getrunken. Panzer hatte ihn dazu überredet. Sonst trank er fast nie, er war den Alkohol nicht gewohnt und musste sich konzentrieren, dass die Buchstaben auf dem Bildschirm nicht verschwammen. Als er nach Hause gekommen war, hatte er auch noch zwei Tabletten genommen. Die Mischung aus Alkohol und Medikamenten dämpfte seine Kopfschmerzen. Morlov nahm einen weiteren Schluck von dem Whisky.

Er hatte die Website »Freunde der Zierfischhaltung« aufgerufen. Morlov wählte das Forum »Futter für Zwerggarnelen« und musste erneut ein Kennwort eingeben. Er klickte auf »bestätigen« und wartete, bis sich eine neue Seite öffnete.

Anfangs hatte Morlov die Idee für idiotisch gehalten. Zehn Jahre war es jetzt her, dass Birdy davon angefangen hatte. Birdy, den er schon seit seinen Anfängen als Killer kannte und der mit richtigem Namen Robert Vogel hieß.

Birdy war der einzige seiner Kollegen, mit dem er mehr als nur einen losen Kontakt hatte. Wenn sie sich trafen, saßen sie meist in einer Kneipe zusammen und Birdy erzählte ihm die ganze Zeit von seinen Aufträgen. Er war ein Angeber, manchmal auch nur ein arroganter Arsch, aber Morlov mochte ihn.

Wenn Birdy aufgehört hatte zu erzählen, saß er stumm vor seinem Bier. »Und wie geht es dir?«, fragte er dann.

»Alles wie immer«, sagte Morlov.

Birdy bestellte dann meist noch eine Runde für beide. Und obwohl diese Abende immer gleich abliefen, hatte Morlov das Gefühl, dass sie ihm gut taten.

Birdy hatte die Idee mit dem Forum gehabt. Morlovs Zweifel hatte er schnell zerstreut. Es gebe Sicherheitskonzepte, die seien wasserdicht. Und wer würde bei einem Forum mit dem Namen »Futter für Zwerggarnelen« daran denken, dass er sich auf einer Website befand, auf der sich Profikiller trafen, um sich auszutauschen.

Doch in den letzten Jahren hatte sich das Forum verändert.

Wenn Morlov die Beiträge darin las, fühlte er sich manchmal wie ein Angehöriger einer aussterbenden Gattung. Immer mehr blutjunge Anfänger gaben jetzt den Ton an.

Sie diskutierten darüber, welche Musik sie am liebsten hörten – meist Gruppen, von denen Morlov nie etwas gehört hatte.

Sie jammerten, wenn wieder einmal der Benzinpreis stieg, sie eröffneten Themen, in denen es um die geeignete Rentenversicherung für einen Killer ging, und sie diskutierten allen Ernstes darüber, ob die Brüste irgendwelcher Schauspielerinnen echt waren.

Vielleicht lag es auch daran, dass die meisten seiner alten Kollegen verschwunden waren. Entweder waren sie gestorben oder hatten sich zurückgezogen.

Von Miller Killer hatte Morlov erfahren, dass er jetzt ein Bestattungsinstitut leitete. Shanghai Murder war beim letzten Auftrag umgekommen. Kollegen, die er nie persönlich kennengelernt hatte, mit denen er jedoch einen sehr guten E-Mail-Kontakt gehabt hatte. Morlov musste wieder an die Frage denken, die ihm Panzer gestellt hatte. »Hast du einen Freund?«, hatte er gefragt. Morlov starrte auf den Monitor.

Als Morlov sich das erste Mal im Forum unter seinem Künstlernamen »Phantom« mit einem Beitrag gemeldet hatte, gab es das Forum schon einige Jahre, und man hatte erst nicht geglaubt, dass er es wirklich war.

Ob er tatsächlich das berühmte Phantom sei, hatte man ihn gefragt, und als alle Zweifel ausgeräumt waren, hatte es Dutzende von Antworten auf seinen Beitrag gegeben. Dass es eine Ehre sei, dass das berühmte Phantom sich hier zu Wort melde, dass man seine Arbeit bewundere. Man hatte an unvergessene Morde erinnert, hatte seine Kaltschnäuzigkeit gerühmt, hatte behauptet, dass er die Kunst des Tötens in eine neue Dimension geführt habe und dass auch berühmte Nachahmer wie Apollo13, Q oder Der Pirat nie seine Klasse erreicht hatten.

Das war lange her. Die Jungen kannten ihn nicht. Für sie waren diese Geschichten Märchen aus einer längst untergegangenen Welt.

Morlov scrollte weiter. Schon vor dem Gespräch mit Panzer waren ihm Zweifel gekommen, ob der fette Kerl, der sich als GEZ-Fahnder ausgegeben hatte, wirklich ein Killer gewesen war.

Vielleicht war das ja tatsächlich nur ein harmloser Fahnder von der GEZ gewesen? Aber nein, das konnte nicht sein. Und dass er bei dem Kerl nur eine Schreckschusspistole entdeckt hatte, musste nichts bedeuten. Wahrscheinlich hatte der Killer geglaubt, er könne ihn per Handarbeit erledigen, auf die altmodische Tour.

Morlov stöberte in den Profilen der Forumsmitglieder. Fehlanzeige. Vielleicht war der Russe ein Außenseiter. Oder er war wirklich ein GEZ-Fahnder gewesen.

Aber dann waren da noch die Schüsse, die man oben am Felsen auf ihn abgegeben hatte. Das hatte er sich ganz sicher nicht eingebildet. Jemand hatte es auf ihn abgesehen. Doch auch nach dem Gespräch mit Panzer wusste Morlov nicht, ob der etwas damit zu tun hatte.

Er kam nicht weiter. Morlov dachte an Birdy. Wenn jemand etwas wusste, dann er. Birdy hielt sogar mit den Jungen Kontakt, obwohl er sie genauso verachtete wie Morlov.

Morlov schrieb Birdy eine Nachricht, dass er ihn dringend treffen müsse.

Dann ging er in die Küche, um sich noch einen Whisky einzuschenken. Als er die Flasche aus dem Regal über der Spüle holte, klingelte es. Morlov ging zum Fenster. Von hier aus konnte man den Platz vor seiner Tür sehen. Im Halbdunkel der Nacht erkannte er Veronika Lederer. Ausgerechnet sie. Ein Besuch seiner Nachbarin, das war das, was er jetzt am wenigsten brauchte.

Was wollte sie noch so spät? Er sah auf die Küchenuhr: 23.15 Uhr.

Es klingelte ein zweites Mal. Die Lederer würde nicht einfach wieder gehen. Morlov kannte sie zu gut. Er ging durch den Flur zur Haustür. Als er öffnete, sah er in das lächelnde Gesicht seiner Nachbarin.

»Gut, dass Sie noch wach sind«, sagte sie. »Ich hab Licht gesehen, sonst hätte ich ganz bestimmt nicht geklingelt.«

Sie brach ab und sah Morlov fragend an, als würde sie warten, dass er etwas sagte. Aber Morlov blieb stumm.

»Ich bin nur gekommen wegen heute Nachmittag. Wir wollten uns ja heute treffen wegen der Messe.«

Heute Nachmittag. Morlov hatte den Termin völlig vergessen.

»Sie hatten wahrscheinlich keine Zeit, Sie hatten sicher viel zu tun.«

»Ich hatte viel zu tun«, sagte Morlov.

»So viel zu tun, dass Sie auch nicht anrufen konnten.« Der Ton in ihrer Stimme klang nicht vorwurfsvoll, sie wollte ihm sagen, was sie hören wollte, und sie wollte vor allem nicht die Wahrheit erfahren, dass er es einfach vergessen hatte.

»Ja«, sagte Morlov. »Ich hatte so viel zu tun, dass ich Ihnen gar nicht Bescheid sagen konnte.«

Einen Augenblick herrschte Schweigen.

»Vielleicht könnten wir ja jetzt über die Messe reden?«

»Jetzt?«, fragte Morlov.

»Warum nicht. Sie kommen noch kurz zu mir. Ich habe selbstgebackenen Birnenkuchen. Den müssen Sie probieren.«

Morlov sah sie stumm an. Sie hatte einen eng anliegenden Pullover an. Sie lächelte wieder.

Zehn Minuten später saß Morlov in der Küche von Lederers. Er war schon öfter hier gewesen und fühlte sich in den Räumen des Hauses immer, als säße er in einem überdimensionierten Puppenhäuschen. Die vielen Deckchen, die selbstgenähten Aufsetzer auf dem Tisch und die Tuschebilder an der Wand, die verwischte Landschaften zeigten, alles war liebevoll ausgewählt, mit großer Sorgfalt an der richtigen Stelle platziert, so dass kein Raum mehr zu bleiben schien für einen Besucher wie Morlov.

Und hätte Morlov nicht schon zu viel Alkohol im Blut gehabt, hätte er sich sicher so unwohl gefühlt wie bei seinen vorherigen Besuchen. Aber jetzt spürte er nur eine wohlige Ist-doch-alles-egal-Stimmung und nahm ein drittes Stück von dem Birnenkuchen. Ein ausgezeichneter Kuchen, backen konnte die Lederer, das musste man ihr lassen.

Die Lederer hatte ihm gesagt, dass ihr Mann für zwei Tage zu seiner Schwester gefahren sei, um dort etwas am Haus zu reparieren.

Morlov war ganz froh darüber. Sonst war ihr Mann immer irgendwann aufgetaucht, hatte sich zu ihnen an den Tisch gesetzt und dann angefangen, von seinen Reparaturarbeiten zu erzählen. Das kleine Männchen mit dem schütteren Haar konnte stundenlang über Schrauben reden. Die Leute würden denken, Schraube sei Schraube und es sei doch egal, aber die hätten eben keine Ahnung und wüssten nicht, dass es schon eine Unmenge verschiedener Schraubenköpfe gebe. Dreikantschraubenköpfe, Vierkantschraubenköpfe, Sechskantschraubenköpfe, Innensechskantschraubenköpfe, Schlitz-, Phillips-Kreuzschlitz- oder Pozidriv-Kreuzschlitzschraubenköpfe. Außerdem Innenvielzahnschraubenköpfe, Außenvielzahnschraubenköpfe, Inbusschraubenköpfe, Torxschraubenköpfe und so weiter. Und dann müsse man auch noch auf die Festigkeitsklasse achten. Und natürlich auf die Gewindenormen.

Die richtige Schraube auszuwählen, das sei eine Kunst für sich. Tausend Dinge müsse man bedenken und dann müsse man auch natürlich das richtige Werkzeug für die entsprechende Schraube haben. Wer glaube, er komme da mit einem einfachen Schraubenzieher weiter, der habe wirklich keine Ahnung.

So redete Lederer die ganze Zeit und mehr und mehr kam Morlov zu der Überzeugung, dass der Mann da vor ihm eine gewaltige Schraube locker hatte, der mit keinem Werkzeug beizukommen war.

Aber heute würde Morlov keinen Vortrag über Schrauben hören. Die Lederer sah ihm mit großer Begeisterung beim Essen zu, und als Morlov ihren Kuchen lobte, hatte ihr Gesicht vor Freude geglüht.

»Ich habe noch etwas für Sie«, sagte sie plötzlich. Sie ging zur Kommode, holte eine Flasche heraus und stellte sie auf den Tisch. Dann holte sie zwei kleine Schnapsgläser und stellte sie vor sich und Morlov.

»Selbstgemachter Birnenschnaps. Sie werden begeistert sein.«

»Ich wollte eigentlich nichts mehr trinken.«

»Aber kommen Sie, Sie müssen einfach probieren.«

Morlov sah die Lederer an, dann nickte er. »Aber nur ein Gläschen.«

Sie schenkte zwei Gläser voll, sie stießen an und beide tranken in einem Zug.

Sie schenkte sofort wieder ein, und Morlov trank seinen zweiten Birnenschnaps, ohne darüber nachzudenken. Er hatte die Grenze überschritten, es war egal. Morlov wollte die Schmerzen in seinem Kopf ersticken und der Alkohol half ihm dabei.

Er ließ den Schnaps die Kehle hinunterrinnen und genoss das brennende Gefühl und die Betäubung, die sich in seinem Körper ausbreitete.

»Ich freu mich ja so, dass Sie heute noch hierhergekommen sind. Sonst würde der Kuchen ja schlecht werden. Mein Mann, der hat ja so viel zu tun mit seinem Bauen, dass er das überhaupt nicht würdigen kann.«

»Ihr Mann baut ziemlich viel.«

»Oh ja, er ist eigentlich immer am werkeln. Morgens wenn er aufsteht, denkt er schon daran, was er noch besser machen kann. Ich sage ihm immer, dass das krank ist, aber er hört einfach nicht auf mich.«

Morlov glotzte sie an. Das Bild wurde für einen Moment unklar. Hatte sie etwas in den Birnenschnaps getan? Oder war es einfach die Mischung: Kopfschmerztabletten, Alkohol und seine Übermüdung. Lederers Pullover war leicht nach unten gerutscht und legte mehr von ihrer Brust frei.

Morlov fiel wieder ein, was Panzer ihm gesagt hatte. Dass die Leute in dem Dorf hier denken würden, er sei ein komischer Perverser.

»Was denken die Leute hier von mir?«, fragte er.

Sie sah ihn erstaunt an. »Was meinen Sie?«

»Was denken die Leute hier von mir?«, wiederholte Morlov seine Frage. Die Lederer antwortete nicht, Morlov trank das kleine Schnapsglas, das Lederer wieder gefüllt hatte, auf einen Zug leer.

»Ich meine, was wird über mich geredet? Es wird doch hier sicher viel geredet.«

»Ach, das meinen Sie. Jeder hier sagt, dass Sie ein freundlicher Mensch sind, ganz ruhig und zurückgezogen. Der Schröder ist überzeugt, dass Sie so was wie ein Künstler sind, ein Schriftsteller vielleicht. Oder was mit Aktiengeschäften machen, Sie sind ja viel zu Hause.«

Ein Schriftsteller sollte er sein? Die Vorstellung gefiel Morlov. Ein Künstler, der sich zurückgezogen hatte. »Ein Schriftsteller also.«

Die Lederer nickte. »Ein Schriftsteller, der an seinem neuen Buch arbeitet.«

»An einem großen Buch«, sagte Morlov.

»An einem ganz außergewöhnlichen Buch«, sagte die Lederer.

»Und was denken die Leute hier über mein Sexualleben?«, fragte Morlov.

Lederer sah ihn fassungslos an. Diese Frage hatte sie nicht erwartet. »Was meinen Sie damit?«

»Na, wenn einer allein hier wohnt und vielleicht auch ein Schriftsteller ist, der an einem ganz außergewöhnlichen Buch arbeitet, dann kommen die Leute auf die verrücktesten Gedanken.«

»Ach, das meinen Sie.« Die Lederer winkte ab.

»Ob die Leute denken, dass Sie schwul sind. Das denkt nur Schröder. Weil so viele Künstler schwul sind.«

»Ich bin nicht schwul«, sagte Morlov.

»Natürlich nicht. Das habe ich auch zu Schröder gesagt. Der Herr Morlov ist ganz sicher nicht schwul, habe ich gesagt. Das merke ich doch daran, wie Sie mich ansehen.«

Sie lächelte ihn groß an. Ihre Züge verschwammen vor Morlovs Augen. Was war bloß mit ihm los? Der Birnenschnaps. Morlov gab sich einen Ruck. Er musste sich nur konzentrieren.

»Ich habe immer gesagt, dass Sie ein ganz außergewöhnlicher Mann sind«, sagte Lederer. »Und so intelligent. Seine Caches findet niemand«, habe ich zu Schröder gesagt. »Weil die normalen Leute so einem Genie eben nicht folgen können.«

Ihr Lächeln hörte überhaupt nicht mehr auf. Sie saßen in dieser riesigen Puppenküche und ihr Lächeln hörte nicht auf. Doch Morlov hatte auf einmal den Eindruck, als würde sich ihr Ausschnitt nach vorne schieben, größer werden, als führten ihre Brüste ein Eigenleben und kämen immer näher, oder war er es, der sich nach vorne beugte?

Sie küssten sich. Später konnte Morlov nicht mehr sagen, wie alles geschah, aber es war eine Tatsache, dass sie an seinen Lippen saugte und schwer atmete und manchmal Luft holte und »Simon, Simon« stammelte, womit er gemeint sein musste.

Und irgendwann lagen sie verschlungen auf dem hässlichen Boden ihrer Küchenstube und Morlov bewies, dass er nicht schwul, sondern ein ganz normaler Perverser war, wie all die anderen Perversen, die hier wohnten, und der fleischige Busen der Lederer klatschte auf sein Gesicht und Morlov versank darin wie in einem zähen, alles verschlingenden Sumpf.

•

Es klingelte. Das Geräusch drang an das Ohr des schlafenden Morlovs. Sein Kopf schmerzte, als würde der Lärm direkt in seinen Hirnwindungen entstehen. Es klingelte ein zweites Mal. Morlov öffnete die Augen.

Er befand sich in seinem Bett und das Erste, was in sein Bewusstsein kroch, war der Geruch eines süßlichen Parfüms, das durch den Raum waberte.

Dann war alles wieder da. Morlov hatte mit Veronika Lederer geschlafen. Die Erinnerung traf ihn wie ein Schlag. Er richtete sich auf und fasste sich an den Kopf.

Wieder klingelte es. Morlov brauchte dringend einen Kaffee. Er ging in die Küche, stellte sich an das Fenster und sah nach draußen. Vor seiner Haustür stand Stefan Lederer. Was wollte der jetzt von ihm?

Lederer hörte einfach nicht auf zu klingeln. Das Geräusch fuhr in Morlovs Gehirn wie eine Kreissäge. Er ging zur Haustür und öffnete sie.

Lederer hatte den Finger noch immer auf dem Klingelknopf. Er sah Morlov überrascht an, als hätte er nie damit gerechnet, dass Morlov tatsächlich öffnete.

»Was wollen Sie?«, fragte Morlov. »Und nehmen Sie endlich den Finger da weg.«

Lederer nahm den Finger vom Klingelknopf, er starrte Morlov noch immer an. Er wollte etwas sagen, schluckte wie ein Fisch in einem Aquariumglas.

»Sie haben …«, begann er schließlich, musste aber dann Luft holen.

Er redete nicht weiter, atmete heftig.

Morlov sah ihn ungeduldig an. Stefan Lederer war fast einen Kopf kleiner als er. Ein dünnes Kerlchen mit schütterem Haar, das Morlov nie anders als in einem Arbeitsanzug gesehen hatte. In einer Latzhose, die aussah wie eine Kindergartenuniform. In der rechten Hand hielt er einen großen Schraubenzieher. Lederer hatte immer ein Werkzeug dabei.

»Was ist?«, fragte Morlov.

Lederer antwortete immer noch nicht. Morlov deutete auf den Schraubenzieher.

»Brauchen Sie irgendwas? Vielleicht eine passende Schraube?«

Es war, als hätte das Stichwort Lederer die Sprache wiedergegeben. »Sie haben Ihre Schraube in ein Loch gebohrt, wo sie nicht hingehört.«

Morlov war einen Moment zu verblüfft, um etwas zu sagen. Was redete der Mann da von seiner Schraube? »Sie meinen, ich habe …?«

»Genau«, sagte Lederer. »Sie haben mit meiner Frau geschlafen.«

Woher wusste Lederer das? Wahrscheinlich war er zu früh nach Hause gekommen und hatte eindeutige Spuren entdeckt.

»Und ich fordere Rechenschaft.«

»Was meinen Sie damit?«, fragte Morlov.

Lederer blickte ihn an. Er schluckte, man sah ihm die Angst an. Der Schraubenzieher in seiner Hand zitterte leicht. »Glauben Sie ja nicht, dass ich Angst vor Ihnen habe. Mich können Sie nicht einschüchtern mit Ihrer Tour.«

»Mit welcher Tour?«

»Mit dieser …« Wieder wusste Lederer nicht weiter. Morlov sah ihn kalt lächelnd an.

»Wir werden uns schlagen. Sie glauben vielleicht, dass Sie mir überlegen sind, aber ich habe früher geboxt. In meiner Jugend war ich nicht schlecht.« Lederer warf seinen Schraubenzieher beiseite und fing an, vor Morlov zu tänzeln. Er sah aus wie ein steppender Zwergpudel.

»Lassen Sie den Unsinn«, fuhr ihn Morlov scharf an.

Lederer stand sofort still. Er war noch immer in Angriffstellung und gab sich Mühe, ein drohendes Gesicht zu machen.

»Mann, werden Sie locker«, sagte Morlov. Lederer blieb noch einen Moment wie eine Steinsäule stehen, dann ließ er seine Fäuste nach unten sacken.

»Können wir nicht wenigstens so tun, als ob …«, sagte Lederer. »Ich tu so, als ob ich Sie schlagen würde, und Sie tun so, als wären Sie getroffen.«

Morlov schüttelte den Kopf. »Nein, können wir nicht.«

Lederer wirkte verzweifelt. »Aber ich kann nicht von Ihnen weggehen, ohne dass ich Sie geschlagen habe.«

Morlov sagte nichts.

»Kann ich wenigstens erzählen, dass ich Ihnen kräftig die Meinung gegeigt habe und dass Sie Angst vor mir haben?«

Morlov blickte auf den Zwerg vor ihm. »Sie können einem ziemlich auf die Nerven gehen mit Ihrer Bauerei den ganzen Tag«, sagte er.

Lederer sagte nichts, sah Morlov unsicher an.

»Wissen Sie, wie der Lärm einen krank macht, wissen Sie das?«

»Wenn es Sie gestört hat, dann tut es mir leid.«

»Sie sollten auch mal an die Leute denken, die ausschlafen wollen. Sie fangen manchmal schon vor acht Uhr mit Ihrem Gehämmer an.«

»Ich habe nicht gewusst, dass Sie so lange schlafen.«

Morlov sagte nichts mehr. Sein Schweigen machte Lederer nervös. Lederer ging zu seinem Schraubenzieher, der noch am Boden lag, und nahm ihn auf. Er hatte ihn in der rechten Hand, griff dann mit der linken Hand danach, als wüsste er nicht, was er damit anfangen sollte und hielt ihn schließlich hinter seinem Rücken, als wollte er ihn vor Morlov verstecken.

»Werden Sie von jetzt an nicht mehr vor neun Uhr arbeiten?«

»Darf ich dann sagen, dass ich Sie geschlagen habe?«

Morlov überlegte kurz. »Sie haben mir die Meinung gesagt.«

»Und Sie haben gewinselt vor Angst.«

»Ich habe Sie angehört und war …« Morlov dachte kurz über das richtige Wort nach. »Ich war beeindruckt. Und Sie werden auch nicht mehr in der Mittagspause arbeiten.«

»Nicht mehr in der Mittagspause. Und kann ich sagen, dass Sie richtig Angst vor mir hatten?«

»Beeindruckt, wir hatten uns auf ›beeindruckt‹ geeinigt.«

»Gut, Sie waren sehr beeindruckt.«

Morlov sah ihn streng an.

»Sie waren beeindruckt.«

Morlov nickte.

»Und haben sich vor Angst fast in die Hosen gemacht.«

Morlov schüttelte den Kopf.

»Sie haben gezittert wie in einem Eisschrank.«

Morlov schüttelte wieder den Kopf.

»Sie müssen mir schon etwas mehr geben.«

»Ich war beeindruckt, mehr ist nicht drin.

Lederer nickte mehrmals. »Gut, Sie waren beeindruckt.« Er lachte etwas. Ein gackernder Lacher, der ohne Ausklang abbrach. Sein Schraubenzieher baumelte jetzt in seiner linken Hand. Lederer ging einen Schritt vor und gab Morlov mit der Faust einen kleinen Knuff an die Schulter. »Sie sind ein Kerl. Und auch wenn Sie es nicht glauben, ich war wirklich ein Boxkämpfer. Und Sie, sind Sie wirklich ein Schriftsteller?«

»Ich bin ein Schriftsteller, der an einem bedeutenden Werk schreibt. Und außerdem ein Killer, der sich zur Ruhe setzen will.«

Lederer gackerte vor Begeisterung. »Das ist gut, das ist wirklich gut. Ich verstehe schon, Sie wollen nicht verraten, was Sie hier so treiben. Ist wahrscheinlich 'ne top geheime Sache. Bei mir wäre das gut aufgehoben, ich schweige wie ein Grab, aber wenn Sie nicht wollen …«

Er ging einen Schritt zurück.

»Ein Killer, der sich zur Ruhe gesetzt hat. Das ist echt gut.«

Er gackerte wieder, drehte sich um und ging den Kiesweg bis zur Hauptstraße, der einzigen Straße, die durch das kleine Dorf führte. Seinen Schraubenzieher schwenkte er dabei zum Rhythmus seines gackernden Lachens. Morlov schloss langsam die Tür.

Als er später zum Joggen durch das kleine Dorf in Richtung des Waldes ging, spürte er, dass sich etwas verändert hatte.

Der Bauer Schröder von gegenüber, der ihn seit Jahren konsequent ignorierte und niemals auf seine Grüße reagiert hatte, winkte ihm aus dem Garten zu und schmetterte ihm ein »Guten Morgen« entgegen. Dann machte er mit seinen Händen die Bewegung einer Kreissäge nach. Morlov konnte sich zusammenreimen, dass das eine Andeutung auf den Sex war, den er mit der Lederer gehabt hatte.

Am Dorfende traf er auf die Frau von Schröder. Sie hielt ihn an und wollte ihn zu einem Kaffee einladen. Er wohne ja jetzt schon so lange hier und noch nie habe sich die Gelegenheit ergeben, mal gemütlich zusammenzusitzen. Sie sah Morlov mit einem Lächeln an, für das Morlov kein passendes Wort einfiel. Eine Mischung aus Gier, Neugier und Neid auf ihre Nebenbuhlerin Lederer. Morlov sprach ein paar belanglose Worte, dann ging er weiter, wurde immer schneller, je näher er dem Dorfende kam, und ignorierte den Gruß des Bauern Katzwanger, der mit seiner Heugabel zweideutige Bewegungen machte.

•

Skampers Erwachen war eine lange Fahrt durch einen ewigen, schwarzen Tunnel. Weiter und weiter und es gab kein Licht, nur Dunkelheit. Er glaubte, etwas zu hören, einen Schrei.

Aber der Schrei verhallte und alles war still. Skamper wollte die Augen öffnen, aber das ging nicht. Es war, als würde eine schwere Hand auf seinen Lidern liegen.

So gab er sich der Dunkelheit hin. Er lag wieder im Dschungel Kolumbiens. Wieder spürte er den brennenden Durst, die Hitze, den Schweiß, er hörte die Moskitos um seinen Kopf kreisen und da war wieder der Wunsch, ewig hier zu liegen, sich einfach aufzugeben und ein Teil des Dschungels zu werden, ein Strauch, ein Blatt an einem Baum, ein Stein auf den undurchdringlichen Wegen, die in die goldene Stadt führen sollten.

Manchmal dachte er, dass ein Teil von ihm noch immer dort war. Als hätte sich damals das Universum geteilt und in einem Universum lebte er weiter, war aufgestanden und wieder nach Deutschland zurückgekehrt. Doch in einer anderen Welt war er immer noch im Dschungel und sah über sich die dichten, undurchdringlichen Baumkronen. Und vielleicht gab es ein drittes Universum, in dem er die goldene Stadt gefunden hatte, in dem sein Partner Mike nicht durchgedreht war und in dem es keine tödlichen Schüsse gegeben hatte.

Dann schluckte etwas die Bilder, eine graue Dunkelheit legte sich über sein Bewusstsein. Es war still. Ich sollte endlich aufwachen, dachte Skamper. Aber es war so angenehm, hier zu liegen. Immer hier zu liegen und an ein Universum zu denken, in dem seine Geschichte gut ausgegangen war.

Aber er konnte nicht ewig so liegen. Er öffnete die Augen. Alles verschwamm. Mit einem Mal war der Schmerz da. Der Schmerz füllte seinen Kopf aus, ein hässlicher Knoten im Innern seines Gehirns, der aufquoll und größer wurde und an die Schädelknochen presste.

Vor ihm war ein Gesicht. Das Gesicht bewegte sich, schwamm auf und ab, er konnte es nicht fixieren. Noch einmal schloss Skamper die Augen. Er wartete und in der Dunkelheit war auf einmal eine Stimme.

»Er kommt zu sich.«

Skamper öffnete die Augen und das Bild wurde klar. Zwei Gesichter über ihm. Ein Mann mit einer Brille, der ihn ernst ansah. Und daneben Jasmin. Als er sie ansah, lächelte sie.

Sofort bohrte sich wieder der Schmerz in sein Bewusstsein. Als hätte er darauf gewartet, dass Skamper endlich die Augen öffnete. Er stöhnte.

»Der Schmerz geht bald vorbei.« Das war der Mann mit der Brille. Er war auf dem Kopf völlig kahl und hatte ein tief gebräuntes Gesicht, das Skamper an ein Hendl aus einer Braterei erinnerte. Der Mann verbrachte zu viel Zeit im Solarium.

Skamper versuchte sich aufzurichten, aber das Pochen in seinem Kopf ließ das nicht zu.

»Was ist los, wo bin ich?« Seine Stimme klang dumpf, als käme sie aus einem Rohr tief unter der Erde.

»Du bist im Nürnberger Klinikum. Es ist alles in Ordnung.« Jasmin sah ihn an. Ihr Lächeln beruhigte ihn.

»Du hast nur eine Gehirnerschütterung und Prellungen. Du hast verdammt Glück gehabt.«

Langsam kam die Erinnerung. Bilder tauchten auf. Die Felswand am Glatzenstein. Der Arm, der sich aus der Felswand streckte. Und schließlich der Absturz. War das wirklich passiert? »Was ist mit Viktor?«

»Machen Sie sich keine Sorgen, es geht ihm gut.« Der Arzt sprach langsam und beruhigend.

»Viktor hat schon die ganze Zeit nach dir gefragt«, sagte Jasmin.

»Ihr Freund wird natürlich einige Zeit hier bleiben müssen«, sagte der Arzt.

»Warum?«, fragte Skamper. »Was ist mit ihm?«

»Nichts Ernstes, nur ein paar Knochenbrüche. Er hatte riesiges Glück.«

»Du musst dich jetzt erst mal ausruhen«, sagte Jasmin.

Skamper war im ersten Moment nur froh, dass es Viktor gut ging. Dann sah Skamper, dass der Arzt etwas in der Hand hielt. Eine Spritze. Skamper wollte diese Spritze nicht. Er versuchte, seine Hand zu bewegen, um dem Arzt ein Zeichen zu geben. Aber seine Hand ließ sich nicht bewegen. Ein leichtes Stechen im Arm, dann war es vorbei. Und Skamper fiel wieder in die Dunkelheit.

Als Skamper das zweite Mal erwachte, blickte er in die Gesichter von Jasmin und Arabella. Der Schmerz in Skampers Kopf war immer noch da, aber klarer und nicht mehr so pochend wie beim ersten Mal.

Skamper glaubte, ewig geschlafen zu haben. Als wäre sein Bewusstsein weit weg gewesen, in einer Dimension, zu der er keinen Zugang hatte. »Wie spät ist es?«, fragte er.

Jasmin sah sofort auf ihre Uhr. »Drei Uhr, nachmittags.«

»Und was für ein Tag ist heute?«

»Mittwoch«, sagte Jasmin. »Du hast fast zwei Tage geschlafen. So einen Schlaf möchte ich auch mal haben.«

Skamper dachte an seinen Freund. »Und was ist mit Viktor?«

»Er ist nur ein paar Zimmer weiter. Es geht ihm gut. Er wird nur einige Zeit hier verbringen müssen.«

Skamper fasste sich an den Kopf, spürte den dicken Verband, der um seine Stirn gewickelt war.

»Viktor lässt dich grüßen«, sagte Arabella. »Ich war gerade bei ihm.«

»Was habe ich denn genau?«, fragte Skamper.

»Gehirnerschütterung, Prellungen, ein paar Rippen sind angebrochen und dein rechter Fuß ist verstaucht. Mit deinem Kopf ist aber sonst alles in Ordnung. Ich meine, wenn er jemals in Ordnung war.«

»Sehr witzig.« Skamper verzog das Gesicht. Er hatte auf einmal furchtbaren Durst. »Kann ich Wasser haben?«, fragte er.

Auf dem Nachttisch neben dem Bett standen eine Flasche Wasser und Gläser. Jasmin schenkte sofort ein Glas ein und reichte es ihm. Skamper trank das ganze Glas leer, setzte es dann wieder ab.

»Was ist da eigentlich passiert?«, fragte Skamper.

»Weiß ich auch nicht genau«, sagte Arabella. »Ihr müsst irgendwie auf 'ne lockere Stelle getreten sein. Oder ihr seid ausgerutscht. Ihr seid fast zwanzig Meter tief gefallen. Ihr habt riesiges Glück gehabt, dass ihr auf irgendwelche Büsche aufgekommen seid.«

»Hat man den Arm gefunden?«

Arabella sah ihn an, als hätte sie völlig vergessen, worum es bei der Suche am Glatzenstein eigentlich gegangen war. Sie schüttelte den Kopf.

»Da war nichts. Die Polizei hat am nächsten Tag alles abgesucht. Die haben aber nichts gefunden.«

»Am nächsten Tag?«

»Na, an dem Abend waren wir zu sehr damit beschäftigt, euch ins Krankenhaus zu bringen. Da hat niemand mehr an diese olle Hand gedacht.«

Skamper versuchte, sich die Ereignisse in Erinnerung zu rufen. Er sah vor sich die ausgestreckte Hand, neben ihm stand Viktor. Dann rissen die Bilder ab.

Derjenige, der den Arm in dem Felsen angebracht hatte, musste noch in der Nacht alle Spuren gelöscht haben. War das ein echter Arm gewesen? Vielleicht auch eine Attrappe, ein

Halloween-Scherz im April, es war einfach zu dunkel gewesen, als dass er Genaueres sagen konnte.

»Wann komme ich hier wieder raus?«

»Der Arzt hat gesagt, in ein paar Tagen«, sagte Jasmin.

Skamper sah auf die beiden Mädchen vor ihm. Sie wirkten wie zwei Schwestern. Zwei sehr unterschiedliche Schwestern. Hier die offene, fröhliche Arabella und dort die eher verschlossene Jasmin. Seine Tochter Jasmin war ihrer Mutter sehr ähnlich. Sie trug lange, schwarze Haare und ihre hohen Wangenknochen und dunklen Augen gaben ihr etwas Indianisches. Oft wirkte sie verträumt, doch sie hatte einen wachen und scharfen Geist.

»Du musst auch bald ganz fit sein«, sagte Arabella. »Auf dich wartet ein Job. Viktor hat mir vorhin noch einmal gesagt, dass er ganz auf unsere Detektei setzt. Wir sollen das Geheimnis dieser mysteriösen Geocaches lösen. Und da zähle ich natürlich auf dich.«

Skamper schüttelte den Kopf. »Also erst mal bin und war ich nie Mitarbeiter deiner Detektei.«

»Du musst mir helfen. Jetzt hat sogar Jasmin etwas Geld in unsere Firma gesteckt.«

Skamper blickte zu Jasmin. Die zuckte die Schultern.

»Viktor ist überzeugt, dass er die Story gut verkaufen kann. Und wir kriegen natürlich einen Anteil«, sagte Arabella. »Und er will ein großes, russisches Fest veranstalten, wenn er wieder aus dem Krankenhaus kommt.«

»Na toll.«

»Du bekommst ein Drittel von dem, was wir einnehmen. Genau wie Jasmin. Ich bin ein fairer Partner. Was ist, machst du mit?«

»Ich muss darüber noch mal nachdenken.«

»Ich hätte auch eine Idee, wie wir die finanzielle Situation unseres Unternehmens verbessern könnten.«

Skamper sah sie fragend an.

»Dein Urin, Monika vom Kräuterladen hat wieder danach gefragt. Wir könnten da wirklich Geld verdienen.«

»Kommt nicht in Frage.«

»Natürlich. Lieber spülst du jeden Tag ein Vermögen das Klo hinunter.«

»Ich möchte über das Thema nicht mehr reden.«

Arabella zog eine Schnute und sagte nichts mehr.

»Als Erstes muss ich hier wieder rauskommen.«

Schon am nächsten Tag konnte Skamper aufstehen. Am Morgen war der glatzköpfige Arzt gekommen. Skampers Genesung verlaufe sehr gut, hatte er gesagt. In drei Tagen könne er das Krankenhaus verlassen.

Als Skamper nach dem Besuch aufstand, fühlte er sich im ersten Moment schwindlig. Er wartete ein paar Sekunden, schloss kurz die Augen, dann atmete er durch. Der Arzt hatte ihm zwar geraten, noch den Tag im Bett zu bleiben, aber Skamper wollte mit Viktor reden.

Viktor lag drei Zimmer weiter. Sein rechtes Bein, sein rechter Arm und der ganze Kopf waren bandagiert. Viktor war allein, als Skamper das Zimmer betrat. Das zweite Bett im Raum war leer.

Als Viktor ihn sah, hob er stumm seine linke Hand zum Gruß. Er sagte etwas auf Russisch. Skamper setzte sich an sein Bett.

»Mann, bin ich froh, dich zu sehen«, sagte Viktor.

»Wie geht's dir?«, fragte Skamper.

Viktor grinste ihn an. »Das dauernde Rumliegen macht mich krank.«

»Das wird nicht so schnell vorbei sein.«

Viktor schloss einen Moment die Augen. Dann sah er Skamper an. »Was ist da oben eigentlich passiert?«

»Ich weiß nur noch, dass plötzlich der Boden unter meinen Füßen weg war.«

»Na ja«, sagte Viktor. »Vielleicht war ich doch etwas schwer.«

»Oder jemand hat bei der ganzen Sache nachgeholfen.«

»Das habe ich auch schon überlegt.«

Skamper sah auf den Armgips von Viktor. Darauf war ein kleiner Elefant gezeichnet. Das musste von Jasmin sein. Sie liebte die Dickhäuter und hatte eine stattliche Sammlung kleiner Porzellanelefanten.

»Du hast Arabella den Auftrag gegeben, weiter nachzuforschen?«, fragte er.

Viktor nickte.

»Wenn es eine Falle war, dann sind wir wie Idioten da hineingetappt.«

»Du musst rauskriegen, ob es eine Falle war«, sagte Viktor. »Und was wir da oben wirklich gesehen haben.«

»Warum ist dir das so wichtig?«

Viktor schwieg.

»Du hast nicht alles erzählt. Da steckt doch noch mehr dahinter.«

Viktor blieb eine Zeitlang stumm, bewegte den Kopf hin und her.

»Diese Sache«, sagte er schließlich, »ist so was wie eine letzte Chance für mich.«

»Was heißt das, letzte Chance?«

»Ich habe wieder gespielt.«

Skamper stöhnte auf. Als er Viktor kennengelernt hatte, war er wegen seiner Spielsucht noch in Behandlung gewesen. Damals hatte er geschworen, die Finger davon zu lassen. Aber offensichtlich war er rückfällig geworden.

»Aber das war das letzte Mal, das schwör ich dir. Ich habe deswegen auch Schwierigkeiten im Job bekommen. Wenn ich bei der Geocaching-Sache nichts herauskriege, dann bin ich am Ende.« Viktor sah Skamper flehentlich an. »Du musst mir helfen. Ich bin die nächsten Wochen außer Gefecht gesetzt. Aber du musst rauskriegen, was da los ist. Paul, du bist doch mein Freund.«

Skamper atmete tief durch. »Natürlich werde ich dir helfen.«

Viktor nickte erleichtert.

»Aber mir wäre lieber, wenn wir Arabella aus der Sache raushalten könnten.«

Viktor winkte mit seinem gesunden Arm ab. »Arabella ist eine taffe Frau. Die kann auf sich aufpassen.«

•

»Sind Sie Simon Morlov?«

Sie waren zu zweit, ein Mann und eine Frau. Beide in Polizeiuniformen. Die Frau mit blonden Haaren, die hinten zu einem Zopf gebunden waren. Der Mann mit einem kantigen Gesicht und einem kleinen Oberlippenbart. Es war früher Morgen, Morlov war erst vor einer halben Stunde aufgestanden. Er war sofort hellwach gewesen, als er die Haustür auf ihr Klingeln geöffnet und die zwei Polizeiuniformen gesehen hatte.

»Ja«, sagte Morlov.

»Wir wollen Sie nicht lange aufhalten. Es geht um Mark Klöpper. Er muss vor etwa zwei Wochen bei Ihnen gewesen sein. Klöpper wollte kontrollieren, ob Sie einen Fernsehanschluss haben. Er ist ein Fahnder der Gebühreneinzugszentrale.«

Morlovs Gedanken rasten. Der dicke Russe war tatsächlich von der GEZ und nicht der bezahlte Killer, der ihm vorher Kugeln um die Ohren gejagt hatte. Dann hatte er den Falschen umgebracht, einen völlig Unschuldigen.

Der Polizist holte ein Foto aus seiner Jacke und hielt es stumm vor Morlovs Gesicht. Es gab keinen Zweifel. Auf dem Foto prangte das Bild des dicken Mark Klöpper.

Morlov nickte. Es hatte keinen Sinn, die Begegnung zu leugnen. »Ich erinnere mich, er war hier, aber nur kurz und ist dann wieder gegangen.«

»Und ist Ihnen irgendetwas aufgefallen?«, fragte die blonde Polizistin.

Morlov überlegte. »Nein, er war sehr aggressiv, muss ich sagen. Eine ziemliche Unverschämtheit, wie er sich benommen hat. Ich habe ihm gesagt, dass ich keinen Fernseher habe, aber er wollte unbedingt in die Wohnung. Als ich abgelehnt habe, ist er dann wieder gegangen.«

Der Polizist nickte, sah kurz zu seiner Kollegin.

»Was ist denn mit ihm?«, fragte Morlov.

»Mark Klöpper ist seit einer Woche verschwunden. Wir vermuten, dass er sich in Tschechien abgesetzt hat. Er hatte ziemliche Schulden.«

Er war ziemlich offen für einen Polizisten. Oder war das nur eine Falle? Morlov nickte stumm.

»Und wohin er nach ihrem Gespräch gegangen ist, wissen Sie auch nicht?«, fragte die Polizistin.

»Ich habe keine Ahnung. Ich bin wieder in die Wohnung, weil ich einen Anruf hatte. Um den Kerl habe ich mich nicht mehr gekümmert.«

Beide sahen sich kurz an.

»Dann wünsche ich Ihnen noch einen schönen Tag.« Der Mann steckte das Foto wieder in seine Jackentasche, die beiden wandten sich ab und gingen auf das Polizeiauto zu, das sie vor Morlovs Haus geparkt hatten.

•

Sie kamen zwei Stunden vor Skampers Entlassung aus dem Krankenhaus. Jasmin hatte gesagt, dass sie ihn mittags abholen würde. Skamper war schon fertig angezogen, saß auf seinem Bett und las Zeitung.

Durch das Klopfen wurde er unterbrochen. Die Tür schwang auf und herein kam ein dicklicher Mann in einem zerknitterten Anzug unter einem offenen, grüngrauen Mantel. Eine Brille, ein breites Gesicht und auf dem Kopf ein paar Haarsträhnen, die ordentlich zur Seite gekämmt waren und sich verzweifelt gegen das Schicksal der drohenden Kahlheit stemmten.

Hinter ihm kam Dora in das Zimmer. Sie trug einen für die Jahreszeit viel zu dicken, blauen Pullover und einen schwarzen Rock. Skamper wusste, dass sie leicht fror. Früher hatte er sich darüber lustig gemacht, dass sie schon im September Decke über Decke gestapelt hatte und mit Wärmflaschen bewaffnet ins Bett ging. Auf seine Späße hatte sie ihm mehr als einmal eine Wärmflasche an den Kopf geworfen. Skamper fiel plötzlich ein, wie lange es her war, dass er sich so mit einer Frau gestritten hatte. Aber er wollte nicht daran denken, nicht jetzt.

Der dickliche Mann blieb kurz vor Skamper stehen. Er sah ihn an und sein Gesicht wurde zu einem breiten Grinsen. »Mann, Giorgi, dass wir uns hier wiedersehen.«

In Skampers Kopf arbeitete es. Wer war der Kerl? Mit seinen Spitznamen »Giorgi« hatte ihn seit Jahren niemand mehr angeredet. Er sah auf das runde, strahlende Gesicht seines Gegenübers. Dann dämmerte es ihm. Jürgen Schmidt, er hatte nicht weit weg von ihm gewohnt, sie hatten als Kinder fast jeden Tag zusammen in einem alten Hof Fußball gespielt.

»Mann, Jürgen, das ist ja ewig her.«

Schmidt hob seine Faust. Skamper erinnerte sich. Er stand auf und berührte mit seiner Faust die seines alten Freundes. So hatten sie sich immer als Jugendliche begrüßt.

»Was machst du hier?«, fragte Skamper.

»Na ja«, sagte Schmidt. Er blickte kurz zu Dora, die ihrer Begrüßung schweigend zugesehen hatte. Skamper begriff.

»Sag bloß, du bist jetzt bei der Polizei.«

Schmidt nickte stolz.

»Mann«, sagte Skamper. »Das hätte ich wirklich nicht erwartet.«

»Ich bin Oberkommissar.«

»Gratuliere, du hast es weit gebracht.«

»Aber mit dir habe ich noch ein Hühnchen zu rupfen.«

Skamper sah ihn erstaunt an.

»Carlotta Bräuner.«

Skamper überlegte. Der Name sagte ihm nichts.

»Ich wollte mit ihr den Abschlussball machen. Aber dann hast du etwas mit ihr angefangen und ich musste den Abschlussball mit Susi Müller machen. Mit Susi Müller. Die hat damals schon drei Zentner gewogen.«

Eine schwache Erinnerung tauchte in Skamper auf. Das war alles schon so lange her.

»Aber«, sagte Schmidt mit treuherzigem Gesicht. »Ich habe dir das schon lang vergeben.«

Er kam näher. »Mann, ist das gut, dich wieder zu sehen.« Er umarmte ihn heftig, dann trat er zurück.

»Können wir jetzt anfangen?« Doras Stimme klang bemüht gleichgültig. Schmidt blickte zu Dora.

»Natürlich«, sagte er und bemühte sich um einen sachlichen Tonfall.

»Wir sind ja nicht hier, um alte Geschichten aus der Jugend aufzuwärmen.«

Er holte sich einen Besucherstuhl und stellte ihn neben den von Dora. Skamper setzte sich wieder aufs Bett. Dora und Schmidt saßen Skamper direkt gegenüber.

»Hallo Dora, schön dich zu sehen«, sagte Skamper.

Dora nickte nur, sah ihn nicht an. Seit Skamper nach Nürnberg zurückgekehrt war, hatte er sie höchstens drei Mal gesehen. Miteinander gesprochen hatten sie dabei nur ein paar Sätze.

Schmidt holte einen Notizblock aus seiner Manteltasche und zückte einen Stift. Er sah Skamper erwartungsvoll an, dann huschte wieder ein Grinsen über sein Gesicht.

»Weißt du, dass ich Birgit Schmitz geheiratet habe?«, fragte er.

Auch an Birgit Schmitz erinnerte sich Skamper nicht. »Das ist toll, Jürgen, da gratuliere ich dir.«

Jürgen nickte selbstzufrieden vor sich hin, dann setzte er sich gerade.

»Also wir sind hier, du kennst ja Dora …« Er blickte kurz zu seiner Kollegin. Dora saß so steif auf dem Stuhl, als hätte man sie angebunden. Sie bemühte sich die ganze Zeit, Skamper nicht anzusehen. »Wir haben ein paar Fragen zu dem, was da am Glatzenstein passiert ist«, sagte Schmidt.

Skamper sah von ihm zu Dora. »Okay.«

»Moment«, sagte Schmidt. Er schrieb mit sorgfältiger Schrift etwas auf das Blatt seines Notizbuches.

»Fang einfach an zu erzählen«, sagte er dann.

Skamper berichtete, was passiert war. Er versuchte, so genau wie möglich zu sein. Schmidt schrieb fleißig mit. Als Skamper fertig war, herrschte einen Moment Schweigen.

»Und du glaubst, da einen Arm gesehen zu haben?«, fragte Dora.

»Ich weiß nicht, was ich gesehen habe. Es war zu dunkel und ich war zu weit weg. Vielleicht war es auch eine Attrappe.«

»Und dieses Geocaching ist jetzt so was wie ein Hobby von dir?«, fragte Schmidt.

Skamper zögerte einen Moment. Er hatte nichts von Viktors Verdacht erzählt. Für den Augenblick schien es ihm besser, über diese ganzen Geocachinggerüchte zu schweigen. »Ja.«

»Ja, warum nicht«, sagte Schmidt. Er schaute wieder kurz zu Dora. »Ich habe drei Aquarien zu Hause. Das ist sehr entspannend, sage ich dir.«

Dora wollte etwas fragen, doch Schmidt kam ihr zuvor. »Ich habe übrigens den Artikel in der Zeitung über deinen Vortrag gelesen. Fand ich hochinteressant. Wir müssen uns einfach mal treffen, und du musst mir mehr über deine Abenteuer erzählen.«

»Klar. Machen wir.«

»Jürgen, hier geht es nicht um eure privaten Treffen«, sagte Dora.

»Ist schon gut«, sagte Schmidt schnell. Dora sah ihn einen Moment an, dann wandte sie sich Skamper zu.

»An der Stelle, an der ihr euch abgeseilt habt, ist das Geländer kaputt. Die Stelle war gesichert, es gibt ein großes Schild, das darauf hinweist, dass das Betreten verboten ist. Sogar du musst dieses Schild gesehen haben.«

»Ja«, beeilte sich Schmidt, ihr zuzustimmen. »Das ist verboten, da einfach hinzugehen, richtig verboten.«

Skamper sah Dora an. »Dora, unser ganzes Leben ist vollgepfropft mit Schildern, die dir was verbieten. Fußballspielen verboten, bleib nicht länger als acht Uhr weg, geh nicht mit den bösen Jungs, Rauchen verboten, kein Alkohol, keine Drogen.«

»Nicht nach zehn Uhr laute Musik hören«, sagte Schmidt und grinste Skamper wieder an.

»Genau, keine laute Musik nach zehn Uhr«, sagte Skamper und nickte.

Dora atmete tief durch. »Das ist dein Problem«, sagte sie zu Skamper. »Du willst dich nicht an Regeln halten. Aber du hast nie verstanden, dass bestimmte Regeln einen Sinn haben. Und man hält sie nicht ein, weil sie Regeln sind, sondern weil man Verantwortung hat. Aber Verantwortung ist auch ein Wort, das du nie verstanden hast.« Sie brach jäh ab. Sie sah Skamper nicht an. Sie hatte mehr gesagt, als sie wollte.

»Oh ja«, sagte Schmidt. »Man sollte bestimmte Regeln unbedingt einhalten. Zum Beispiel, dem Freund nicht einfach die Abschlussballpartnerin zwei Tage vor dem Ball ausspannen.«

»Das tut mir wirklich leid«, sagte Skamper. »Ich wusste ja damals nicht, dass du sie schon gefragt hattest.«

»Hatte ich auch nicht. Aber es war so gut wie ausgemacht.« Er machte eine wegwerfende Handbewegung. »Aber sei's drum, ich hab das schon lang vergessen.« Er zwinkerte Skamper zu.

Dora stand auf. Sie wollte das Gespräch beenden, wollte raus hier. »Für uns ist der Fall abgeschlossen«, sagte sie.

Skamper nickte. Dora sah zu Schmidt. »Gehen wir.«

»Natürlich.« Schmidt erhob sich. Beide gingen zur Tür. Dora sagte nichts zum Abschied. Schmidt blieb an der Tür kurz stehen, machte Skamper ein Zeichen, hielt den Daumen nach oben.

»Und wir treffen uns mal auf ein Bier. Ich ruf dich an.«

»Klar, Jürgen«, sagte Skamper.

Schmidt schloss die Tür und Skamper blieb allein zurück.

Bevor Skamper das Krankenhaus verließ, sah er noch einmal bei Viktor vorbei. Viktor las in einem Buch, als Skamper sein Zimmer betrat. Er legte den Band beiseite. Skamper setzte sich an das Bett. »Und wie geht's heute?«, fragte er.

»Wunderbar«, sagte Viktor. »Ist wie Urlaub hier.«

»Ich werd mich dann mal aus dem Staub machen.«

»War die Polizei auch bei dir?«

Skamper nickte. »Die Frau von den beiden war Dora, meine Ex.«

Viktor sah ihn völlig überrascht an. »Tatsächlich?«

»Ja, als ich sie kennenlernte, war sie noch auf der Polizeischule. Jetzt ist sie sogar Kommissarin.«

»Eine Exfrau und eine Tochter. Du hast nicht viel Privates erzählt, als du mit mir auf Tour warst.«

»Ich hielt das nicht für wichtig.«

Skamper war noch einen Moment in Gedanken versunken.

»Und was machst du jetzt, wenn du heimkommst?«, fragte Viktor.

»Ich mach mich gleich an die Arbeit und finde heraus, was da los ist. Und ob das wirklich ein toter Arm im Felsen war.«

»Ich hab noch meine Tasche bei euch. Da ist mein Notebook drin. Unter ›Meine Dokumente‹ findest du alles, was ich schon recherchiert habe.«

Skamper nickte. »Ich komme dich bald besuchen.«

»Das hoffe ich doch.«

Skamper blieb nicht mehr lange. Als er mit Jasmin das Krankenhaus verließ, musste er wieder an das Gespräch mit Dora denken. Warum hatte er seit seiner Rückkehr nach Nürnberg nicht einmal vernünftig mit ihr reden können?

•

»Nachdem mich der Typ oben nicht erwischt hat, komm ich heim und warte. Ich denk natürlich, dass der wiederkommt. Und tatsächlich klingelt es. Und an der Tür steht so ein fetter Typ, der behauptet, er wär von der GEZ, und er will Kohle, weil ich ein nicht angemeldetes Fernsehgerät habe.«

»Von der GEZ?«, wurde Morlov von Birdy unterbrochen. »Was ist denn das für ein blöder Trick.«

»Genau das hab ich auch gedacht. Was für ein blöder Trick.«

Sie saßen beide in Morlovs Toyota. Morlov hatte Birdy gefragt, ob er ihn bei einer Geocaching-Tour begleiten würde. Birdy hatte sofort ja gesagt und das hatte Morlov ein wenig gewundert, wo er sich doch sonst immer über sein Hobby lustig machte und wo sie für das Versteck fast zweihundert Kilometer durch die Gegend fahren mussten.

»Das ist einer von den Jungen, hab ich gedacht, nur die kommen auf so was Blödes ...« Morlov brach den Satz ab und verstummte. Sollte er Birdy wirklich erzählen, dass er einen völlig Unschuldigen getötet hatte? Er starrte nach vorne auf die Straße. Die Dämmerung hatte eingesetzt, Morlov schaltete das Scheinwerferlicht ein. Noch zwanzig Kilometer zeigte sein GPS-Gerät an. Sein Ziel war ein Nachtcache von searcher09. Irgendwo hinter der ehemaligen deutsch-deutschen Grenze. Es war Zeit, es diesem Anfänger zu zeigen.

»Und was war jetzt mit diesem GEZ-Typ?«, fragte Birdy.

Morlov zuckte die Schultern. »Das war 'ne echt blöde Geschichte. Der war wirklich von der GEZ.«

Birdy starrte ihn stumm an. Er hatte sich aus seiner Rucksacktasche ein Dosenbier geholt. Er wollte einen Schluck daraus trinken, aber Morlovs Satz hatte ihn so überrascht, dass er ihn nur regungslos anglotzte. »Und was hast du mit ihm gemacht?«, fragte Birdy endlich.

»Na, was machst du mit jemand, von dem du denkst, das ist ein Killer, der dich umbringen will?«

Birdy sah ihn immer noch an. Er öffnete den Mund, um etwas zu sagen, schloss ihn dann wieder. »Du hast 'nen GEZ-Fahnder umgebracht.« Er nahm einen schnellen Schluck von seinem Bier. »Na ja«, sagte er dann. »Die Typen können einem auch ganz schön auf die Nerven gehen.«

Wer Birdy das erste Mal sah, würde nie auf die Idee kommen, einen Profikiller vor sich zu haben. Er hatte ein rundliches, gutmütiges Gesicht. Sein braunes Haar war schon sehr dünn, aber Birdy hatte eine große Kunst darin entwickelt, seine wenigen Haare unter Einsatz von reichlich Gel zu einer wahren Lockenpracht zu formen. Nur wer genauer hinsah, entdeckte unter dem kunstvollen Arrangement aus Haarfett und Locken die kahlen Stellen. »Und hast du nicht Angst, dass die Polizei bald bei dir auf der Matte steht?«

»Die waren schon da. Die denken, dass sich Klöpper nach Tschechien abgesetzt hat. Und ich hab dafür gesorgt, dass der fette Klöpper dort noch einmal aufgetaucht ist.«

Einen halben Tag hatte er gebraucht, um sich in ein Abbild des dicken Klöpper zu verwandeln. Er hatte mit einer Latexmaske und einer Perücke gearbeitet und als er sich am Ende im Spiegel betrachtet hatte, war er sich sicher gewesen, dass sein Plan funktionieren würde.

Dann war er nach Tschechien gefahren. In einem billigen Nachtlokal nicht weit von der Grenze hatte er den ganzen Abend am Tresen verbracht. Und hatte sich dabei so auffällig benommen, dass sich die Barfrau dort ganz sicher an ihn erinnern würde. Seine Rechnung hatte er schließlich mit der Kreditkarte gezahlt, die er bei Klöpper gefunden hatte.

Er hatte genug Spuren hinterlassen, um die Polizei glauben zu lassen, dass Klöpper noch lebte und sich in Tschechien herumtrieb.

»Du bist einfach etwas aus der Übung, dann passiert so etwas«, sagte Birdy. »Wenn du so wie ich dauernd Aufträge hast, dann siehst du natürlich sofort, ob so ein Typ dich umlegen will oder nur 'ne harmlose Pfeife ist.«

Morlov ärgerte sich über Birdys Worte. Birdy war ein Angeber, aber dass er ihn behandelte, als wäre Morlov schon lange aus dem Geschäft, traf ihn. Morlov war noch nicht auf dem Abstellgleis. Einen Augenblick spielte er mit dem Gedanken, Birdy von dem Grauen und seinen Aufträgen zu erzählen. Aber dann ließ er es. Der Graue war sein Geheimnis.

Birdy nahm wieder einen Schluck von seinem Bier. »Vor einem Monat, da hatte ich 'ne Idee. Und ich glaube, grad dir könnte das verdammt helfen«, sagte er.

»Was für eine Idee?«

»Wir sollten eine Vereinigung gründen.«

»Wie meinst du das?«

»Einen Killerclub. Wir sollten einen Killerclub gründen.«

Birdy hatte immer solche Ideen. Einige, wie zum Beispiel das Forum für Berufskiller, hatten sich auch als richtig gut erwiesen. Aber die Kollegen, die Morlov kannte, waren Einzelgänger, die würden sich nie für einen Club begeistern können. Und wofür sollte so ein Club gut sein?

»Ich versteh nicht ganz, wozu das nötig ist«, sagte Morlov.

Birdy sah ihn kopfschüttelnd an. »Du bist einfach schon ein bisschen raus aus dem Geschäft. Du weißt einfach nicht, was heute abgeht. Ich sag dir, die spielen uns gegeneinander aus. Weißt du, was es jetzt gibt? Man stellt einen Auftrag in ein geheimes Forum und lässt uns die Gage bieten. Aber du weißt nicht, was die anderen bieten, du siehst nur dein Gebot. Und wer am wenigsten bietet, der bekommt den Zuschlag. Zuerst waren es die Polen, die es für ein Butterbrot gemacht haben. Aber jetzt haben wir auch Afrikaner und Chinesen. Ich sag dir, die Chinesen mischen den Markt auf. Es gibt Gerüchte, dass die nur hundert Euro verlangen. Hundert Euro, dafür kann ich keine anständige Arbeit leisten. So schätzt man unsere Arbeit ein. Als ob das jeder hergelaufene Chinese könnte.«

»Und was würde ein Club daran ändern? Vielleicht ist das der Lauf der Zeit. Man nennt das Globalisierung.«

»Globalisierung«, äffte ihn Birdy nach. »In unserem Job heißt Globalisierung doch nur, dass du immer einen findest, der es billiger macht. So ein Club ist unsere einzige Chance. Wir müssen zusammenhalten, wir deutschen Berufsmörder.«

»Deutsche Berufsmörder?«, fragte Morlov.

»Dieses Amerikanische geht mir schon lange auf die Nerven. Warum nicht das gute deutsche Wort ›Mörder‹? Und in unserem Club sollten auch nur deutsche Kollegen sein. Das würde unseren Auftraggebern sofort klar machen, dass sie gute, deutsche Wertarbeit bekommen. Made in Germany.«

Sie kamen zu einer Kreuzung, Morlov bog auf die A 72. In gut zwanzig Minuten würden sie das Ziel erreichen.

»Ich hab schon im Kopf, wer alles dazu gehört«, sagte Birdy. »Wenn wir über zehn sind, und das können wir schaffen, dann sind wir so viele, dass wir unseren Auftraggebern unsere Bedingungen diktieren können.«

»Den anderen wird das nicht gefallen, den Kollegen aus Russland zum Beispiel.«

»Die müssen sich dann halt in Russland Arbeit suchen. Da gibt es doch mehr als genug. Was wollen die überhaupt hier in Deutschland? Wer einen Mord in Deutschland will, der soll auch einem deutschen Mörder die Arbeit geben.«

Morlov ging Birdys Gerede von »deutschen Mördern« allmählich auf die Nerven. Warum konnte er nicht »Killer« sagen, wie jeder andere normale Killer auch. Er wollte das Thema wechseln. »Eigentlich wollte ich dich heut fragen, ob du weißt, wer mich da um die Ecke bringen wollte. Ich mein, der GEZ-Typ war ein Irrtum, aber die Schüsse oben am Felsen, die waren echt. Ich bin mir sicher, dass Panzer dahintersteckt. Ich habe mit ihm geredet, und er hat natürlich alles abgestritten, deswegen habe ich gedacht, vielleicht weißt du etwas.«

»Natürlich war es Panzer«, sagte Birdy. »Mich hat er ja auch gefragt.«

»Was heißt, dich hat er auch gefragt?«

»Es heißt das, was es heißt. Dass er mich gefragt hat, ob ich den Auftrag übernehme, dich zu beseitigen.«

Morlov war sprachlos.

»Ich hab natürlich abgelehnt«, sagte Birdy.

»Weil du mich nicht töten wolltest?«

»Nein. Weil Panzer viel zu wenig zahlen wollte. Ich habe es satt, zu solchen Dumpingpreisen zu arbeiten, habe ich ihm gesagt. Aber anscheinend hat er doch jemanden gefunden.« Birdy knallte mit der flachen Hand auf die Armatur. »Ich wette, Panzer hat sich einen Araber oder Russen geholt«, knurrte er. »Nur die machen es zu solchen Preisen. Siehst du, genau davon rede ich die ganze Zeit. Und genau das ist der Grund, weshalb wir unseren Club brauchen.«

»Warum hast du mich eigentlich nicht angerufen? Warum hast du mir nicht gesagt, dass Panzer jemand auf mich ansetzen will?«

Birdy blickte ihn an, als wäre ihm diese Idee völlig neu. Er überlegte. »Ja, warum habe ich dich eigentlich nicht angerufen. Ich wollte noch, ich weiß noch, dass ich dich anrufen wollte, aber dann habe ich einen Anruf von Apollo13 bekommen. Es ging um unseren Club, er schlug vor, dass wir uns ›German Killers Reloaded‹ nennen, und das hat mich so aufgeregt, dass ich ganz vergessen habe, dich anzurufen.«

Morlov starrte nach vorne auf die Straße. Einen Moment hatte er die Vision, wie er Birdys Kopf mit seiner Hand gegen die Autofensterscheibe knallte, so heftig, dass das Blut aus der gebrochenen Nase spritzte.

»Ich hoffe, du bist mir deswegen nicht böse«, sagte Birdy. »Ich meine, jeder kann mal was vergessen.«

Morlov warf ihm einen kurzen Blick zu. Birdy sah ihn offen an. Er meinte es tatsächlich so, wie er es gesagt hatte. Jeder konnte mal etwas vergessen. Und wenn es sich darum handelte, dass man den Auftrag angeboten bekam, einen Kollegen umzubringen.

Birdy machte eine neue Bierdose auf und nahm einen Schluck. Er trank zu viel, vielleicht lag es auch daran. Vielleicht begann Birdy langsam abzudriften. Birdy starrte auf das Etikett seiner Dose. »Mörderliga«, sagte er. »Mörderliga würde mir gefallen. Ich meine, als Name für unseren Club. Hab ich irgendwo gelesen. In so 'nem Heft. Deutsche Mörderliga. Wir würden uns als Fanclub tarnen. Von irgendwas. Ich meine, dann würde Panzer nicht mehr so ein lächerliches Geld zahlen können, dann ginge es echt an sein Portemonnaie. Dann wäre es vorbei mit irgendwelchen Russen und Chinesen, die man für ein paar Euro anheuern kann.«

Eine halbe Stunde später ging Morlov auf einem kleinen Feldweg in Richtung eines leerstehenden, ehemaligen Wachtturms. Seine Taschenlampe leuchtete ihm den Weg, hinter ihm schnaufte Birdy. Der Weg war eng und Morlov musste immer wieder den Pfützen auf dem nassen Untergrund ausweichen.

»Das versaut einem die ganzen Schuhe«, schimpfte Birdy hinter ihm.

Sie hatten das Auto am Anfang des kleinen Feldwegs geparkt. Der Himmel war bedeckt, es war jetzt fast dunkel und außer den Autoscheinwerfern, die von der nahe gelegenen Autobahn zu ihnen flackerten, gab es keinen Lichtschein.

Das Display von Morlovs GPS-Gerät zeigte noch hundert Meter an, aber das brauchte er jetzt nicht, der nächste Hinweis musste in dem alten verfallenen Gebäude vor ihnen sein, dessen Schatten sich vor dem dahinterliegenden Wald abzeichnete. Sonst gab es hier nichts, wo man etwas verstecken könnte, nur dieser glitschige Feldweg und daneben Äcker und Wald.

Morlov musste an Birdys Worte denken. »Jeder kann mal etwas vergessen.« Panzer wollte Birdy den Auftrag geben, ihn umzubringen, und Birdy rief ihn nicht an, vergaß das einfach. Er sollte ihn kaltmachen, Wut stieg in Morlov hoch. Er hatte geglaubt, dass Birdy ein Freund sei. Aber das war ein Irrtum gewesen. Birdy war kein Freund, genauso wenig wie Panzer. Der Einzige, mit dem eine Freundschaft möglich gewesen wäre, war tot. Den einzigen Freund, den er gehabt hatte, hatte er umgebracht.

»Wie lange dauert es denn noch?«, fragte Birdy.

»Wir sind gleich da«, sagte Morlov.

»Wonach suchen wir überhaupt?«

»In dem Gebäude da vorne sind irgendwelche Zeichen an den Wänden. Der ganze Cache dreht sich um das Thema ›Agentenfilme‹. Um den Platz hier zu finden, musste ich lauter Zitate aus James-Bond-Filmen erraten. Das war manchmal gar nicht so einfach, ich musste mir zwei Filme aus ’ner Videothek ausleihen, ich glaube auch, dass wir die Ersten sind, die überhaupt so weit gekommen sind.«

»James-Bond-Filme«, keuchte Birdy hinter ihm. »Ist das bescheuert.«

Morlov sagte nichts mehr. Als sie vor dem ehemaligen Wachtturm ankamen, blieb er stehen. Birdy stellte sich neben ihn und Morlov richtete seine Taschenlampe auf das verfallene Gebäude.

In Geocacher-Kreisen nannte man solche Orte *Lost Places.* Meist handelte es sich dabei um alte Gebäude oder aufgegebene Industrieanlagen. Manche dieser Orte hatten eine ganz besondere Atmosphäre. Man fühlte sich wie in einer Geisterstadt und glaubte, noch die Aura derer zu spüren, die einst hier gewohnt hatten.

Aber dieser *Lost Place* wirkte auf Morlov nur schäbig und trostlos. Hier hatten vor der Grenzöffnung Posten Wache geschoben, aber seit mehr als zwanzig Jahren war nichts mehr an dem Gebäude ausgebessert worden und als Morlov und Birdy durch den kleinen Eingang ins Innere traten, wirkte alles so trostlos und still, als würden sogar die Ratten diesen Ort meiden.

Morlovs Taschenlampe strich über schmutzige Wände und nackten Beton. Die Wände waren verschmiert, der Boden war schmutzig, die Metalltüren verrostet und kleine Eingänge führten zu dem, was früher mal eine Toilette und eine Küche gewesen war. Es roch muffig und abgestanden.

Morlov ging näher zu einer verrosteten Eisenleiter, die nach oben in den ersten Stock führte. Die Leiter war kaputt, es fehlten zwei Stufen, aber oben verlief eine Stahlstange quer über das Loch, an der man sich hochziehen konnte. Der Hinweis für den *Final* sei ein Code im ersten Stock, hatte searcher09 geschrieben.

»Mein Gott«, sagte Birdy hinter ihm. »Was ist das für ein beschissener Ort.«

Etwas war anders.

»Als mir Panzer erzählt hast, du würdest wirklich in der Gegend herumrennen, um an solchen beschissenen Orten nach irgendwelchen beschissenen Verstecken zu suchen, habe ich gedacht, er nimmt mich auf den Arm. Und als du mich gefragt hast, ob ich mit dir auf so 'ne Tour gehe, habe ich gedacht, so blöd kannst du gar nicht sein, dass du es mir so einfach machst.«

Morlov drehte sich um. Jetzt sah er, was anders war. Birdy hatte eine Pistole in der Hand, sie war direkt auf Morlovs Herz gerichtet.

»Panzer wollte, dass wir es zu dritt oder zu viert machen, er hat richtig Schiss vor dir. Aber ich habe ihm gesagt, wozu, dann hätte ich ja auch das Geld teilen müssen. Und Panzer wird diesmal richtig viel löhnen.«

Du quatschst zu viel, dachte Morlov. Er brauchte nur eine Zehntelsekunde. Eine Zehntelsekunde Ablenkung. Morlov schleuderte seine Taschenlampe auf Birdys Gesicht und Birdy feuerte sofort, aber Morlov hatte sich wie eine Katze an die Stahlstange gehängt, hatte einen weiten Schwung nach hinten gemacht, so dass der Schuss ihn nur am Arm streifte, ein kurzer, heftiger Schmerz. Mithilfe des Schwungs schleuderte Morlov sich mit den Beinen voran nach oben durch das Loch. Seine Füße kamen auf dem Boden auf und Morlov zog seinen Kopf durch die Öffnung und stieß sich mit den Armen von der Stange ab, so dass er seinen Körper möglichst weit weg von dem Loch drückte. Sofort drehte er sich, so dass er auf dem Bauch lag, ging in die Hocke und tastete den Boden ab. Er erspürte eine schwere Metallplatte, die wohl früher mal die Öffnung im Boden versperrt hatte, und schob sie mit einem Ruck über das Loch, durch das er sich hochgezogen hatte.

Er hörte einen Schuss, ein Krachen, als das Geschoss auf die Metallplatte traf, aber sie war zu massiv, als dass die Kugel sie durchdringen könnte.

Hier oben war Morlov in Sicherheit und saß doch in der Falle.

Er hörte unter sich Birdys Fluchen, dann Schritte. Morlov besah sich die Wunde am Oberarm. Er holte sein Messer aus der Jackentasche, schnitt ein Stück Stoff aus seinem Shirt und drückte es darauf.

Ein Streifschuss, die Wunde schmerzte und behinderte ihn, war aber nicht gefährlich.

Morlov holte sein Handy aus der Jackentasche, schaltete es ein und benutzte es als Taschenlampe. Der Raum war genauso trostlos wie der untere. Der Boden bestand aus verrostetem Stahl, außer der Metallplatte, die Morlov auf die Öffnung im Boden geschoben hatte, gab es keine Gegenstände oder Möbel hier.

An jeder Wand gab es zwei winzige rechteckige Ausgucke. Unmöglich, durch diese Löcher nach innen zu kommen. Birdy hatte keine Chance, ihn hier zu überraschen. Der einzige Zugang war die Öffnung am Boden, die Morlov mit der Metallplatte bedeckt hatte und die er die ganze Zeit im Auge behielt. Würde Birdy versuchen, die Platte von unten wegzuschieben, würde er das sofort merken und konnte reagieren.

Die Wände waren voller Schmierereien. Sicher waren darunter die Hinweise zu dem Cache von searcher09, aber der Cache war jetzt nicht wichtig, wichtig war, Birdy kaltzumachen.

Die einzige Waffe, die Morlov dabei hatte, war ein langes Messer. Sein Fahrtenmesser, das er überallhin mitnahm. Außerdem hatte er wie bei jeder Geocaching-Tour ein etwa fünf Meter langes Seil eingesteckt. An eine Pistole hatte er nicht gedacht. Er hatte einfach nicht damit gerechnet, dass Birdy auf ihn angesetzt war.

Jetzt ärgerte er sich über seine Naivität. Wo er doch so überrascht gewesen war, dass Birdy ihn bei einer Geocaching-Tour begleiten wollte. Wo doch Birdy immer nur Spott für sein Hobby gehabt hatte. Jetzt begriff er, wie leicht er es Birdy gemacht hatte. Hier draußen gab es keine Zeugen, sicher hatte auch niemand den Schuss gehört, den Birdy gegen die Metallplatte gefeuert hatte.

Morlov versuchte sich vorzustellen, was er jetzt machen würde in der Haut von Birdy.

Plötzlich hörte er dessen Stimme von unten. »Mann, Simon, schieb die Platte da weg und lass mich hochkommen.«

Morlov konnte es nicht fassen, hielt ihn Birdy für einen völligen Idioten?

»Du musst das auch mal von meiner Seite aus sehen. Panzer hat mir diesmal richtig gutes Geld geboten. Ich versuch, meinen Job immer ganz sachlich zu sehen. Keine Gefühle, verstehst du. Aber bei dir hätt ich 'ne Ausnahme machen sollen, das seh ich jetzt ein. Ich schlag dir vor, wir vergessen die Sache ganz einfach und tun so, als hätte es die letzten zehn Minuten nicht gegeben. Du kommst runter und dann können wir ja auch deinen Catch suchen.«

Es heißt Cache, nicht Catch. Fast hätte Morlov nach unten gebrüllt, dass Birdy die Klappe halten solle. Aber es war besser, jetzt den toten Mann zu spielen und zu warten.

»Weißt du was, mir ist grade 'ne Superidee gekommen. Wir zeigen diesem Panzer mal, was 'ne Harke ist. Wir tun so, als hätte ich dich wirklich abgeknallt und du kriegst 'nen Anteil von meiner Gage. Sagen wir fünfundzwanzig Prozent. Ach was, sagen wir dreißig Prozent, ich will da wirklich nicht kleinlich sein. Mit dem Geld kannst du dann untertauchen. Dir ein schönes Leben auf irgendeiner Insel machen. Da kannst du dann den ganzen Tag nach irgendwelchen Catches suchen. Na, was sagst du dazu?«

Schweigen. Morlov leuchtete mit seinem Handy die Metalldecke des kleinen Raums ab. Dann sah er die Öffnung, die nach oben auf das Dach führte. Eine Leiter wie unten gab es nicht, aber es würde kein Problem sein, sich durch die Öffnung nach oben zu ziehen. Morlov stand auf und stellte sich unter die schwarze Öffnung. Dann hörte er wieder Birdys Stimme.

»Also gut, ich gebe dir vierzig Prozent. Vierzig Prozent, hörst du? Aber das ist mein letztes Angebot. Und dafür musst du mir auch diese Dokumente geben, darauf ist Panzer ganz scharf. Dann muss ich auch nicht dein Haus durchsuchen und es in die Luft sprengen. Also, was sagst du, ist das ein Angebot?«

Morlov stand jetzt unter der Öffnung. Wenn er die Finger nach oben streckte, konnte er die Decke beinahe berühren. Mit einem Sprung würde er mit seinen Händen den Rand der Öffnung erreichen und sich dann hochziehen.

»Das finde ich jetzt ein wenig blöd, dass du so sauer da oben rumsitzt. Findest du nicht, dass du etwas nachtragend bist? Ich meine, jeder macht mal einen Fehler, aber man muss da nicht dauernd drauf rumreiten. Ich habe mich doch schon entschuldigt«, kam es von unten. »Ich habe da noch eine Superidee. Wenn sich die Lage etwas beruhigt hat und du zurück von deiner Insel kommst oder wo du sonsthin gehst, dann kannst du auch zweiter Vorsitzender von unserem Club werden. Na, was sagst du dazu? Eigentlich sollte das ja Blumenwiese werden, aber ich denke, du wärst der Richtige dafür. Ich erster Vorsitzender und du der zweite. Komm schon, dafür kann man doch unsere kleine Auseinandersetzung vergessen.«

Wollte ihn Birdy mit seinem blöden Gerede nur ablenken oder meinte er das tatsächlich ernst? Wahrscheinlich wollte er nur Zeit gewinnen und überlegte fieberhaft einen Plan, wie er ihn killen könnte. Aber nicht mit Morlov.

»Mann, Simon, du und ich, wir sind doch Freunde. Ja, richtige Freunde und da kann man auch mal 'ne Entschuldigung annehmen von einem Freund.«

Das mit der Freundschaft hätte Birdy nicht sagen sollen, Morlov wurde auf einmal wütend. »Halt die Klappe da unten«, schrie er.

Einen Moment war es still, dann redete Birdy weiter. »Ich verstehe ja, dass du etwas aufgebracht bist, aber lass uns einfach mal ganz in Ruhe über die Sache reden.«

Morlov hatte genug. Er musste diesem Kerl das Maul stopfen, egal wie. Er sprang hoch, bekam mit seinen Händen den Rand der Öffnung zu fassen und zog sich langsam nach oben. Als er sich durch das Loch gezwängt hatte, stand er auf. Sogar von hier war Birdy zu hören.

»Ich wette, du hättest in meiner Situation genauso gehandelt. Jeder hätte in dieser Situation so gehandelt. Übrigens ist diese ganze Sache ein gutes Argument dafür, dass wir unbedingt einen

Club brauchen. Wenn wir so einen Verein hätten, dann würde das nicht passieren, weil jeder genau wüsste, welche Aufträge gerade am laufen sind ...«

Über eine kleine Eisentreppe kam Morlov ganz nach oben, auf das Dach des Wachtturms. Das Dach war an den Rändern mit einem halben Meter hohen Eisenzaun gesichert. Morlov zerrte an dem Gitter. Es war fest. Daran konnte er sein Seil befestigen und sich dann nach unten abseilen. Birdy redete immer noch, doch hier oben wurden seine Worte zu einem leisen Hintergrundrauschen.

Morlov knotete das Seil um den Eisenzaun, warf das Ende über das Gitter und kletterte nach unten. Zwei Meter vor dem Boden sprang er. Ein leichtes Schmatzen war zu hören, als er im nassen Gras aufkam. Morlov spürte wieder den Schmerz in seinem Arm. Er befand sich jetzt an der Gebäudemauer, die dem Eingang direkt gegenüberlag. Mit dem Rücken an der Wand bewegte er sich langsam weiter, bis er den Eingang im Blick hatte. Wieder war Birdys Stimme zu hören.

»Ich bin doch dein Freund. Komm, lass uns einfach die alten Geschichten vergessen und wir gehen erst mal einen trinken.«

Weiter kam er nicht. Morlov hatte sich von hinten auf ihn gestürzt und hielt ihm sein Messer an die Kehle.

»Da bist du ja«, sagte Birdy. »Mann, du machst das wirklich gut, dieses lautlose Anschleichen. Also, was sagst du jetzt zu meinem Vorschlag. Vierzig Prozent kriegst du von meiner Gage, das ist doch ein Wahnsinnsangebot.«

Das waren Birdys letzte Worte. Morlov schnitt ihm die Kehle durch.

»Warum kannst du nicht einfach die Klappe halten«, sagte er.

•

Die Bar war fast leer, es war kurz vor zwei Uhr und die Frau hinter der Theke hockte in einer Ecke und spielte mit ihrem

Handy. Morlov saß allein am Tresen vor einem Bier. Er hatte vor dem Schlafengehen noch einen Abstecher hierher gemacht.

Eine billige Absteige in der Nähe von Nürnberg. Nur eine Handvoll Gäste. An Tischen in der Nähe Morlovs saßen zwei Nutten, die gelangweilt vor sich hin glotzten. Vor einer halben Stunde hatte es eine bei Morlov versucht, doch der hatte nur den Kopf geschüttelt. Seitdem ließ man ihn in Ruhe.

Morlov hatte seine Jacke an, so sah man die Wunde am Arm nicht. Er hatte sie mit einem Verband versorgt, die Blutung hatte aufgehört, wenn nicht eine Entzündung dazukam, dann würde er nach ein paar Tagen nichts mehr von der Verletzung merken. Und dass seine Hosen und Schuhe verdreckt waren, störte hier niemand.

Aus den Lautsprechern klang gedämpfte Musik. »Die vier Jahreszeiten« von Vivaldi. Ausgerechnet hier ließ man Vivaldi laufen.

Morlov saß am Tresen und starrte vor sich hin. Er trank von dem Bier. Die Kopfschmerzen waren wieder da. Als hätte er kleine Männchen im Kopf, die mit einem Hammer gegen die Innenwand seines Schädels klopften.

Es hatte einige Zeit gebraucht, Birdys Leiche in ein sicheres Versteck zu bringen. Eine verdammte Arbeit war das gewesen. Erst hatte er die Leiche zu seinem Auto tragen müssen. Dann war er fast hundertfünfzig Kilometer über die Autobahn nach Hause gefahren. Er hatte den Wagen in seiner Garage geparkt und die Leiche in seinen Keller gebracht. Fein säuberlich hatte er sie in einzelne Teile zerlegt. Nur so hatte er den toten Birdy in seinem großen Kühlfach unterbringen können. Den Kopf hatte Morlov in einer Kühltasche im Kofferraum seines Toyota deponiert. Damit hatte er noch etwas vor. Eine Überraschung für searcher09.

Plötzlich hörte Morlov ein Räuspern. Er wandte den Kopf nach links und sah den Grauen neben sich sitzen. Einen Augenblick war er zu überrascht, um etwas zu sagen.

Der Graue sah ihn an. Ein müder, wissender Blick. »Ist verdammt kalt hier«, sagte der Graue. Er rieb sich die Hände. Die Finger sahen aus, als wäre alles Blut daraus entwichen. »Es war gar nicht einfach, dich zu finden.«

Morlov hatte noch immer nichts gesagt. Es war das erste Mal, dass der Graue woanders aufgetaucht war als in der Nähe des Felsens, wohin Morlov jeden Morgen joggte, oder bei ihm im Haus.

»Du fragst dich sicher, woher ich weiß, dass du hier bist.«

Morlov sah einen Moment zu der Bedienung. Sie war vielleicht Mitte vierzig, sie sah verlebt aus und die Schminke in ihrem Gesicht konnte die tiefen Ringe unter den Augen nur notdürftig kaschieren.

Warum kam sie nicht und fragte den Grauen, was er trinken wollte, dachte Morlov. Doch die Frau war so sehr in ihr Handyspiel vertieft, dass sie nichts von ihrer Umgebung zu bemerken schien.

»Ich beobachte dich«, sagte der Graue. »Ich weiß immer, wo du bist, glaub mir das.« Er ließ ein heiseres Lachen hören, das unvermittelt in einen Husten überging. Ein krächzender Husten, der gar nicht mehr aufhören wollte. Morlov sah zu, wie der Graue würgte. Endlich beruhigte er sich.

»Willst du etwas trinken?«, fragte Morlov.

Doch der Graue wehrte ab. »Nein, nichts zu trinken.«

Die Bedienung hatte kurz aufgeschaut, hatte Morlov gemustert, und sich dann wieder ihrem Handy zugewandt.

»Wie konntest du glauben, dass so einer wie Birdy dein Freund ist?«, fragte der Graue.

Morlov starrte stumm auf den Tresen vor sich. Auch er spürte auf einmal die Kälte, es war, als ob sich die warme Luft von der Umgebung des Grauen zurückzog und nichts hinterließ als eine frostige Leere.

»Dasselbe wie bei Panzer, der würde dich am liebsten von heute auf morgen verschwinden lassen, der hat nur Angst. Du kannst niemandem trauen, du hast keine Freunde, Simon, glaub mir, du hast keine Freunde.«

Die Worte hallten in Morlovs Bewusstsein nach. Er sah auf die Uhr über dem Tresen. Es war jetzt kurz vor halb drei. Die Bedienung in der Ecke rührte sich nicht. Morlov sah sich um. Die wenigen Gäste in der Bar waren wie hinter einem Vorhang verschwunden. Als gäbe es nur ihn und den Grauen, als wären sie hier abgeschottet von der Welt. Die Kälte kroch ihm unter die Jacke.

Der Graue lehnte sich zurück. Morlov starrte ihn an. Er wirkte älter als sonst, die Haare unter dem Hut noch verfilzter, die Furchen in seinen Gesicht tiefer, und das Grau der Haut noch stärker in dem diffusen Licht der Bar.

»Wer bist du eigentlich?«, fragte Morlov plötzlich. Einen Augenblick war er erschrocken über sich selbst, dass er diese Frage gestellt hatte. Aber es war an der Zeit, diese Frage zu stellen.

Der Graue antwortete nicht gleich. »Weißt du es immer noch nicht?«

Morlov schüttelte den Kopf. Der Graue ließ ein Lachen hören.

»Ein Freund«, sagte er dann. »Ich bin ein guter Freund.« Dann sah er Morlov lange an. »Du musst mir einfach vertrauen«, sagte der Graue.

Morlov blickte ihn erwartungsvoll an. Er wünschte sich, dass der Graue noch weitersprach, aber der blieb stumm.

Morlov überlegte, ob er noch ein Bier trinken sollte. Er genoss dieses wohlige Gefühl, dass ihm alles egal war.

Auf einmal spürte er einen leichten Luftzug. Morlov wollte sich dem Grauen zuwenden, aber der war weg.

•

Skamper stand mit Dora am Fuß des Glatzensteins, wo er und Viktor abgestürzt waren. Jetzt, am Vormittag um elf Uhr, wirkte die Umgebung ganz anders als in der Nacht, als Skamper mit Arabella und Viktor hier gewesen war.

Skamper hatte sich gewundert, dass Dora sofort bereit gewesen war, mit ihm herzukommen. »Ich bin froh, dass du Zeit hattest«, sagte er.

Es ging ein leichter, böiger Wind. Nach den schönen Tagen Anfang April war es noch einmal kalt geworden. Dora hatte einen dicken, schwarzen Anorak mit einem Fellkragen an.

Dora sah Skamper kurz an. »Wo ist jetzt genau die Stelle, wo ihr abgestürzt seid?«

Skamper ging ein paar Schritte nach vorne und sah nach oben. Er zeigte auf eine Stelle in der Nähe des Vorsprungs, von dem aus er und Viktor abgestürzt waren. »Bis dort auf den Vorsprung haben wir uns abgeseilt. Und dort war dieser Arm.«

Dora stellte sich neben ihn und blickte zu der Stelle, auf die Skampers ausgestreckter Arm deutete. Im Felsen gab es eine kleine Spalte, aber sonst war nichts zu sehen.

»Vielleicht eine optische Täuschung, es war schließlich Nacht.«

Skamper schüttelte den Kopf. »Nein, aber dass da heute nichts mehr zu sehen ist, war mir klar.« Er überlegte kurz, ob er hochklettern sollte, um sich das Ganze genauer anzusehen, aber ohne Kletterausrüstung war das sinnlos. Wenn es überhaupt Hinweise dafür gegeben hatte, dass man bei ihrem Unfall nachgeholfen hatte, dann waren sie sicher nicht mehr zu finden.

Die ganze Geschichte kam Skamper jetzt bei Licht besehen mehr und mehr absurd vor.

»Warum wolltest du eigentlich, dass ich dabei bin, wenn du dir das noch einmal anschaust?«, fragte Dora.

»Es hätte ja wieder irgendwelche Verbotsschilder geben können. Und da wollte ich den Schutz der Polizei.« Skampers Stimme klang ironisch. Dora sah ihn einen Moment fragend an, doch er blickte immer noch angestrengt auf die Felswand vor sich.

»Ich habe in der Zeitung von deinem Vortrag gelesen«, sagte Dora.

»Schade, dass du nicht da warst.«

»Ich hatte keine Zeit«, antwortete sie ausweichend.

»Ich hätte mich gefreut.«

Sie blickte ihn überrascht an. »Ich habe auch gelesen, dass du wieder eine Suche vorbereitest.«

»Das ist eher ein Wunsch. Im Augenblick muss ich ja noch hier bleiben wegen des Testaments.« Skamper starrte immer noch nach oben zu der Stelle, wo sie in der Nacht einen Arm gesehen hatten. »Wie läuft es so mit dir und Alfred?«, fragte er.

»Gut.«

Hinter ihnen hörten sie das Keuchen eines Mannes. Skamper drehte sich um und sah einen Jogger, der an ihnen vorbeilief. Er blickte ihm nach, wie er in dem Forstweg verschwand, der zu der Straße führte.

»Wir können nicht immer so weitermachen«, sagte Skamper plötzlich. »Irgendwann müssen wir reden.« Er sah sie das erste Mal während ihres Gesprächs an. Sie wich seinem Blick aus.

Skamper blickte wieder nach oben zu dem Felsen, er wartete, dass Dora etwas sagte, aber sie blieb stumm.

Auf einmal fühlte Skamper sich müde. Er wusste, dass er ungerecht war. Es war sein Schweigen, das ihre Ehe zerstört hatte. Er musste endlich anfangen zu reden.

»Gehen wir«, sagte Dora leise.

•

»Wie funktioniert das überhaupt, dieses Geocaching?«

Jasmin saß auf dem Rücksitz von Skampers Ford Kombi und hatte sich nach vorne gebeugt. Arabella und sie hatten sich vor der Fahrt gestritten, wer vorne neben Skamper sitzen sollte. Schließlich hatte ein Münzwurf für Arabella entschieden.

Die drei befanden sich auf der Autobahn nach Bayreuth, kurz vor Trockau. In etwa zwanzig Minuten würden sie Bayreuth erreichen, das Ziel ihres kleinen Ausflugs.

Bevor Skamper etwas sagen konnte, antwortete Arabella: »Irgendwelche Typen verstecken irgendwas irgendwo und irgendwelche anderen Typen finden das dann und nehmen es mit nach Hause.«

»Das ist nicht ganz richtig«, sagte Skamper. »Man nimmt nichts mit nach Hause. Man trägt sich in ein Logbuch ein, das im Versteck liegt, oder tauscht das, was im Versteck liegt, gegen etwas, das den gleichen Wert haben soll. Und dann hinterlässt man im Internet eine Nachricht, dass man das Versteck gefunden hat.«

Jasmin überlegte. »Man rennt also in der Gegend herum und sucht etwas. Man weiß aber nicht, was es ist. Und wenn man es gefunden hat, darf man es nicht mal behalten, sondern nur was in ein Logbuch schreiben.«

»Es geht ja gar nicht darum, dass man wirklich etwas findet. Es geht um den Spaß an der Sache. Man ist draußen in der Natur, in der frischen Luft. Und bei den meisten Verstecken muss man auch noch Rätsel lösen, zum Beispiel, wie man den Weg zum sechsten Planeten findet. Und wenn man dieses Rätsel gelöst hat, dann kommt noch ein Rätsel und schließlich ist man ganz begeistert, wenn man endlich das Versteck gefunden hat.«

»Klingt wirklich sehr aufregend. Und was passiert bei einer Geocaching-Messe?«

»Keine Ahnung«, sagte Skamper. »Ich war noch nie auf so was.«

»Gibt's da auch was zu essen?«, fragte Arabella. »Ich hab 'nen irrsinnigen Hunger.«

»Ich habe irgendwas von Bratwürsten gelesen«, sagte Skamper.

»Wahrscheinlich«, sagte Jasmin, »muss man die Bratwürste suchen, und wenn man sie gefunden hat, darf man sie nicht essen, nur etwas in ein Logbuch schreiben und die Bratwürste vielleicht tauschen, gegen Leberkäse oder Weißwürste.« Sie lehnte sich zurück. »Warum fahren wir da überhaupt hin?«, fragte sie.

Arabella drehte sich zu ihr um. »Wir fahren im Auftrag der Detektei Arabella-Investigations. Die Leute denken vielleicht, wir sind ganz normale Leute, die zugegeben verdammt gut aussehen, aber in Wirklichkeit sind wir Detektive auf der Jagd nach einem Serienkiller.«

»Niemand weiß, ob wir es hier mit einem Serienkiller zu tun haben«, sagte Skamper.

»Na, wenn jemand Leichenteile versteckt, wenn das kein Serienkiller ist, dann weiß ich nicht.«

»Warum bist du eigentlich so scharf drauf, einem Serienkiller zu begegnen?«, fragte Jasmin von hinten.

»Na, weil ich noch nie einem begegnet bin, und das als Detektivin. Und das ist eines der hundert Dinge, die ich unbedingt tun will, bevor ich vierzig werde.«

»Da wärst du sicher enttäuscht, wenn du einem Serienkiller in echt begegnest«, sagte Jasmin. »Ich wette, das sind ganz normale Leute wie du und ich. An denen ist gar nichts Besonderes.«

»Die haben eben nur ein außergewöhnliches Hobby«, sagte Skamper.

»Genau«, sagte Jasmin. »Die sehen so aus wie Paul zum Beispiel.«

»Paul ist nicht der Typ für einen Serienkiller«, sagte Arabella.

»Ich könnte ja noch damit anfangen«, sagte Skamper. »Eines der hundert Dinge, die ich tun will, bevor ich fünfzig werde.«

»Für dich ist es schon zu spät«, sagte Arabella. »Wenn du über vierzig bist, hast du als Mann ungefähr die gleichen Chancen, noch ein Serienkiller zu werden, wie eine Dreißigjährige die Chance hat, noch einen interessanten Mann zu finden.«

»Zum Beispiel einen Serienkiller«, sagte Jasmin.

»Die Chance, mit über dreißig noch einen Serienkiller zu kriegen, geht beinahe gegen Null«, sagte Arabella.

Skamper sah stumm nach vorne. Sie hatten die Autobahnausfahrt erreicht. Skamper folgte dem Schild, das nach Bayreuth zeigte. Er war froh, dass sie bald da waren. Als über vierzigjähriger Mann war er solche Gespräche mit Jasmin und Arabella einfach nicht mehr gewohnt.

»Ich habe auf jeden Fall ’nen ziemlichen Hunger«, sagte Arabella.

»Wir sind gleich da«, sagte Skamper. »Und dort gibt es bestimmt was zu essen.«

Seit zwei Stunden waren sie jetzt auf der Messe. Sie waren einmal durch die Hallen mit allen ihren Ständen gelaufen. Hier gab es alles, was der ambitionierte Geocacher bei seiner Suche brauchte. Die neuesten GPS-Geräte, Wanderkarten und Outdoorausrüstung. An vielen Ständen stellten Geocache-Blogger ihre Internetpräsenz vor und es gab einen Computerraum, wo man interessante Webseiten zum Thema präsentierte.

Arabella und Jasmin hatte das Ganze schnell gelangweilt. Sie hatten Skamper in einen Nebenraum gezerrt, wo man ein kleines Café aufgebaut hatte. Jeder der drei trank einen lauwarmen Cappuccino und Arabella aß ein riesiges Geocacher-Sandwich. Nachdem sie ihren Hunger gestillt hatte, ging es ihr besser.

»Ehrlich gesagt, ist mir immer noch nicht klar, was wir hier eigentlich suchen«, sagte Jasmin.

»Ich wollte mich hier einfach ein wenig umhören«, sagte Skamper. »Nachforschen, was es mit diesen Gerüchten auf sich hat.«

»Aber was kann hinter der ganzen Sache stecken?«

»Vielleicht steckt dahinter einfach nur ein Verrückter, jemand, der völlig durchgedreht ist.«

»Und du meinst, dieser Verrückter ist hier, hier auf dieser Messe?«

»Wer weiß?«, sagte Skamper.

»Natürlich muss er hier sein«, sagte Arabella. »Der lässt sich das doch nicht entgehen.« Sie blickte sich um. Man sah ihr die Aufregung an. Jeder hier konnte der verrückte Geocaching-Killer sein. Vielleicht der Kerl dort mit der Hornbrille und der Stirnglatze, der sie schon die ganze Zeit anstarrte.

»Das Problem ist, dass es so wenig Greifbares gibt, wonach wir suchen können«, sagte Skamper.

»Und was ist mit diesen Gerüchten, worum geht es da überhaupt?«

»Im Internet ist immer wieder von einem ganz besonderen *Travel Bug* die Rede. Er soll in einer Kiste stecken und mit einem Zahlenschloss gesichert sein. Und darin soll ein abgetrennter Kopf sein. Oder was davon noch übrig ist.«

»Was ist denn ein *Travel Bug*?«, fragte Jasmin.

»Ein *Travel Bug* ist ein Schatz, den man von einem Fundort zum nächsten transportiert. Einer findet ihn und versteckt ihn woanders. Und im Internet kann man dann seine Reise verfolgen.«

»Und woher weißt du das alles?«, fragte Jasmin.

»Dazu braucht es nur ein bisschen Recherche im Internet. Außerdem habe ich alles nachgelesen, was Viktor herausgefunden hat.«

Arabella trank ihren Cappuccino aus. »So«, sagte sie. »Die Detektei Arabella-Investigations ist bereit. Wir können loslegen.«

»Ich schlage vor, dass wir uns trennen«, sagte Jasmin. »Jeder von uns zieht los und schaut, was er über die Sache herausfinden kann. Und in zwei Stunden treffen wir uns wieder.«

Skamper fragte sich, ob der Besuch dieser Messe wirklich so eine gute Idee gewesen war. Jetzt, am Nachmittag war es nicht mehr so voll. Skamper sah auf die Leute, die sich an ihm in den engen Gassen vorbeidrängten. An ihnen war nichts Besonderes. Skamper musste einen Moment an Arabella denken, die hoffte, hier einem Serienkiller zu begegnen.

Doch Skamper kam mehr und mehr zu der Überzeugung, dass die Fahrt hierher ergebnislos bleiben würde. Er lief jetzt seit einer Stunde durch die Messehalle und hatte bisher nichts Nennenswertes herausgefunden.

Ein paar Geocacher an verschiedenen Ständen hatte er gezielt angesprochen. Doch sobald Skamper konkreter wurde, blockten die Leute ab. Als hätten sie Angst. Vielleicht war das aber nur seine Einbildung und die Leute wussten wirklich nichts.

Skamper war schon ein paar Meter weiter, als er den kleinen Stand bemerkte. Eingezwängt zwischen den Werbetafeln eines großen Outdoorausrüsters und einem zweiten großen Stand, der GPS-Geräte anpries, saß eine Frau auf einem kleinen Stuhl hinter einem Tisch, auf dem ein Stapel Bücher lag. Ein großes Schild neben dem Bücherstapel wies darauf hin, dass es hier Kaffee und Kuchen für zwei Euro gab.

Skamper war stehen geblieben. Die blonde, etwas pummelige Frau mit dicken Zöpfen sah ihn an. Als hätte sie auf ihn gewartet. Aber es war nicht die Frau, die Skampers Aufmerksamkeit fesselte. Neben der Frau saß ein schlanker, kurzhaariger Mann in einem schwarzen Rollkragenpullover. Skampers Blick traf auf den des Mannes und für einen Augenblick war es, als ob ein Erkennen in Skamper aufblitzte. Sein Körper schüttete Hormone aus, reagierte mit Abwehr auf den drahtigen, durchtrainierten Fremden. Der Mann starrte Skamper an.

Es brauchte einen Moment der Anstrengung, damit Skamper den Blick von dem seinen lösen konnte. Als müsste er einen Zauber brechen.

Hinter der Frau war eine Wand aus Sperrholz, auf der große Plakate aufgeklebt waren. Sie zeigten den Umschlag eines Buches: »Das Kochbuch für Geocacher«.

Skamper ging die paar Schritte bis zu dem Stand und blieb dann stehen. Die Frau hinter dem kleinen Tischchen lächelte und zeigte eine Reihe blendend weißer Zähne. Der Mann neben ihr verzog keine Miene und sah stumm vor sich hin, doch Skamper wusste, dass er ihn aus den Augenwinkeln belauerte. Skamper nahm eines der Bücher in die Hand.

Er blätterte in dem Kochbuch, doch er nahm nicht wirklich wahr, was er überflog. Er legte das Buch wieder zurück.

»Wollen Sie vielleicht von unserem Kuchen probieren? Und einen Kaffee dazu trinken?«

Die Blonde sah ihn mit einem einladenden Lächeln an. Skamper war einen Moment unschlüssig. Vielleicht konnte er ja hier etwas erfahren, das ihm weiterhalf. »Warum nicht.«

Die Frau stand sofort auf, schenkte eine Tasse mit Kaffee aus einer Thermoskanne voll und stellte ihn zusammen mit einem Teller Apfelkuchen vor ihn hin.

»Ein Kochbuch nur für Geocacher. Das ist ja eine originelle Idee«, sagte Skamper.

Sie strahlte ihn an. »Wollen Sie eins kaufen? Kostet nur neunzehn Euro neunzig.«

Skamper wehrte ab. »Ich bin kein so großer Koch. Ich esse lieber, was andere gekocht haben. Aber ich seh schon auf den ersten Blick, dass die Rezepte ganz ausgezeichnet schmecken, die Sie da in Ihrem Kochbuch beschreiben.«

Sie lächelte geschmeichelt. Skamper hatte das Gefühl, wie ein Idiot zu reden. Manchmal dachte er, dass er zu lange auf Schatzsuche in Dschungeln und Wüsten gewesen war und einfachen Small Talk verlernt hatte.

»Machen Sie denn viel Geocaching?«, fragte Skamper.

»Ich bin jedes Wochenende unterwegs. Allein oder mit Freundinnen.«

Skamper nahm noch einmal eines der Bücher in die Hand und blätterte darin. »Und das Buch haben Sie selbst verlegt?«

Die Frau nickte stolz. »Oh ja, ich habe alles selbst gemacht. Vom Schreiben über das Drucken bis zum Einband.« Sie streckte ihre Hand aus. »Veronika Lederer ist mein Name.«

Skamper schüttelte ihre Hand. »Paul Skamper.«

»Und, haben Sie schon mal nach einem Cache gesucht?«, fragte Lederer.

»Nur einmal, ich bin eher ein Muggel, wie man so schön sagt.«

»Sie werden begeistert sein. Man kann aufregende Sachen dabei erleben.« Lederer strahlte ihn an. Wahrscheinlich war Skamper der Erste, der sich heute an ihren Stand verirrt und sich für ihr Buch interessiert hatte.

»Aufregende Sachen, das ist genau das, was ich suche.« Skamper lehnte sich etwas vor. »Ich hab gehört, es gibt auch richtig gefährliche Sachen. *Extreme Geocaching* soll sich das Ganze nennen.«

Sie sah ihn mit großen Augen an. »Sie haben also auch davon gehört. Von diesen gefährlichen Sachen?«

»Ja, hab ich.«

»Dann brauch ich Ihnen ja nichts zu erzählen.« Sie nickte zweimal. »Dann wissen Sie ja über alles Bescheid.«

»Na ja«, sagte Skamper. »So richtig Bescheid weiß ich nicht. Ich hab eher so Sachen gehört. Aber ich wette, Sie als Fachfrau können mir alles genau erzählen.«

Lederer beugte sich vor, sah sich um, ob ihnen jemand zuhören könnte. »Wir sprechen jetzt von diesen speziellen Verstecken.«

Skamper nickte.

»Was Genaues weiß ich auch nicht. Aber es soll Verstecke geben, wenn man die sucht, kann es wirklich gefährlich werden.«

»Haben Sie denn mal nach so einem Versteck gesucht?«

»Ich, aber nein. Aber wenn Sie wirklich etwas wissen wollen über *Extreme Geocaching*, dann müssen Sie meinen Bekannten fragen, Herrn Morlov.«

Der schwarz gekleidete Mann hatte die ganze Zeit während Skampers Unterhaltung regungslos auf seinem Stuhl gesessen. Er sah jetzt auf und wieder trafen sich ihre Blicke. Mit einer fließenden, geschmeidigen Bewegung erhob er sich. Skamper musste an seine Einzelkämpferausbildung beim Bund denken. Dort hatte er einen Ausbilder gehabt, der sich ähnlich bewegte wie dieser Morlov. Wenn es darauf ankam, würde sich dieser Morlov zu verteidigen wissen.

Morlovs Züge verrieten nicht, was er dachte. Auf Skamper wirkte er wie ein Mann, der immer beherrscht und kontrolliert handelte. Nur in den Augen loderte etwas.

»Simon«, sagte Veronika Lederer, »Der freundliche Herr interessiert sich für *Extreme Geocaching*.«

»Guten Tag«, sagte Morlov. Er hatte eine dunkle, melodische Stimme, Skamper nickte ihm zu.

Der schwarzgekleidete Mann sah ihn stumm an. Er war ein paar Zentimeter größer als Skamper. Schlank, sehnig, mit einem durchdringenden Blick.

»Sie sind dann wohl der Experte für die gefährlichen Sachen«, sagte Skamper.

Morlov antwortete nicht gleich. »Ich weiß ein paar Dinge, das ist alles. Sie suchen nach einem Abenteuer?«, fragte er.

»So könnte man es sagen.«

Morlov musterte Skamper. »So eine Suche bedeutet auch immer Gefahr. Nicht so, wie Sie denken. Es kann sein, dass Sie die Suche verändert. Auf eine erschreckende Art und Weise verändert. Sind Sie denn dafür bereit?«

Skamper zögerte einen Moment. Die Situation erinnerte ihn an etwas. Er musste an das Gespräch mit dem Bettler in der Nürnberger Fußgängerzone denken. War der schwarz gekleidete Mann vor ihm dieser Bettler? Es war unmöglich zu sagen, dazu hätte er damals dessen Augen sehen müssen. »Ich denke schon.«

»Jetzt mach unserem Neuling nicht solche Angst, Simon. Er könnte ja glauben, dass es wirklich um etwas Gefährliches geht. Wollen Sie sich nicht setzen?« Lederer hatte einen Klappstuhl von der hinteren Wand geholt und stellte ihn neben den von Morlov. Skamper ging um den kleinen Tisch herum, auf dem die Bücher von Lederer ausgestellt waren, und setzte sich. Dann nahm er einen Schluck von seinem Kaffee. Er hatte ihn bisher nicht angerührt.

»Ich mach noch mal Kaffee«, sagte Veronika Lederer. »Du willst doch sicher auch noch eine Tasse.« Sie hatte sich an Morlov gewandt, wartete aber dessen Antwort nicht ab und verschwand mit einer Thermoskanne.

Einen Moment schwiegen Morlov und Skamper. Dann begann Morlov zu reden. »Bei einer Schatzsuche, wie ich sie meine, kommt es vor allem auf Vertrauen an. Derjenige, der den Schatz versteckt und dem Schatzsucher ein unvergessliches Erlebnis bereiten möchte, will sichergehen, dass sich auch der

Richtige auf die Suche macht. Dass es nicht Zufall war, dass es nicht Glück war, sondern dass der Sucher derjenige war, der bestimmt war für dieses Abenteuer. Dass er dieses Vertrauen verdient hat.«

Skamper spürte ein Kribbeln auf der Haut. Morlov hatte die ganze Zeit ins Leere geblickt, als würden sich seine Worte gar nicht an Skamper richten. Jetzt sah er Skamper an. »Verdienen Sie denn dieses Vertrauen?«

Für einen kurzen Augenblick hatte Skamper den dringenden Wunsch aufzustehen, wegzugehen, nach Hause zu fahren und alles, was er seit Viktors Auftauchen erlebt hatte, zu vergessen. Aber dieser Wunsch war im nächsten Moment verflogen und Skamper sah es als eine kleine, irritierende Reaktion seines Körpers, die auf die schlechte Luft in der Halle zurückzuführen war.

»Ich möchte auf jeden Fall versuchen, das Vertrauen nicht zu enttäuschen.« Skamper hatte fast feierlich gesprochen, ihm kam auf einmal die Idee, dass er hier nur eine Rolle spielte, die Rolle in einem Spiel, dessen Regeln ein anderer bestimmte.

Morlovs Blick ruhte noch immer auf Skamper. »Sie denken vielleicht, Sie suchen irgendein Versteck, wertlose Dinge in einem Plastikbehälter, aber wenn Sie ernsthaft suchen, werden Sie verstehen, dass es nicht nur um ein Versteck geht. Bei der Schatzsuche, von der ich rede, suchen Sie eine Erfahrung. Eine Erfahrung, die Sie nicht vergessen, die Sie ändert, die Ihnen Wissen schenkt und Wahrheit. Die Wahrheit über sich selbst und Ihre größten Ängste. Sie suchen Erkenntnis.«

In diesem Moment kam Veronika Lederer mit der Thermoskanne zurück. Sie stellte zwei Tassen auf den kleinen Tisch und füllte sie. »So, jetzt haben wir alle drei Kaffee.« Sie sah auf Skampers Teller. »Sie haben ja noch gar nichts von dem Kuchen gegessen. Sie müssen wenigstens davon probieren, sonst bin ich beleidigt.« Sie kicherte. Das fröhliche Geplapper wischte die eigenartige Spannung zwischen den Männern einfach weg.

Skamper probierte ein Stück von dem Kuchen. »Der ist wirklich ausgezeichnet.«

Sie lachte wieder. »Sie sind ein Schmeichler.« Sie wandte sich an Morlov. »Du musst ihm sagen, wo du deine Caches veröffentlichst.«

Morlov sagte nichts.

»Es gibt Verstecke von ihm, die hat noch niemand gefunden. Aber es ist ungeheuer aufregend, danach zu suchen. Sie wissen ja, der Weg ist das Ziel.«

»Ich würde sehr gerne nach einem von diesen Verstecken suchen.«

Morlov sah Skamper prüfend an. Dann holte er eine Geldbörse aus seiner Hosentasche, nahm eine Visitenkarte heraus und reichte sie Skamper. Der blickte kurz darauf. »Simon Morlov« stand da in feinen, ziselierten Buchstaben. Darunter eine Internetadresse. Skamper steckte die Visitenkarte in seine Hosentasche.

»Ich wünsche Ihnen viel Glück bei Ihrer Suche«, sagte Morlov.

Skamper fand Arabella und Jasmin in dem kleinen Café, in dem sie zwei Stunden zuvor Cappuccino getrunken hatten. Bei ihnen saß ein älterer Herr. Sein weißes Haar war ungekämmt und stand wirr vom Kopf ab. Er trug einen grauen, schon abgetragenen Anzug und auf seiner Nase eine Hornbrille.

»Da bist du ja endlich«, sagte Jasmin.

Als der Alte Skamper bemerkte, stand er von seinem Stuhl auf und kam auf ihn zu.

Skamper staunte über die Schnelligkeit, mit der sich der Mann erhoben hatte.

»Das ist Paul Skamper, mein Mitarbeiter und der Kompagnon unserer Detektei«, sagte Arabella. Skamper blickte irritiert zu Arabella. Der Mann streckte ihm seine Hand entgegen.

»Berthold Markoven. Ich freue mich.«

Skamper schüttelte seine Hand.

»Wir sind hier zufällig ins Gespräch gekommen«, sagte Arabella. »Stell dir vor, Herr Markoven ist auch wegen dieser Leichenteile-Gerüchte hier.«

Skamper setzte sich auf einen Stuhl neben Jasmin. Auch Markoven nahm wieder Platz.

»Herr Markoven ist ein Kommissar im Ruhestand. Er hat schon drei Serienmörder festgenommen.«

Der Alte hob abwehrend die Hände. »Ob man da in jedem Fall von Serienmördern sprechen kann, ist ein bisschen fraglich.«

»Auf jeden Fall weiß Herr Markoven Dinge über Geocaching, die uns bei unserem Fall weiterhelfen können«, sagte Arabella. »Er möchte morgen bei uns vorbeischauen.«

Skamper nickte. »Warum nicht.«

»Ich würde Ihnen schon gerne jetzt etwas mehr erzählen«, sagte Markoven. »Aber ich habe noch einen Termin und muss gehen. Ich freue mich schon auf unser Gespräch. Noch viel Spaß wünsche ich Ihnen.« Er stand auf, nickte allen am Tisch Sitzenden zu und ging dann zu dem Ausgang, der in die Messehalle führte.

»Wie seid ihr denn auf den gekommen?«, fragte Skamper.

»Er saß am Nebentisch und hat gehört, wie wir uns über Serienkiller unterhalten haben. Und da hat er uns erzählt, dass er schon mit echten Serienkillern zu tun hatte.« Arabella beugte sich vor. »Er hat nicht genau gesagt, dass er was weiß, aber so wie er geredet hat, hat er ganz heiße Informationen.«

Skamper war da eher skeptisch. Aber nach dem Gespräch morgen würde man schlauer sein.

»Hast du denn etwas herausgefunden?«, fragte Jasmin.

»Ich habe zumindest einen sehr interessanten Typen kennengelernt.«

•

Morlov saß vor dem hell erleuchteten Monitor und starrte auf den Bildschirm. Draußen war tiefste Nacht, ein Sturm war aufgekommen und der Wind rüttelte an den Ästen der Bäume in seinem Garten.

Morlov musste an Skamper denken. War das Zufall gewesen, dass der Typ heute aufgetaucht war? Skamper wäre beinahe der Erste gewesen, der eines seiner Verstecke gefunden hätte. Immerhin war er erst am Glatzenstein gescheitert.

»Ich kenne ihn«, hatte die Lederer gesagt, nachdem Skamper gegangen war. »Da war ein Artikel in der Zeitung gewesen. Der ist Schatzsucher und hat so was wie einen magischen Stein gefunden.«

In der letzten Stunde hatte Morlov alles gelesen, was es im Internet über Paul Skamper gab. Die Artikel über seine Suche nach der goldenen Maya-Stadt. Und alle Berichte über das, was sich damals zugetragen hatte.

Monatelang hatte sich Skamper allein mit seinem Freund Mike Lockroft durch den Dschungel gekämpft. Immer im Glauben, der gesuchten verschollenen Stadt ganz nahe zu sein. Zurückgekommen in das kleine Eingeborenendorf, von dem sie aufgebrochen waren, war er allein. Abgezehrt und fast verrückt geworden in der Wildnis. Er hatte erzählt, dass er Lockroft zurücklassen musste. Dass sie sich verirrt hatten und dass Lockroft an einer Wasserstelle von einem Krokodil angegriffen worden war. Dass er ihn verletzt in eine kleine Höhle gebracht hatte, um dann Hilfe zu holen. Wie Skamper schließlich zurück in das Dorf gefunden hatte, konnte er selbst nicht erklären.

Als es Skamper etwas besser ging, war er mit einer Expedition aufgebrochen, um den zurückgelassenen Freund zu suchen. Doch die Suche war vergeblich geblieben, fast hätte er sich wieder im undurchdringlichen Dschungel verirrt.

Wochen nach der ergebnislosen Expedition hatte es plötzlich Stimmen gegeben, dass Skampers Version der Ereignisse nicht stimmte. Skamper sollte nach seiner Rückkehr im Fieberdelirium Dinge erzählt haben, die ein neues Licht auf seine Version warfen. Und einer der Expeditionsteilnehmer hatte bei der Suche nach Lockroft einen Revolver gefunden. Skampers Revolver, in dem zwei Kugeln fehlten.

Skamper hatte zu diesen Vorwürfen geschwiegen. Er blieb bei seiner Version.

Morlov lehnte sich zurück. Seine Kopfschmerzen waren schlimmer geworden. Er massierte mit seinem Finger die Stelle über der Nasenwurzel. Zwei Pillen hatte er schon genommen, aber die Schmerzen gingen nicht weg. Vielleicht sollte er noch eine dritte Tablette nehmen. Aber das war gefährlich. Die Medikamente beeinträchtigten sein Reaktionsvermögen und er musste immer auf der Hut sein.

Morlov öffnete eine Website, auf der Skamper mit dem Artefakt abgebildet war. Morlov starrte fasziniert auf den würfelförmigen Stein.

Plötzlich spürte er, dass er nicht allein war. Für einen Moment erstarrte er, dann drehte er sich um. Der Graue saß auf einem kleinen Stuhl neben der Tür. Im Halbdunkel sah er nur seine Silhouette. Sein Gesicht lag im Schatten.

»Er ist der Richtige«, sagte der Graue. »Er ist der, auf den wir gewartet haben.«

Morlov starrte wieder auf den Computer, auf Skamper und den graublauen Würfel.

»Es geht auf das Ende zu«, sagte der Graue. »Bald haben wir das Ziel erreicht.«

»Was ist es überhaupt, unser Ziel?«, fragte Morlov, ohne den Grauen anzusehen.

»Du weißt es immer noch nicht?«

»Ich habe keine Ahnung.«

»Das Ziel ist Gerechtigkeit. Ich bin hier, um Gerechtigkeit wiederherzustellen.«

Morlov fragte nicht weiter. Er vertraute dem Grauen. Er spürte, wie sein Kopf klar wurde, als würde sich ein Nebel verziehen. Das war immer so, wenn er mit dem Grauen sprach.

Morlov atmete tief durch, er blickte wieder auf den Stein. Er hörte ein Geräusch hinter sich. Der Graue stand auf. Morlov drehte sich nicht um, er starrte immer noch auf den Monitor, auf das magische Artefakt. Er sah lange darauf und spürte, wie der Graue hinter ihm langsam verschwand, aus dem Zimmer und aus dem Haus. Der Graue verabschiedete sich nie.

•

Skamper war den ganzen Nachmittag in der Stadt gewesen, um Einkäufe zu machen. Kurz nach fünf kam er nach Hause – für fünf Uhr hatte sich Berthold Markoven angemeldet – und ging sofort zu seinem Arbeitszimmer. Vor der Tür blieb er erstaunt stehen. Am Eingang war ein Schild angebracht: »Antonia Rabella und Paul Skamper – Private Investigations. Fragen Sie und Sie werden Antwort erhalten.«

Das war typisch Arabella. Jetzt fing sie schon an, sein Arbeitszimmer als ihr Detektivbüro zu benutzen. Er musste mit ihr reden. Ohne zu klopfen trat er ein.

»Sie sollten das mal probieren. Das magische Wasser hilft Ihnen ganz bestimmt, dass Ihre Verdauung flutscht wie ein Wasserfall.«

Meine Güte, worüber redete Arabella mit dem Kerl? Versuchte sie wieder, das magische Wasser zu verkaufen? Arabella und Markoven saßen auf Korbstühlen vor dem kleinen Tischchen an der Bücherwand. Arabella sah auf, als Skamper eintrat.

»Paul Skamper, meinen Mitarbeiter und Kompagnon unserer Detektei, kennen Sie ja schon«, sagte Arabella.

Skamper begrüßte Markoven mit einem Nicken.

»Soll ich einen Kaffee machen?«, fragte Arabella.

Markoven sah Skamper an, dann nickte er. »Kaffee wäre prima.«

Arabella ging durch einen Durchgang in einen kleinen Raum, den Skamper als Miniküche eingerichtet hatte. »Eigentlich ist ja mein Assistent dazu da, Kaffee zu machen. Aber er kennt sich nicht so mit der Technik aus. Daher mache ich das. Nur, falls Sie sich wundern.«

Die Assistentennummer ging Skamper auf die Nerven. Auch darüber musste er endlich mal mit Arabella reden. Skamper griff sich einen der Klappstühle, die neben dem Schreibtisch deponiert waren, und nahm neben Markoven Platz.

Keiner sagte etwas, während sie auf den Kaffee warteten. Arabella kam aus der Miniküche zurück. »Kaffee ist gleich fertig.« Sie setzte sich wieder auf ihren Korbstuhl. Markoven blickte Skamper an.

»Sie sind sicher sehr glücklich, dass Ihnen Arabella die Stelle als Assistent gegeben hat.«

Skamper blickte ihn erstaunt an.

»Na, so schwer wie es heute ist, eine Stelle zu finden. In Ihrem Alter. Wahrscheinlich haben Sie auch nichts Richtiges gelernt, sind vielleicht ein Künstler oder so etwas.«

Er sah fragend zu Arabella hinüber.

»Er ist Schatzsucher«, sagte sie.

»Das ist ja noch schlimmer. Genau wie ich vermutet habe.« Markoven fuchtelte mit dem Fingern vor Skampers Gesicht herum. »Ja, als alter Polizeifuchs sehe ich sofort, was für Pappenheimer vor mir sitzen.« Er lachte leise vor sich hin.

Die alte Kaffeemaschine in dem kleinen Nebenzimmer röchelte und spuckte. Am liebsten hätte Skamper den alten Mann wieder hinausgeworfen. Aber dafür war es jetzt zu spät.

Die Kaffeemaschine gab Geräusche von sich, als wenn sie in den letzten Zügen läge. Ein sicheres Zeichen, dass der Kaffee fertig war. Arabella stand auf. »Zucker, Milch?«, fragte sie.

Der alte Mann schüttelte den Kopf.

»Für mich etwas Zucker«, sagte Skamper.

Arabella stellte die Tassen auf den Tisch und goss ein. Sie gab einen Löffel Zucker in Skampers Tasse.

Skamper nahm einen Schluck. Der Kaffee war so stark, dass er das Gefühl hatte, ein Hitzestrahl würde direkt in sein Gehirn fahren. Skamper stellte die Tasse zurück.

Auch der alte Mann hatte einen Schluck genommen. Genießerisch schlürfte er an dem heißen Getränk. »Ein ausgezeichneter Kaffee«, sagte er und nickte Arabella zu. Dann sah er zu

Skamper. »Da werden Sie sich anstrengen müssen, dass Sie als Assistent auch so einen guten Kaffee hinkriegen.«

Skamper lehnte sich zurück und verschränkte die Arme. Wenn der Alte nicht bald mit ein paar handfesten Informationen kam, würde er das Gespräch beenden. Markoven stellte seine Tasse wieder auf den Tisch. »Und, was machen wir jetzt?«, fragte er.

Skamper sah erstaunt zu Arabella.

»Sie hatten vorhin gesagt, Sie wollten uns etwas über den Fall Barewski erzählen«, sagte Arabella.

»Natürlich, der Fall Barewski.« Markoven lachte in sich hinein. »Gut, dass Sie mich daran erinnert haben. Ich hätte das sonst vergessen.« Er gluckste, konnte sich kaum beruhigen. Dann lehnte er sich zurück, blickte kurz zu dem großen Fenster, das auf den großen Garten hinter dem Haus führte. »Ja, der Fall Barewski«, sagte er.

»Was ist denn nun mit dem Fall Barewski?«, fragte Arabella.

»Ich habe ihn nie gelöst, den Fall Barewski. Und ich habe fast zwanzig Jahre daran gearbeitet.«

»Zwanzig Jahre an einem Fall?«

Der alte Kommissar nickte. »Dieser Mörder ist wie ein Phantom, er ist einfach nicht zu fassen. In meiner ganzen Zeit als Kommissar hatte ich nie mit so einem Verbrecher zu tun. Mit einem, der so perfekt war.« Der alte Mann sah vor sich hin. »Aber jeder macht irgendwann einen Fehler. Irgendwann kriegt man jeden. Es ist nur eine Frage der Zeit, man muss warten können. Ich habe oft gedacht, dass ich es nicht mehr erleben werde, ihn zu kriegen.« Er schwieg wieder, bewegte sich mit dem Oberkörper langsam nach vorne und wieder zurück. »Was habe ich eben gesagt?«, fragte er.

Die reine Zeitverschwendung, dachte Skamper. Von wegen neue Erkenntnisse, wie Arabella behauptet hatte. Was dieser verwirrte, alte Mann von sich gab, das konnte man nicht ernstnehmen.

»Dass Sie oft gedacht haben, es nicht mehr zu erleben, dass Sie ihn schnappen, diesen Barewski.« Arabella sprach mit klarer, lauter Stimme. Als würde sie mit einem Schwerhörigen reden. Aber Schwerhörigkeit war nicht das Problem des Alten, da war sich Skamper sicher.

»Barewski, natürlich«, sagte Markoven. »Der Fall Vanderhorst, das wird sein Verhängnis sein.« Der alte Mann beugte sich vor. »Die meisten haben gesagt, dass Barewski tot ist und ich das Ganze vergessen soll. Aber ich habe immer gespürt, dass er noch weitermacht.«

»Wer ist dieser Barewski überhaupt?«, fragte Skamper.

»Ein Killer, der früher für die Stasi gearbeitet hat.«

»Die Stasi hatte richtige Killer?«, fragte Arabella.

»Jeder ordentliche Geheimdienst hat seine Killer«, sagte Markoven und lächelte.

»Aber die Stasi gibt es doch schon lange nicht mehr.« Arabella hielt ihre Tasse in der Hand. Darauf war Goofy abgebildet. Seit Arabella und Jasmin bei Skamper wohnten, gab es nur noch diese Tassen, die Arabella irgendwann im Fünfziger-Pack erstanden hatte. Am schlimmsten waren die Tassen, bei denen die Comicfiguren als kleine Porzellanfiguren auf der Innenwand eingearbeitet waren. Beim Trinken hatte man das Gefühl, man würde gleich Kater Carlo oder Donald Duck verschlucken.

Auf Skampers Tasse machte Mickymaus gerade Minnie einen Heiratsantrag. Tassen kaufen, notierte sich Skamper in Gedanken. Tassen für Erwachsene.

»Dass es die Stasi nicht mehr gab, war nur am Anfang ein Problem für Barewski. Ob er wirklich so heißt, weiß übrigens niemand. So gut wie Barewski war, hat es ihm auch nach der Wende nicht an Arbeit gemangelt. Es gibt fünf ungeklärte Todesfälle, wo ich mir sehr sicher bin, dass Barewski damit zu tun hatte. Natürlich konnte ihm nie jemand etwas nachweisen. Aber die Morde haben alle seine Handschrift getragen. Wissen Sie, Barewski ist so etwas wie ein Künstler. Einer, der seine eigene Marke kreiert hat. Morde, die nur er begehen konnte. Sie werden vielleicht sagen, dass aus meiner Stimme so etwas wie Bewunderung klingt. Bewunderung für einen Mörder. Und ich verhehle nicht, dass ich ihn anerkenne. Weil er groß ist. Er ist wirklich groß.«

Vor Skamper saß auf einmal ein völlig anderer Mensch. Die Figur des alten Mannes war straff, sein Blick klar und fest. Und seine Stimme war nicht mehr die eines alten, verwirrten Mannes. Es war die Stimme eines Rächers, der getrieben war von dem Wunsch, Unrecht wiedergutzumachen.

»Ich hab mich immer gefragt, wie dieser Barewski lebt. Was für eine Tarnung er hat. Anfangs hab ich mir gedacht, dass er vielleicht eine Familie hat, völlig normal lebt, irgendwo in einem Reihenhaus. Aber ich glaube, dass ich ihm auf die Spur gekommen bin. Er lebt allein. Ein einsamer Wolf, irgendwo in einem kleinen Dorf. Und ich glaube, dass dieses kleine Dorf hier ganz in der Nähe ist.«

»Und wie sind Sie an diese Information gekommen?«, fragte Skamper.

Wieder lächelte der alte Mann. »Ich habe gewisse Quellen. Informanten, denen ich verpflichtet bin. Ich würde sie in Gefahr bringen, würde ich ihre Namen nennen. Es ist auch völlig unwichtig, wie ich zu dieser Information gekommen bin.« Der alte Mann verstummte. Draußen vor den Fenstern standen grauschwarze Wolken am Himmel. Es war dunkel geworden im Zimmer. Skamper stand auf und schaltete das Licht ein. Das schwache Leuchten aus der Lampe an der Decke gab ein unruhiges, diffuses Licht. Der alte Mann sah auf einmal sehr müde aus.

»Aber was haben jetzt wir mit diesem Barewski zu tun?«, fragte Skamper.

»Sie sind doch ein Geocacher«, sagte Markoven.

»Kann man so nicht sagen, ich habe ein wenig in der Szene recherchiert, für einen Freund.«

»Für Viktor Boritsch.«

»Genau, woher wissen Sie das?«

»Sie hatten einen Unfall, ich habe in der Zeitung davon gelesen.«

»Und Sie glauben, dass dieser Barewski damit zu tun hat?«, fragte Arabella.

»Ich vermute es. Ich habe natürlich auch in der Geocaching-Szene recherchiert. Deswegen war ich auf dieser Messe. Und diesen Cache, den Sie gesucht haben, am Glatzenstein, ich war auf derselben Spur. Aber ich bin nicht weitergekommen. Mir fehlte das Passwort.«

»Das Passwort war ›Jona‹«, sagte Arabella.

»Jona«, wiederholte Markoven.

»Über das Passwort sind wir an ein Rätsel für den Cache gekommen«, erklärte Skamper. »Es war schnell klar, dass sich das Rätsel auf ein historisches Ereignis bezog. Mit etwas Glück haben wir herausgefunden, dass es sich um das Datum handelte, an dem die Operation ›Frequent Storm‹ begann, am 29. April 1975. Nachdem wir das Datum hatten, konnten wir die GPS-Daten berechnen. Die Koordinaten führten uns zum Teufelstisch, einer Steinformation im Fichtelgebirge. Und von dort ging es dann wieder nach Nürnberg, mitten in die Fußgängerzone. Wir sollten einem Mann, der die Demut kennt, verschiedene Fragen stellen. Unter anderem nach dem Weg zum sechsten Planeten.«

»Der sechste Planet ist der Saturn«, sagte Markoven.

»Genau. Die Informationen, die wir in Nürnberg bekommen haben, führten uns zum Glatzenstein. Und was da passiert ist, kennen Sie ja aus der Zeitung.«

Der Alte blickte Skamper an. Dann stand er auf. Er ging ein paar Schritte bis zur Tür, dann wieder zurück. Er setzte sich. »Entschuldigen Sie mein Verhalten«, sagte er. »Aber Sie ahnen nicht, was Sie mir gerade gesagt haben. Das, was Sie erzählt haben, passt genau auf den Mordfall Brian Walsh. Er wurde im Oktober 1987 getötet. Das ist einer der ungelösten Fälle, die ich Barewski zuschreibe. Walsh war Historiker. Seine Doktorarbeit handelte von der Operation ›Frequent Storm‹.«

Skamper war nicht überzeugt. »Das kann ein Zufall sein.«

»Walsh lebte damals in einem kleinen Städtchen in der Nähe des damaligen Ostberlin. Er wohnte im Saturnweg 5.« Markoven ließ die Worte wirken. »Wissen Sie, ich habe so lange über diese Fälle gegrübelt, dass ich jedes Detail auswendig weiß.«

Markoven rieb sich die Hände. Wie euphorisiert von den neuen Informationen. Skamper dachte nach. Die Zusammenhänge waren tatsächlich sehr auffällig.

»Ist denn Barewski ein richtiger Serienkiller?«, fragte Arabella.

»Ein Serienkiller ist jemand, der aus Lust tötet«, antwortete Markoven. »Er tötet, weil er einen krankhaften Trieb hat, weil er eine seltsame Befriedigung beim Akt des Tötens erlebt, aber das ist bei Barewski ganz sicher nicht der Fall. Er ist ein Berufskiller. Er tötet für Geld.«

Arabella schien enttäuscht zu sein. »Und wie kommt so ein Profikiller zum Geocaching?«, fragte sie.

»So ein Profikiller ist auch nur ein Mensch«, sagte Markoven. »Er kommt von seiner Arbeit heim, und wenn da keine Frau und keine Kinder warten, dann kann das sehr langweilig sein.«

»Und wenn er gar kein Serienkiller ist«, sagte Arabella. »Dann findet er nicht mal Befriedigung in seinem Beruf.«

»Richtig. Das Fernsehprogramm ist für einen Mann, der noch ein wenig Hirn im Kopf hat, keine Alternative. Bleiben als mögliche Hobbys eigentlich nur noch Alkohol oder man schaut Pornos im Internet.« Er blickte einen Moment vor sich hin. Skamper sah ihn erstaunt an.

»Glauben Sie mir, das gibt nicht die Befriedigung, die man sich wünscht«, sagte Markoven.»Da ist es doch am besten, man sucht sich ein Hobby. Und Geocaching ist für einen wie Barewski geradezu ideal. Ein Geocacher, dessen Rätsel kein anderer knacken kann. Da kann auch Barewski die Anerkennung finden, die er sich wünscht.«

»Wie ist denn Walsh eigentlich umgekommen?«, fragte Skamper.

»Er ist von einer Brücke gestürzt. Es sah alles nach Selbstmord aus. Ich war eigentlich der Einzige, der glaubte, dass hier etwas nicht stimmte. Aber es gab keine Beweise, dass es sich um einen Mordfall handelte. Es gab im Grunde im Zusammenhang mit Barewski nur einen Fall, wo klar war, dass es sich um Mord handelte.«

»Und was für ein Fall war das?«, fragte Arabella.

»Boris Vanderhorst. Damals ein nicht unbekannter Regimegegner. Dieser Fall hatte so viele Ungereimtheiten, dass man die Leiche genauer untersuchte. Vanderhorst ist bei einer Bergwanderung ums Leben gekommen. Er ist abgestürzt. Man hielt es für einen Unglücksfall, aber bei der Untersuchung hat man Gift in seinem Körper gefunden. Das Gift bewies, dass hier nachgeholfen wurde. Aber leider hat man von höherer Stelle darauf gedrungen, dass es keine genaueren Nachforschungen gab.«

»Und warum?«, fragte Arabella.

»Damals waren die Machthaber ja froh, den Regimegegner Vanderhorst los zu haben. Da hatte keiner Interesse an einer genauen Untersuchung. Es hätte ja herauskommen können, dass die Stasi ihre Finger im Spiel gehabt hat. Dabei gab es so viele Spuren und Hinweise. Es gab Aussagen, dass Vanderhorst bei der Bergwanderung nicht allein war. Mich hätte auch gewundert, wenn er wirklich allein gewesen wäre, ich kannte Vanderhorst, er ist nie allein aufgebrochen. Aber von dem geheimnisvollen Begleiter fehlt jede Spur. Auch das Gift, das in Vanderhorsts Körper gefunden wurde, hätte weitergeholfen. Es war ein sehr seltenes Gift, da hätte man ansetzen können.«

»Wenn es so viele Spuren gab, dann hat der Killer ja gar nicht so gute Arbeit geleistet«, sagte Arabella.

»Genau.«

»Aber das passt ja gar nicht zu dem, was Sie über diesen großen Killer erzählt haben.«

»Sie sind ein kluges Mädchen«, sagte der Alte. Er wandte sich an Skamper. »Sie sollten immer genau zuhören, was Ihre Chefin sagt. Sie ist so scharfsinnig wie Sherlock Holmes.«

Arabella nickte zweimal, wie zur Bestätigung dessen, was Markoven gesagt hatte.

»Ich habe die Theorie, dass Barewski diesen Mord deswegen auf eine fast stümperhafte Art ausgeführt hat, weil der menschliche Faktor ihm einen Streich gespielt hat.«

»Welcher menschliche Faktor?«, fragte Arabella.

»Ich glaube, dass Barewski derjenige war, der Vanderhorst begleitet hat. Und ich glaube, dass Barewski, obwohl er nur wenige Stunden mit Vanderhorst zusammen war, anfing, ihn zu mögen. Und dass das der Grund war, warum Barewski Fehler machte.« Der Alte hatte seine Brille abgenommen und strich sich über die Augen.

»Und Sie haben damals die Ermittlungen geleitet?«, fragte Skamper.

Markoven nickte. »Aber ich musste sie bald abgeben. Wie schon gesagt, der Staat war nicht an einer genauen Untersuchung interessiert.«

»Und das konnten sie einfach so machen?« Arabellas Stimme klang empört.

Markoven hatte ein nachsichtiges Lächeln auf den Lippen. »Die Zeiten waren andere.«

»Und Sie wissen nicht, wie Barewski aussieht, haben ihn nie gesehen?«, fragte Skamper.

Markoven schüttelte den Kopf. »Er ist ein Phantom. Meine Kollegen, ich meine die, die noch nicht tot sind, haben sowieso nie daran geglaubt, dass es ihn gibt.«

»Und woher wissen Sie dann, wie er heißt?«

»Der Name Barewski taucht in den Aufzeichnungen von Vanderhorst auf, die mir seine Frau hinterlassen hat. Niemand von Vanderhorsts Freunden und auch seine Frau nicht konnten mit dem Namen etwas anfangen. Ich kann es nicht beweisen, nennen Sie es Instinkt, aber für mich ist Barewski derjenige, der Vanderhorst umgebracht hat und der auch für unzählige weitere Morde verantwortlich ist. Ich habe Wochen im Stasiarchiv gearbeitet und geforscht. Und ich bin überzeugt, dass es diesen Barewski gab. Man hat die Unterlagen, die auf ihn hinwiesen, vernichtet, aber es gibt Querverweise.«

Skamper sah nachdenklich vor sich hin. Was sollte er von dem alten Mann halten? Vielleicht war er nur jemand, der einem Phantom hinterherjagte, das es nie gegeben hatte. Vielleicht aber auch einer, der in Jahren hartnäckiger Arbeit eine Theorie entwickelt hatte, an der etwas dran sein konnte.

»Zur Geocaching-Szene bin ich durch Zufall gekommen«, erzählte Markoven. »Ich hab mal einen Artikel darüber gelesen und da gab es bei der Vorstellung eines Cache ein kleines Detail, das mich stutzig machte. Und als ich genauer nachforschte, bin ich auf mehr dieser Details gestoßen. Und dass Sie bei Ihrem Cache die Lösung ›Frequent Storm‹ herausfinden mussten, ein Ereignis, über das Walsh geschrieben hat, der außerdem im Saturnweg wohnte, das macht mich sicher, dass ich auf der richtigen Spur bin.«

Skamper musste an Simon Morlov denken. Schon die ganze Zeit, als Markoven von Barewski gesprochen hatte, hatte ihm dessen Bild vor Augen gestanden.

»Und wie soll es jetzt weitergehen?«, fragte Arabella.

Markoven holte mehrere zusammengefaltete Papiere aus seiner Jackentasche. Er legte sie auf den kleinen Tisch und entfaltete eines davon. »Wir sollten uns mal diesen Cache anschauen«, sagte er.

Das Papier zeigte einen Auszug einer Geocaching-Seite. Skamper wollte nach dem Papier greifen, doch Arabella hatte es sich schon geschnappt.

»Soll ich es laut vorlesen?«

Skamper nickte. Arabella begann vorzutragen:

Cache: Unternehmen Stardust
Von searcher09

Geocacher in aller Welt. We need help

Wir sind in größter Sorge um den Undercover-Agenten Major Bob Waldon. Bob Waldon war einer der besten Agenten des ISE, des Interstellaren Sondereinsatzkommandos. Als geheimer Undercover-Agent war er in einer geheimen Geheimaktion tätig und operierte hinter feindlichen Linien. Er arbeitete mit verschiedenen Identitäten, unter anderem als Sanitärreinigervertreter Hans Bond und als Executive Manager Bodo Darton.

Bob Waldon hat sich vor einer Woche das letzte Mal gemeldet. Das letzte Mal gesehen wurde er bei dem Treffen seiner Anti-Alkohol-Bewegung. Seitdem gibt es kein Lebenszeichen mehr von ihm. Es handelt sich hier um eine hoch geheime Top-Secret-Mission, die so geheim ist, dass natürlich die Regierung nichts davon weiß. Daher können wir auch kein Rettungskommando anfordern, sondern jeder, der sich an den gefährlichen Einsatz wagt, ist ganz auf sich allein gestellt. Die Mission, um die es sich handelt, hatte zum Ziel, an Informationen über eine außerirdische Lebensform zu gelangen, die im Begriff war, die deutsche Regierung zu übernehmen.

Es ist zu befürchten, dass unser Agent in die Hände der Aliens gefallen ist. Für seine Rettung ist äußerste Vorsicht und großer Wagemut erforderlich.

Noch einmal zur Warnung: Ihr seid ganz allein auf euch gestellt. Niemand weiß, dass es euch gibt. Der Schreiber dieser Zeilen wird jede Verbindung zu euch leugnen. Er wird bestreiten, dass es eine geheime Organisation ISE gibt, ja, er wird bestreiten, dass es ihn überhaupt gibt.

Wenn ihr diese Zeilen gelesen habt, müsst ihr alle Spuren vernichten. Am besten ihr löst eure Festplatte in Schwefelsäure auf.

Noch eine wichtige Info: Dieser Einsatz stellt große Anforderungen an die persönliche Fitness. Weicheier werden das Nachsehen haben.

Und noch eins ist wichtig. Es gibt nur einen Termin in nächster Zeit. Es ist immer der erste Montag im Monat, an dem ihr auf die Reise gehen sollt.

Bitte nur auf dem gekennzeichneten Parkplatz parken. Und lasst keinen Müll dort. Rauchen ist auch strengstens verboten. Das ist kein Witz. Und bitte auf keinen Fall etwas spoilern. Das ist nicht nett gegenüber anderen Geocachern.

Hier der Hinweis:
Verschlüsselter Text:
MMGGIUVNSYWMUTPCOLYTMPHOSXDIDZWZWOF-DQKMQGDUPGEIVTCRUNGPSVCPRWWSIBLNAIV-XOWLWIEATG
RMPYPVRIFXGKOOZNZMSOZYVDCRLAQYGTL

»Du musst nicht diese ganzen Buchstaben vorlesen«, unterbrach Skamper Arabella. »Das versteht sowieso niemand.«

»Gut. Mir geht nämlich langsam die Puste aus und das geht noch eine halbe Seite so weiter.« Arabella hatte das Blatt immer noch in der Hand, sah fasziniert darauf. »Das klingt ungeheuer spannend«, sagte sie.

»Das klingt völlig bescheuert«, sagte Skamper. Er sah zu Markoven. »Aber wie kommen Sie darauf, dass dieser Cache etwas mit dem Versteck am Glatzenstein zu tun hat? Das ist ein ganz anderer Stil. Das wirkt, als hätte es ein Fünfzehnjähriger geschrieben.«

»Sie haben natürlich völlig recht. Das ist auch nicht der Cache, den wir suchen sollten. Es geht nämlich weiter.« Er reichte ihm ein zweites Blatt Papier.

»Darf ich wieder lesen?«, fragte Arabella. Skamper gab ihr stumm das Blatt.

phantom23 schreibt:
Hallo searcher09. Ich habe den Cache gefunden. Das war ja wirklich einfach. Damit es ein bisschen schwieriger wird, habe ich ihn neu versteckt.

Hier die Hinweise:
Der Kondor steigt auf und bringt Schrecken und Tod.
Und ein Mann gibt Zeugnis vor der Welt.
Dass unvergessen bleibt, was geschah.

Die Lösung ergibt sechs Zahlen.
Zahl 1 = A, Zahl 2 = B, Zahl 3 = C, Zahl 4 = D, Zahl 5 = E, Zahl 6 = F
(A+3)(B-9)°C(D+3)'(E-3)(F+2)"N, (A-1)(C+1)°(B-4)(A-1)'(F-5)(E-4)"E

Beitrag von searcher09:
Was soll das? Wie kannst du meinen Cache einfach verlegen? Das ist kein Travel Bug. Ich verlange vom Administrator, dass hier eingegriffen

wird. Was in dem Versteck ist, das ist wirklich wertvoll. Also erwarte ich etwas Respekt. Ich sage nur: Unternehmen Stardust.

Arabella sah auf. »Das ist wieder so ein kniffliges Rätsel. Der Kondor steigt auf und bringt Schrecken und Tod.«

Markoven lächelte. »Nun, wenn Sie meiner Theorie folgen, dass die Rätsel unseres Killers alle etwas mit seinen früheren Morden zu tun haben, dann ist es gar nicht mehr so schwer. Das nächste Mordopfer nach Walsh war ein Künstler, ein Maler. Er hieß Peter Harrenski und verschwand im Sommer 1988.«

Skamper überlegte. »Guernica. Es könnte um Guernica gehen.«

»Genau«, sagte Markoven. »Die Legion Condor war an dem Luftangriff auf Guernica beteiligt. Und Picasso hat ein berühmtes Bild davon gemalt. Das war am 26. April 1937. Die gesuchten Zahlen sind also 260437. Ich habe die Koordinaten berechnet und eingegeben. Der Cache muss irgendwo in einem Waldstück in der Nähe von Nürnberg sein.«

»Aber was sollen diese Kommentare da, von diesem phantom und searcher?«, fragte Arabella,

Markoven lächelte. »Da scheint es einen kleinen Streit unter Geocachern zu geben. Ich habe ein bisschen auf den Geocaching-Seiten nachgelesen. Searcher09 hat sich öfters sehr negativ über die Verstecke von phantom23 geäußert. Und jetzt hat es ihm phantom23 offensichtlich heimgezahlt.«

»Dann müsste phantom23 Ihr Killer Barewski sein«, sagte Skamper.

»Ich denke, ja«, sagte Markoven.

»Die Verantwortlichen der Seite zu kontaktieren, um herauszufinden, wer hinter phantom23 steckt, hat wahrscheinlich keinen Sinn.«

»Wenn es Barewski ist, dann ist er viel zu gewitzt, als dass man ihm so auf die Schliche kommen könnte.«

»Ich sage nur: Unternehmen Stardust«, las Arabella noch einmal vor. »Was will searcher09 damit sagen?«

»Da bin ich überfragt«, sagte Markoven.

Arabella überlegte. »Natürlich. ›Unternehmen Stardust‹ war der erste Band der Perry-Rhodan-Reihe.«

Skamper sah Arabella verständnislos an.

»Doch nicht die Folge, wo Perry Rhodan das erste Mal den Außerirdischen begegnet und erkennt, welche Gefahr der Erde droht, und dass das Weiterleben der Menschheit, ja des ganzen Planeten auf dem Spiel steht?«, fragte Markoven.

»Genau diese Folge«, sagte Arabella. »Diesen Cache müssen wir unbedingt finden.«

Es war später Nachmittag, als Skamper und Arabella vor dem Eingang einer aufgegebenen Fabrik standen. Ein *Lost Place* in der Nähe von Hiltpoltstein. Das Gebäude stand mitten in einer von Gras bewachsenen Einöde, etwa zwanzig Meter entfernt verliefen Eisenbahnschienen einer stillgelegten Strecke, die einst nach Nürnberg geführt hatte. Ein Zaun sollte das Gebäude schützen, doch er war an vielen Stellen kaputt und eingetreten. Auch sah man auf den ersten Blick, dass alles Wertvolle, was dieses riesige Fabrikgebäude einst beherbergt hatte, schon lange von hier weggebracht worden war.

Skamper und Arabella gingen langsam näher. Skamper blickte auf sein GPS-Gerät. Das Versteck musste sich im Innern des Gebäudes befinden.

Sie hatten das Auto etwa zehn Gehminuten entfernt abgestellt und waren mithilfe von Skampers GPS-Gerät bis hierher marschiert. Der Himmel war den ganzen Tag blau gewesen, ein wunderbarer Frühlingstag, doch jetzt waren dunkle Wolken am Himmel aufgetaucht, die Dämmerung hatte eingesetzt, bald würde es dunkel sein.

Das Gebäude, vor dem sie standen, war vielleicht fünfzig Meter lang und zwanzig Meter breit. Ein Bau aus rotem, verwittertem Backstein. Wo einst Fenster gewesen waren, klafften schwarze Löcher in der Mauer. Skamper fragte sich, wie lange es her war, dass man diese Fabrik aufgegeben hatte.

Sie standen an der Frontseite, vor zwei großen, offenen Toren, die den Blick ins Innere freigaben. Maschinen gab es keine mehr, alles war leergeräumt, der Boden war mit Dreck übersät.

Die Innenwände waren voll mit Graffitis und Schmierereien. Offensichtlich war dieser Ort auch Treff der örtlichen Landjugend, auf dem Boden lagen Zeugnisse heftiger Besäufnisse, zerbrochene Bierflaschen und Überreste eines Lagerfeuers.

Doch jetzt war hier alles verlassen und auch auf dem kleinen Wanderweg hierher hatten Skamper und Arabella niemanden getroffen.

Markoven war in Nürnberg zurückgeblieben. Skamper hatte ihn gefragt, ob er zu dem Versteck mitgehen wolle, er hatte schließlich das Rätsel zu dem Cache geknackt. Doch Markoven hatte abgelehnt. »Das ist nichts mehr für mein Alter. Aber Sie müssen mir Bescheid geben, wie es gelaufen ist.«

Skamper hatte versprochen, sich sofort zu melden, wenn sie von ihrem Ausflug zurückkommen würden.

Auf der Fahrt hierher hatte Skamper noch lange überlegt, was er von Markovens Geschichten halten sollte. Am Morgen hatte er im Internet recherchiert, hatte versucht, etwas herauszufinden über die Fälle, von denen Markoven erzählt hatte, und hatte auch nach Markoven selbst gesucht, doch er hatte nichts Brauchbares finden können.

Skamper blickte wieder auf sein Navigationsgerät.

»Ist es da drin?«, fragte Arabella.

Skamper nickte. »Ungefähr zwanzig Meter in diese Richtung.« Skamper zeigte direkt nach vorne. Sie betraten die leere Halle. Durch die großen, offenen Fenster wehte ein kühler Wind. Skamper ging langsam vorwärts, hinter ihm Arabella. Das GPS-Gerät zeigte noch fünfzehn Meter an. Der Empfang funktionierte auch hier.

»Glaubst du, es gibt hier Ratten?«, fragte Arabella.

»Bestimmt.«

»Bestimmt. Ich wollte eigentlich, dass du mich beruhigst.«

Skamper blickte nach oben. Es gab noch einen zweiten Stock, den man über eine verrostete Treppe an einer der Seitenwände erreichen konnte. Auf einmal hörten sie ein Geräusch. Skamper blieb stehen. »Da ist etwas.«

Das Geräusch war von oben gekommen. Jetzt hörten sie es wieder, Schritte, das waren eindeutig Schritte. Skamper zog Arabella an die Seite zu einer der alten Eisentreppen.

»Wer ist da oben?«, flüsterte Arabella.

»Keine Ahnung, vielleicht ein Geocacher.« Skamper ging leise die Treppe hoch, doch dann trat er gegen eine leere Bierflasche, die nach unten fiel und mit einem lauten Knall zerschellte. Die Schritte über ihnen verstummten.

»Hallo, ist da wer?«, ertönte es von oben.

Die Stimme eines Mannes. Skamper überlegte einen Moment. Von dem Fremden schien keine Gefahr auszugehen, sonst hätte er sich nicht gemeldet. Er ging weiter die Treppe hoch, kam auf eine Plattform, die ähnlich wie der untere Teil der Halle vollständig leer war. Ungefähr fünf Meter vor ihm stand ein Mann, der ihn misstrauisch musterte. Skamper reichte Arabella die Hand und half ihr, hochzukommen.

»Was machen Sie hier?«, fragte der Mann.

Skamper blickte auf die Figur vor ihm. Ein Typ, kaum älter als zwanzig Jahre, der aussah, als hätte er sich für den Fasching als Indiana Jones verkleidet. Ein schmales Gesicht, auf dem Kopf ein verwegen aussehender brauner Hut. Unter der grauen Lederjacke hatte er ein grünes Khaki-Hemd an. Die braune Hose, die er trug, hatte riesige Taschen an den Seiten. Sie waren ausgebeult, es sah aus, als hätte der Junge einen ganzen Werkzeugkasten darin untergebracht.

Hinter der Hornbrille saßen zwei kleine Äuglein, die Skamper zornig anblinzelten. »Also?«, fragte er. »Was machen Sie hier?«

»Wir wollten uns die Fabrik anschauen«, sagte Arabella.

»So so«, sagte der Junge. »Die Fabrik anschauen. Und das soll ich Ihnen glauben.« Er hatte eine quäkende Stimme.

»Warum nicht?«, sagte Skamper.

»Weil ich glaube, dass Sie gar nicht so zufällig hier sind. Weil ich sicher bin, dass Sie hier was ganz anderes suchen und mir einen Bären aufbinden wollen.«

Skamper wusste nicht, was er von den Jungen halten sollte. Was ging ihn das an, was sie hier machten. »Was haben Sie denn hier zu suchen?«, fragte er.

»Kommen Sie, wir wissen doch beide, was los ist. Erzählen Sie mir doch nichts.«

»Also, ich habe keine Ahnung, wovon Sie überhaupt reden.«

»Ha«, sagte der Junge. »Ich weiß genau, was Sie hier suchen.«

»Geht es vielleicht um das Unternehmen Stardust?«, fragte Arabella.

»Also doch«, sagte der Junge. »Ich habe es gewusst. Aber ich sage Ihnen eins, das ist mein Cache. Und ich werde ihn finden und zu einem neuen Versteck bringen. Und das lasse ich mir nicht von Amateuren versauen. Vielleicht wissen Sie ja, wer ich bin. Ich bin searcher09.«

»Sie sind der berühmte searcher09?«, fragte Arabella.

Der Junge blickte auf Arabella. Das »berühmte« in ihrem Satz schien ihm offensichtlich zu gefallen.

»Der bin ich allerdings.«

»Das ist ja ein Glück, dass wir Sie hier getroffen haben.« Arabella wandte sich Skamper zu. »Der berühmte searcher09. Mit über dreihundert gefundenen Caches einer der erfolgreichsten Cacher Deutschlands. Er hat auch so Hammercaches wie ›Lost in Düsseldorf‹ oder ›Heaven and Hell in Lüdenscheid‹ geknackt.« Arabella hatte sich gut über die Geocaching-Szene informiert. »Man sieht gleich, dass Sie ein Profi sind. Sie haben auch eine tolle Geocacher-Kleidung«, sagte sie.

Der Junge war geschmeichelt. »Es ist nicht nur die Ausrüstung. Um so erfolgreich zu sein wie ich, braucht es jahrelange Erfahrung.«

Skamper sah sich den Burschen nachdenklich an. Das war also searcher09, der sich seinen Cache zurückholen wollte, nachdem ihn phantom23 einfach neu versteckt hatte. Ausgerechnet auf ihn mussten sie hier treffen. Aber vielleicht führte er sie ja zu dem Versteck.

»Das ist ja eine Ehre für uns, dass wir auf so einen berühmten Geocacher treffen«, sagte er. »Wir dürfen uns Ihnen doch bei der Suche anschließen?«

Der Junge sah ihn misstrauisch an. Dann wanderte sein Blick zu Arabella. »Na gut«, sagte er großzügig. »Sechs Augen sehen mehr als zwei.«

Skamper reichte ihm die Hand. »Mein Name ist Paul Skamper«, sagte er.

»Anton Müller.«

Sie schüttelten sich die Hände. Dann gab ihm Arabella die Hand.

»Arabella. Da können wir ja froh sein, dass wir so einen Profi gefunden haben. Ich darf doch Anton sagen?«

»Natürlich.« Der Junge wirkte verlegen. Skamper sah es sofort. Arabella hatte es ihm angetan.

»Also«, sagte Müller. »Ich habe herausgefunden, dass das Versteck irgendwo am Ende der Halle sein muss. Irgendwo in dem Anbau. Gehen wir da erst mal hin.«

Im hinteren Teil der Halle war eine zweite kleine Halle angebaut. Die drei bewegten sich in die Richtung.

»Ist in dem Versteck wirklich die Folge ›Unternehmen Stardust‹ von Perry Rhodan?«, fragte Arabella.

»Natürlich, ich hoffe, phantom23 hat sie nicht angerührt.«

»Eine Originalausgabe des ersten Hefts der Perry-Rhodan-Reihe?«

»Natürlich eine Originalausgabe!«

»Das ist echt Wahnsinn.«

Sie waren jetzt am Ende der Halle angekommen. Um in den Anbau zu kommen, mussten sie wieder eine Treppe nach unten gehen. Dort führte ein Eingang in einen dunklen Lagerschuppen ohne Fenster. Im Gegensatz zu den Hallen war hier alles voller Gerümpel. Alte Fässer, Müll, aufgebrochene Kisten, Werkzeug.

Müller ließ seine Taschenlampe über die Wände gleiten. Draußen hatte die Dämmerung eingesetzt und in dieses Loch hier drang kaum Licht.

»Hier muss es irgendwo sein«, sagte Müller. Er sah zu Skamper hinüber. »Ich schlage vor, dass Sie auf der linken Seite suchen, und wir nehmen uns mal die rechte Seite vor.«

Skamper nickte. Ihm war es egal, dass dieser Pseudo-Indiana-Jones die Führung übernommen und auch für sich und Arabella den Teil des Gebäudes gewählt hatte, wo er sich eher Erfolg ausrechnete. Wenn sich Müller unbedingt mit den Lorbeeren des Finders schmücken wollte, hatte er nichts dagegen. In gewisser Hinsicht hatte der Junge sogar ein Recht darauf. Schließlich war es sein Cache.

Skamper wandte sich nach links. Er schaltete seine Taschenlampe ein und beleuchtete die Wände und den Boden. Alles war mit einem feinen, schwarzen Staub bedeckt, aber keine Spur von irgendwelchen Zeichen, die Hinweise auf das Versteck geben könnten.

Er sah, wie der Lichtschein von Müllers Taschenlampe auf der anderen Seite über die Wand tanzte, dann verschwanden er und Arabella in einem kleinen Eingang, der in einen Nebenraum führte. Skamper sah auf sein GPS-Gerät. Nach seiner Anzeige befand er sich mitten im Zielpunkt, doch waren bei dem Versteck bis zu zwanzig Meter Fehlmessung einkalkuliert.

Skamper hielt sich an der Wand. Seine Schritte knirschten auf dem Boden. Er war kaum fünf Meter gegangen, als er einen kleinen Eingang in der Wand bemerkte, der in einen Stollen zu führen schien. Skamper musste sich bücken, um in den engen Schacht zu kommen. Er leuchtete die Wände ab. Der Stollen sah aus, als hätte man ihn vor Urzeiten in den Felsen gegraben.

Der Schein der Taschenlampe beleuchtete nackten Felsen. Skamper tastete sich ein paar Schritte vor. Nach einigen Metern teilte sich der Stollen nach rechts und links. Skamper wandte sich nach links, als er plötzlich hinter sich ein Geräusch hörte. Er wollte sich umdrehen, aber dann ging alles so schnell, dass jede Reaktion zu spät war. Auf einmal war jemand hinter ihm, und im nächsten Moment wurde etwas gegen Skampers Nacken gepresst. Etwas Kaltes und Hartes.

»Ganz ruhig bleiben«, sagte eine Stimme.

Skamper wagte kaum zu atmen. Es war die Stimme eines Mannes, er hatte geflüstert. Der irre Geocacher, der Leichenteile versteckte, – das musste er sein. Skamper war wie ein Idiot in eine Falle gelaufen. Er blieb regungslos stehen, bloß keine unbedachte Bewegung. War das eine Pistole, die der Mann gegen seinen Hals presste? Es fühlte sich so an.

Der Mann sprach wieder. Die flüsternde Stimme klang undeutlich. »Was suchst du hier?«

»Ich bin ein Geocacher«, presste Skamper heraus. »Ich suche ein Versteck.«

Falsche Antwort, der Mann verstärkte den Druck gegen Skampers Nacken.

In Skampers Gehirn raste es. Er musste etwas sagen, irgendetwas. Der Mann wollte eine ganz bestimmte Antwort hören. Skamper erinnerte sich plötzlich an das Gespräch, das er mit Morlov auf der Geocaching-Messe geführt hatte.

»Ich suche Erkenntnis«, sagte er. »Die Wahrheit über mich.«

Der Druck in seinem Nacken wurde geringer. Skamper versuchte ganz ruhig zu atmen. In der Hand hielt er immer noch die Taschenlampe, der Lichtschein zeigte auf den Boden, tauchte die Umgebung in ein diffuses, flackerndes Licht.

»Und was ist die Wahrheit?«, war die nächste Frage. Wieder nur ein Flüstern, ein Zischen in der Stille des Stollens.

Skamper schloss die Augen. Er hatte es mit einem Verrückten zu tun. Was wollte der Mann hinter ihm hören? Er musste das Richtige sagen, sonst war das heute sein *Final*, seine letzte Suche.

Der Unbekannte hinter ihm wartete, Skamper konnte seinen Atem im Nacken spüren. Er dachte wieder an das Gespräch auf der Messe, vielleicht war das hinter ihm Morlov. Morlov mit einer Pistole in der Hand, die er gegen seinen Nacken presste.

Plötzlich wusste er, was er zu sagen hatte. »Die Wahrheit ist, dass ich getötet habe«, sagte Skamper. Einen Moment herrschte Stille. Skamper spürte immer noch Todesangst, aber gleichzeitig war da auch ein Gefühl der Verwunderung. »Ich habe getötet«, wiederholte er. Wie eine Befreiung empfand Skamper plötzlich diese Worte. Als hätte er die ganze Zeit nur darauf gewartet, dass ihn einer nach der Wahrheit fragte und ihm dabei eine Waffe in den Nacken drückte.

Skamper fing an zu reden. In dem kleinen, schmutzigen Stollen erzählte Skamper zum ersten Mal die Wahrheit über den Tod seines Freundes Mike Lockroft. Er beichtete dem Unbekannten hinter ihm, als wäre der ein Priester, der ihm Absolution erteilen könne.

Skamper hatte zwei Schüsse abgefeuert. Mit dem ersten hatte er Lockrofts Angriff abgewehrt, als dieser mit einem Messer auf ihn losgegangen war. Doch Lockroft war nicht tot gewesen. Er hatte am Boden gelegen und wild mit Armen und Beinen gezuckt, als stünde er unter Strom. Und er hatte geschrien. Unnatürliche Schreie, wie sie Skamper nie vorher gehört hatte. Er hatte den am Boden liegenden Freund in den Kopf geschossen. Um ihm die Schmerzen zu nehmen, weil er wusste, dass Lockroft keine Chance hatte, zu überleben, weil Lockroft immer noch mit dem Messer um sich schlug und zu ihm kriechen wollte, weil er die Schreie nicht mehr hören konnte. Er hatte den leblosen Körper danach in einen Fluss geworfen, noch heute verfolgte ihn Lockrofts Schreien in seinen Träumen.

Er hatte sich so lange gewünscht, das endlich sagen zu können, dass er einen Augenblick lang alles vergaß. Er vergaß, dass er in einem Stollen stand, hinter ihm ein Unbekannter, dem er die Wahrheit seines Lebens erzählte.

Als Skamper fertig war, war es still, dann traf ihn ein Schlag am Kopf, er stürzte und im nächsten Augenblick war es dunkel.

Skamper war nur ein paar Minuten bewusstlos. Er erwachte und spürte als Erstes den pochenden Schmerz am Hinterkopf. Er richtete sich auf, die Taschenlampe lag noch am Boden, Skamper nahm sie in die Hand und leuchtete die Umgebung ab. Der Fremde, der ihm die Pistole in den Nacken gepresst hatte, war verschwunden.

Er befühlte die Stelle am Kopf, wo er getroffen worden war. Es tat höllisch weh, aber es war nichts Ernstes.

Skamper schloss noch einmal die Augen. Warum hatte ihn dieser Verrückte laufen lassen? Weshalb hatte er ihn überhaupt angegriffen? War das Morlov gewesen? Skamper wusste keine Antwort.

Er ging den Stollen zurück. Als er wieder in den Lagerraum kletterte, hörte er, wie Arabella seinen Namen rief.

»Hier bin ich«, rief er. Er bewegte sich in die Richtung, aus der er Arabellas Rufen gehört hatte.

Ihre Stimme war aus dem Erdgeschoss gekommen. Skamper kletterte eine Wandleiter nach unten. Dort sah er Arabella und Müller in einer Ecke. Vor den beiden stand eine kleine Kiste. Sie war aus schwarzem Eisen, etwa einen halben Meter breit und vierzig Zentimeter hoch. Sie erinnerte an eine Schatzkiste. Auf der Oberfläche war ein grinsender Totenkopf eingraviert. Die Öffnung war mit einem Zahlenschloss gesichert.

»Wir haben die Kiste gefunden«, sagte Arabella. »Genau die Kiste, die Anton versteckt hat.« Ihre Stimme klang aufgeregt. Dann sah sie Skamper genauer an. »Was ist los? Du bist bleich wie 'ne Wand.«

»Ich hatte grade eine komische Begegnung.«

Arabella sah ihn neugierig an.

»Erzähl ich dir später. Was macht er da?« Er deutete auf Müller. Der saß auf dem Boden über einem Blatt Papier kauernd, das er mit Zeichen bekritzelte, während er immer wieder irgendwelche Zahlen murmelte.

»Anton muss ein Zahlenrätsel lösen, um die Kiste aufzukriegen. Da dürfen wir ihn nicht stören.«

Sie hatte die letzten Worte geflüstert. Müller richtete sich plötzlich auf.

»Ich hab es, ich glaub, ich hab es jetzt.« Er stand mit einiger Mühe auf. Die Suche hatte ihn offensichtlich mitgenommen. Das Safari-Hemd zeigte Schweißflecken und der Hut saß ihm schief auf dem Kopf. Er kniete sich vor die Kiste und drehte an den Rädchen des Zahlenschlosses. Als er fertig war, wischte er sich seine Hände an der Hose ab. Er sah kurz nach hinten zu Skamper und Arabella.

»Das ist jetzt ein großer Moment«, sagte Arabella.

Müller nickte, wischte sich den Schweiß von der Stirn. Dann öffnete er das Kettenschloss und legte es beiseite. Er atmete noch einmal tief ein und aus. Mit einer schnellen Bewegung hob er den Deckel der Kiste hoch. Einen Moment blickte er in das Innere, dann stieß er einen spitzen Schrei aus, ließ den Deckel sofort fallen und blickte zu Skamper und Arabella. »Ein Totenkopf. Da drinnen ist ein Totenkopf.«

Skamper ging sofort zu der Kiste und hob den Deckel. Tatsächlich, ein grausiger Schädel mit einer dicken Blutkruste am Hals starrte ihn mit irren, weit geöffneten Augen an. Doch Skamper sah sofort, dass er aus Plastik und Stoff war.

Er nahm ihn heraus und zeigte ihn den anderen. »Der ist nicht echt. Das ist ein Scherzartikel.«

Einen Moment lang sagte niemand etwas.

»Und das Perry-Rhodan-Heft. Wo ist mein Perry-Rhodan-Heft?«

Skamper sah sich die Kiste genauer an. »Kein Perry-Rhodan-Heft«, sagte er.

»Das ist 'ne Sauerei«, schimpfte Müller. »Das ist 'ne Riesensauerei.« Er war kaum zu beruhigen. »Das war phantom23. Der hat das Perry-Rhodan-Heft genommen und gegen einen blöden Totenkopf getauscht. Ich wette, der liest gerade in dem Heft und stellt sich vor, was ich für ein blödes Gesicht mache.« Müller stieß wütend mit dem Fuß gegen die Kiste.

»Vielleicht hat der Kerl ja was in das Logbuch geschrieben«, sagte Skamper. Er suchte in der Kiste. Darin war nichts. Dann sah er sich den Totenkopf näher an. Er drehte ihn um. Der

Schädel war hohl, im Innern hatte jemand ein kleines Büchlein mit einem Tesaband befestigt.

Skamper zog es vorsichtig heraus. Es war mit einem edlen Ledereinband versehen und die Seiten waren vollständig leer. Nur auf der ersten Seite gab es einen Eintrag. Skamper las vor: »Suche mich auf dem Friedhof der Kuscheltiere am 4. Mai. PS: Welcher Idiot liest Perry Rhodan?«

Skamper sah auf. Müller hatte den Mund offen. »Steht das tatsächlich da?«

Skamper nickte.

»Und das Heft ist nicht mehr da? Nur dieser Totenkopf?«, fragte Müller.

Skamper nickte wieder.

»Das ist unverschämt. Was denkt sich dieser Kerl eigentlich? So eine Frechheit.«

Müller war kaum zu beruhigen.

»Suche mich auf dem Friedhof der Kuscheltiere«, sagte Arabella. »Was soll das wieder bedeuten?«

•

»Das könnte sich auf den Fall Vanderhorst beziehen«, sagte Markoven. »Vanderhorst hatte eine riesige Bibliothek. Und er liebte Horrorgeschichten.«

Am Tag nach der Suche in der alten Fabrik war Skamper sofort in Markovens Hotel gefahren, um ihn von den Geschehnissen zu unterrichten.

Skamper hatte auf einem kleinen Stuhl Platz genommen, Markoven saß auf dem Bett und hörte ihm aufmerksam zu.

Skamper berichtete Markoven auch, was er im Stollen erlebt hatte. Doch er verschwieg, was er dem geheimnisvollen Fremden erzählt hatte. Während Skamper sprach, kam ihm in den Sinn, wie irreal die ganze Szene gewesen war. War das wirklich eine Pistole gewesen, die er am Hals gespürt hatte? Und wenn, war sie echt gewesen oder auch nur ein Scherzartikel wie der Halloween-Totenkopf in der Kiste?

Skamper konnte es nicht sagen.

»Was wollte dieser Kerl von Ihnen, und wenn das wirklich eine Pistole war, warum hat dieser Irre Sie laufen lassen? Was glauben Sie?«, fragte Markoven, als Skamper mit seinem Bericht fertig war.

Skamper dachte nach. »Vielleicht habe ich die richtigen Antworten gegeben.«

»Das bestimmt. Aber ich glaube, dass da noch etwas anderes war.«

Skamper sah ihn fragend an.

»Sie hatten vorhin von einem Verdacht gesprochen, dass Sie möglicherweise wissen, wer hinter Barewski steckt und wer der Verrückte in dem Stollen war.«

Skamper nickte. »Auf der Messe in Bayreuth habe ich einen Geocacher kennengelernt, einen Mann namens Simon Morlov.«

»Und wieso vermuten Sie, dass er etwas mit dieser Sache zu tun haben könnte?«

Skamper lächelte. »Ein Gefühl.« Er hatte den ganzen letzten Abend immer wieder über die Szene in dem Stollen nachgedacht. Und je länger er versuchte, sich die Szene in Erinnerung zu rufen, desto sicherer war er, dass es Morlov gewesen war, der hinter ihm gestanden und ihm eine Pistole in den Nacken gedrückt hatte.

Markoven stand auf und ging zu dem kleinen Fenster seines Zimmers, blickte nach draußen. »Nehmen wir an, dieser Geocacher ist tatsächlich Barewski, unser Stasikiller. Und Barewski veranstaltet mit seinen Verstecken so etwas wie Gedächtniscaches, Verstecke und Rätsel, die an seine früheren Morde erinnern sollen. Aus welchem Grund auch immer.« Markoven machte eine Pause, blickte zu Skamper. »Vielleicht hat die kurze Begegnung auf der Messe schon gereicht, damit Barewski in Ihnen jemand sah wie Vanderhorst. Einen Freund.«

Skamper musste an die eigenartige Spannung bei dem Gespräch denken, das er mit Morlov geführt hatte. »Das klingt absurd«, sagte er. »Aber möglich wäre es.«

»Wir sollten uns diesen Morlov unter die Lupe nehmen.«

»Ich habe schon im Internet recherchiert, Fehlanzeige. Er hat mir ja auch eine Webadresse gegeben. Aber dafür braucht man ein Kennwort, das ich nicht habe.«

»Ich werde mich mal umtun«, sagte Markoven. »Ich habe noch Verbindungen von früher. Vielleicht bekomme ich etwas heraus. Aber das Wichtigste ist, dass wir herausfinden müssen, was mit dem Friedhof der Kuscheltiere gemeint ist. Bis zum Freitag haben wir drei Tage Zeit. Haben Sie denn eine Idee?«

Skamper schüttelte den Kopf. Sie schwiegen, Markoven stand immer noch am Fenster. Jetzt wandte er sich ab und ging einige Male in dem kleinen Zimmer hin und her. Er blieb vor Skamper stehen. »Sie sollten in nächster Zeit sehr vorsichtig sein«, sagte er.

Auf einmal stieg Ärger in Skamper hoch. Was hatte er eigentlich mit diesem verrückten Killer zu tun? Er hatte einem Freund helfen wollen. Was konnte er dafür, dass dieser Barewski ihn offensichtlich für ein bizarres Spiel um Freundschaft und Tod ausgewählt hatte? »Vielleicht ist das alles auch nur ein Hirngespinst«, sagte er.

Skamper wusste nicht, was ihn geweckt hatte. Er starrte auf das Display seines Digitalweckers. Halb drei.

Sein Herz pochte. Er hatte geträumt. Die Bilder hatte er vergessen, aber das Gefühl der Angst war immer noch . Er horchte in die Nacht. Stille. Er war allein im Haus, Arabella übernachtete bei einer Freundin und Jasmin war bei ihrer Mutter.

Skamper versuchte, sich seinen Traum zu vergegenwärtigen. Hatte es etwas mit dem Gespräch zu tun gehabt, das er mit Markoven geführt hatte?

Den ganzen Abend hatte er sich mit dem Fall Vanderhorst beschäftigt. Markoven hatte ihm Unterlagen mitgegeben, über denen er nach dem Abendessen gesessen hatte. Doch der sachliche Untersuchungsbericht hatte ihm nicht weitergeholfen.

Am 10. Juni 1986 war Vanderhorst zu einer Bergwanderung aufgebrochen. In einem kleinen Dorf im Thüringer Schiefergebirge. Er hatte in einer kleinen Pension die Nacht verbracht. Der Wirtin hatte er am Morgen erzählt, dass er sich auf dem Weg mit einem Freund treffen würde. Doch einen Namen hatte er nicht genannt.

Drei Tage später war Vanderhorst von Spaziergängern in einem kleinen Tal gefunden worden. Man war sofort von einem Absturz ausgegangen, die Verletzungen, die die Leiche aufwies, die Fundstelle, alles deutete darauf hin. Doch bestimmte Umstände hatten dazu geführt, dass man eine Autopsie vorgenommen hatte, und als man entdeckte, dass Vanderhorst vergiftet worden war, hatte das dem Fall eine ganz neue Richtung gegeben.

Skamper las den Autopsiebericht, doch die Fakten ließen den Fall nicht lebendig werden.

Skamper wusste, dass das Entscheidende fehlte. Das, was sich zwischen Barewski und Vanderhorst auf der Bergwanderung zugetragen hatte. Was sie gesprochen hatten, was Barewski gegenüber Vanderhorst empfunden hatte. Was damals gewesen war, davon konnte nur Barewski selbst erzählen.

Auch zum Rätsel im letzten Cache hatte Skamper keinen Bezug gefunden: Ich erwarte dich auf dem Friedhof der Kuscheltiere. Vanderhorst war, wie Markoven erzählt hatte, ein begeisterter Leser gewesen. Der Mord an ihm war 1986 geschehen. Ein Jahr vorher war der Roman »Friedhof der Kuscheltiere« auf Deutsch erschienen. Konnte man diesen Roman damals auch in der DDR kaufen? Skamper hatte keine Ahnung, aber vielleicht war Vanderhorst ja über Umwege an das Buch gekommen, und Barewski hatte es gesehen, als er ihn einmal besucht hatte. Oder sie hatten darüber gesprochen auf der Bergwanderung. Möglich war das. Oder der Cache hatte überhaupt nichts mit Barewski zu tun, war nicht mehr als der Scherz eines

Geocaching-Witzboldes. Aber das glaubte Skamper nicht. Er war überzeugt, dass sie auf der richtigen Spur waren.

Hatte er davon geträumt? Vom Friedhof der Kuscheltiere?

Skamper lag im Bett und seine Augen gewöhnten sich langsam an die Dunkelheit. Ein vages Gefühl sagte Skamper, dass sich etwas verändert hatte. Er setzte sich im Bett auf, ließ seinen Blick durch das Zimmer schweifen, die Konturen wurden schärfer.

Er stand auf und ging in die Küche, wo er sich ein Glas aus der Vitrine nahm. Einen Moment lang ließ er das Wasser aus der Leitung laufen, dann füllte er das Glas voll. Er trank es in einem Zug leer und stellte es auf die Spüle.

Er sah sich wieder um. Etwas fehlte. Plötzlich wusste Skamper, dass das Artefakt nicht mehr da war. Er stürzte zurück in sein Zimmer und schaltete das Licht ein. Die Stelle, wo das Artefakt gelegen hatte, war leer.

»Und du bist dir sicher, dass du den Stein nicht verlegt hast?«

»Natürlich bin ich mir sicher. Er lag immer auf dem Nachttisch.«

Skamper und Arabella saßen am Frühstückstisch. Skamper hatte nicht mehr geschlafen, nachdem er entdeckt hatte, dass der Stein verschwunden war. Mit müden Augen und ungekämmten Haaren nippte er von einer Tasse Kaffee. Arabella saß ihm gegenüber. Sie war gerade vom Besuch bei ihrer Freundin zurückgekommen.

»Du musst das doch gemerkt haben, wenn jemand in das Zimmer gekommen ist und den Stein genommen hat.«

Skamper blickte starr vor sich hin. Genau das hatte er sich auch schon überlegt. Vielleicht hatte er so tief geschlafen. Zum Abendessen hatte er ein Bier getrunken. Dann keinen Alkohol mehr, nur Tee. Normalerweise wachte er beim kleinsten Geräusch auf. Das musste ein Profi gewesen sein. Jemand, der gelernt hatte, sich völlig lautlos zu bewegen und keine Spuren zu hinterlassen.

»Hast du irgendeine Idee, wer das gewesen sein könnte?«

Skamper zuckte mit den Schultern. »Vielleicht einer der Spinner aus den Internetforen, die glauben, dass der Stein etwas Magisches hat.«

Nachdem Skamper den Diebstahl entdeckt hatte, hatte er noch in der Nacht alle Zugänge zum Haus kontrolliert. Doch er hatte nichts Auffälliges finden können. Am Schloss der Kellertür hatte er Kratzspuren entdeckt. Skamper ärgerte sich, dass er keine Sicherheitsschlösser hatte einbauen lassen. Das hätte er schon vor Jahren tun sollen.

»Du musst zur Polizei.«

Skamper lächelte. »Zu Dora? Die hasst den Stein. Die glaubt heute noch, es hätte unsere Ehe zerstört, dass ich so besessen davon war. Außerdem ist der Stein im Grunde nichts wert. Die werden mich anhören, aber da wird sich niemand dafür interessieren.«

»Aber was willst du dann machen?«

»Ich weiß es nicht.«

Er schüttelte den Kopf. »Das ist wirklich unglaublich, dass ich nichts gemerkt habe.«

»Wenn ich schlafe, dann kann ein Erdbeben passieren. Ich schlafe einfach weiter.«

»Ich hab zu lange im Freien geschlafen. Da musst du sofort hellwach sein, wenn etwas ist. Das ist, wie wenn du eine eingebaute Alarmanlage hast.«

»Und jetzt hat diese Alarmanlage versagt.«

»So könnte man es sagen.« Skamper nahm einen Schluck von seinem Kaffee. Er war kalt geworden. Skamper schüttete den Rest in die Spüle, ging zur Kaffeemaschine und schenkte sich die Tasse nach. Er füllte etwas Milch hinein und gab einen Löffel Zucker dazu. Dann setzte er sich wieder zu Arabella.

»Vielleicht hat der Einbrecher mit einem Betäubungsgas gearbeitet«, sagte Arabella.

»Könnte sein.«

»Ich hoffe, du hast noch keine Spuren verwischt. Das ist sehr wichtig, dass du nicht mehr in das Zimmer gehst. Ich muss mir erst alles genau anschauen.«

Skamper sah sie erstaunt an. »Warum?«

»Das ist doch klar, dass ich diesen Fall übernehme. Das ist genau der Fall, den ich immer haben wollte. Er ist mysteriös, vielleicht ein bisschen gefährlich und man muss nicht weit fahren. Ich bin froh, dass du nicht zur Polizei gehst, weil du mir bei der ganzen Sache vertraust.«

»Moment mal, davon war noch überhaupt nicht die Rede.«

»Aber, was willst du sonst machen? Das ist doch der ideale Fall für die Detektei Arabella-Investigations.«

»Das kommt überhaupt nicht in Frage.«

Arabellas Gesichtsausdruck zeigte tiefe Enttäuschung. »Glaubst du, dass ich diesen Fall nicht lösen kann, weil ich zu jung bin?«

»Ich denke, es ist am besten, wenn ich mich selbst darum kümmere.«

»Aber ich könnte gleich anfangen.«

»Nein«, sagte Skamper.

Arabella sah ihn kurz an, dann wandte sie den Blick ab und starrte ausdruckslos auf den Tisch vor ihr. Skamper blickte sie forschend an.

»Was ist los?«

Arabella sagte nichts.

»Du musst doch verstehen, dass das ziemlich gefährlich sein kann.«

»Du glaubst doch, dass ich dir nicht helfen kann, weil ich nicht studiert hab so wie Jasmin, dass ich zu doof bin für 'ne Detektivin.« Sie stoppte abrupt, starrte wieder vor sich hin, biss sich auf die Lippen.

Skamper atmete durch. »Arabella, wenn du wirklich glaubst, dass ich so denke, dann bist du aber ziemlich auf dem Holzweg. Ich will doch nur nicht, dass dir was passiert.«

Arabella schwieg.

»Und dass du doof bist, das kann doch wirklich nur denken, wer selber wirklich doof ist. Ich kenn niemand, der so originelle und verrückte Ideen hat wie du.«

Arabella sagte noch immer nichts.

»Zum Beispiel die Idee mit dem magischen Wasser. Ich wäre nie auf so was gekommen.«

Arabella sah auf. Skamper schien sie überzeugt zu haben. »Oder die Idee, dass wir deinen Urin verkaufen könnten.«

»Genau«, sagte Skamper. »Auf solche Ideen muss man erst mal kommen. Das kann man nur, wenn man wirklich was in der Birne hat.«

»Aber wegen dem Artefakt könnte ich doch recherchieren, ich kann Leute befragen. Du weißt, wie gut ich mit dem Computer umgehen kann.«

Skamper sah sie nachdenklich an, dann nickte er. »Okay, wenn du unbedingt willst, dann kannst du mir bei der Suche helfen.«

Arabella war begeistert. »Dann müssen wir nur noch über die finanzielle Seite reden.«

»Die finanzielle Seite?«

»Ich verlange fünfzig pro Tag plus Spesen.«

Skamper sagte nichts.

»Gut, für dich mach ich es für vierzig.«

»Arabella, jetzt lass den Blödsinn. Ich habe auch im Augenblick kein Geld. Ich kann dir was geben, wenn du mir hilfst mit Recherche und so. Aber irgendwelche Sätze und Spesen, das lassen wir.«

Arabella zog ihre Unterlippe hoch. »Na gut«, sagte sie. »Aber du musst mir eine Erfolgsprämie zahlen, wenn ich etwas Wichtiges herausfinde.«

»Okay. Wenn du etwas Wichtiges herausfindest, kriegst du eine Erfolgsprämie.«

Seitdem das Artefakt verschwunden war, hatte sich etwas verändert. Als könnte man im Haus den Verlust spüren. Doch es war noch etwas anderes, was Skamper beunruhigte. Er fühlte sich beobachtet. Am Morgen war er im Klinikum gewesen und hatte Viktor besucht. Viktor ging es gut, in einer Woche würde er den Gips abbekommen und dann würde es auch nicht mehr lange dauern, bis er das Klinikum verlassen könnte.

Skamper gab Viktor einen Bericht über die Ereignisse der letzten Tage, und während seiner Erzählung wurde ihm immer mehr klar, dass sie auf der Stelle traten. Ein zweites Mal erzählte er von der seltsamen Begegnung im Stollen und wie bei Markoven erschien ihm die ganze Szene irreal, als hätte er sie nur in seiner Einbildung erlebt.

Er hatte den Mann im Stollen nicht gesehen, wusste nicht, ob das wirklich eine Pistole gewesen war, die er in seinem Nacken gespürt hatte.

Vielleicht war das ja eine Inszenierung gewesen. Der Geocacher phantom23 hatte sich einen Scherz erlaubt, wollte seinem Cache einen besonderen Reiz geben. Vielleicht war die Pistole nicht echt gewesen und die vermeintliche Gefahr, in der Skamper sich geglaubt hatte, war nur Einbildung gewesen.

Vielleicht war es tatsächlich Morlov gewesen und hinter Morlov steckte nicht der gefährliche Stasikiller Barewski, sondern nur ein harmloser Geocacher. Vielleicht hatte sich Skamper ganz einfach ins Bockshorn jagen lassen, und als er schließlich im Angesicht eines möglichen Todes beichtete, dass er einen Freund getötet hatte, war das zu viel für den Geocacher hinter ihm gewesen, die Situation war ihm über den Kopf gewachsen und er hatte keine andere Lösung gesehen, als Skamper niederzuschlagen und zu flüchten.

So könnte es gewesen sein, und die Tatsache, dass in dem Versteck nur ein Scherzartikel gewesen war, ein künstlicher Kopf, unterstützte diese Theorie. Bisher hatten sie keine Spur von angeblichen Leichenteilen gefunden, alles war nur Illusion und Trugbild, und als Skamper Viktor von Markovens Mutmaßungen erzählte, kamen ihm die Theorien um den Stasikiller Barewski selbst wie die überspannten Fantasien eines Kommissars im Ruhestand vor, der einer Schimäre nachjagte.

Viktor schwieg, als Skamper fertig war. Skamper sah in das nachdenkliche Gesicht seines Freundes.

»Heute ist doch der Tag, an dem man nach dem Versteck auf dem Friedhof der Kuscheltiere suchen muss«, sagte Viktor.

Skamper zuckte die Schultern. »Ehrlich gesagt habe ich keine Idee, was damit gemeint sein soll. Heute wollte mich Markoven anrufen. Er wollte einige Erkundigungen über diesen Morlov einziehen. Vielleicht ist ja dabei etwas herausgekommen.«

»Friedhof der Kuscheltiere«, sagte Viktor und lauschte dem Klang der Worte nach, als könne er auf diese Weise hinter die Bedeutung der rätselhaften Formulierung kommen.

Skamper hatte während der letzten zwei Tage den Roman von Stephen King gelesen. Aber auch das hatte ihm nicht die entscheidende Idee gebracht.

»Vielleicht gibt es ja gar keine Story«, sagte Viktor. Er starrte ausdruckslos auf sein Bettlaken.

»Wir bleiben auf jeden Fall dran«, sagte Skamper. »Und wenn da etwas Größeres dahintersteckt, dann kriegen wir das auch raus.« Skamper wusste nicht, woher er seinen Optimismus nahm, aber irgendetwas musste er sagen, um seinen Freund aufzumuntern.

Dann verabschiedete er sich und ging. Das verschwundene Artefakt hatte Skamper nicht erwähnt. Er hatte Viktor schon genug schlechte Nachrichten überbracht.

Dabei war er mehr und mehr zu der Überzeugung gekommen, dass das Verschwinden des Artefakts mit seinen Nachforschungen in der Geocaching-Szene zu tun hatte. Es war kein Zufall, dass das ausgerechnet jetzt passiert war. Skamper musste wieder an Morlov denken. Vielleicht hatte Markoven etwas herausgefunden. Als Skamper aus dem Krankenhaus zu seinem Auto ging, holte er sein Handy aus der Jackentasche und sah auf das Display. Eine SMS von Markoven war eingegangen. »Bisher nichts Neues. Rufe Sie am Nachmittag an.« Skamper steckte das Handy wieder ein.

Als Skamper aus dem Kaufhaus trat, spürte er es wieder. Jemand beobachtete ihn. Das Gefühl hatte ihn schon den ganzen Tag begleitet, seit er aus dem Krankenhaus gekommen und mit seinem Ford Kombi in die Stadt gefahren war. Er hatte nach einer neuen Jacke gesucht, doch im Grunde hatte er die ganze Zeit gehofft, ihm würde beim ziellosen Herumstöbern auf der Bekleidungsetage noch der rettende Einfall kommen, was mit dem Friedhof der Kuscheltiere gemeint sein könnte. Aber ihm war nichts eingefallen und auch Markoven hatte nicht angerufen.

Skamper stand vor dem Kaufhaus und sah sich um. Ein grauer Frühlingstag. Nach ein paar warmen, sonnigen Tagen war es wieder kalt geworden. Skamper blickte auf das Gewimmel in der Fußgängerzone vor ihm. Niemand, der sich auffällig verhielt oder ihn beobachtete. Aber Skamper spürte, dass da etwas war.

Es war kurz vor drei Uhr. Skamper ging durch die Fußgängerzone. An der Lorenzkirche wandte er sich nach links, ging weiter in Richtung Weißer Turm, bis er zu einer großen Buchhandlung kam. Dort wartete er einen Moment. Das Gefühl, dass ihn jemand beobachtete, war stärker geworden. Skamper betrat die Buchhandlung, blieb vor der Reihe von Zeitschriften stehen und sah aus den Augenwinkeln zur Tür. Eine ältere Frau drängelte sich herein, dahinter ein Mädchen mit einer Schultasche auf dem Rücken, das zielstrebig an ihm vorbei in den ersten Stock lief.

Vielleicht täuschte er sich, vielleicht bildete er sich alles nur ein.

Skamper nahm eine Computerzeitschrift in die Hand und blätterte darin. Doch was er las, erreichte sein Gehirn nicht. Aus den Augenwinkeln beobachtete er immer noch den Eingang. Aber dort tat sich nichts.

Skamper tat die Zeitschrift wieder zurück in den Ständer. Es hatte keinen Sinn. Er verließ die Buchhandlung.

Skamper nippte an seinem Cappuccino. Er stand an einem Stehtisch in einem kleinen Café neben der Buchhandlung. Er versuchte sich zu beruhigen. Es war kindisch gewesen, am Zeitschriftenstand auf potentielle Verfolger zu warten. Er war schon so weit, Gespenster zu sehen. Dabei war er wahrscheinlich nur überreizt. Seit dem Diebstahl des Artefakts spürte er diese Unruhe in sich.

Er holte sein Handy aus der Jackentasche und sah auf das Display. Immer noch keine Nachricht von Markoven. Er steckte das Gerät wieder ein.

Das Café wirkte wie ein Schlauch. Ein Gang, an dessen Seite man einige Tische gestellt hatte. Von Skampers Tisch aus hatte man einen Blick nach draußen auf die Straße.

Plötzlich spürte er, dass jemand neben ihm stand. Er drehte sich zu ihm.

Morlov. Skamper hatte ihn nicht bemerkt. Morlov sah ihn an. In seinem Gesicht zeigte sich keine Regung. »Ich hoffe, ich störe Sie nicht«, sagte er.

Skamper schüttelte den Kopf.

»Sie erinnern sich an mich?«

»Die Geocaching-Messe. Der Mann für die gefährlichen Caches.«

Morlov nickte.

»Ich war auf Ihrer Website, doch Sie hatten mir kein Kennwort gegeben«, sagte Skamper.

Morlov lächelte, sagte aber nichts. Er hielt noch einen Kaffee in der Hand, den er sich von der Theke geholt hatte. Er stellte ihn vor sich ab. »Sie haben doch nichts dagegen, dass ich mich zu Ihnen stelle.«

»Bitte.«

Morlov öffnete das Zuckertütchen, das auf der Untertasse lag, und gab etwas Zucker in seinen Kaffee. Wie auf der Geocaching-Messe trug er einen schwarzen Rollkragenpullover und dunkelbraune Jeans. Er rührte seinen Kaffee um. »Immer noch Lust auf ein Abenteuer?«, fragte er.

»Das kommt darauf an.«

»So ein Abenteuer wie in den Bergen Kolumbiens. Als Sie nach der goldenen Stadt suchten.«

Skampers Muskeln verkrampften sich. »Sie haben sich informiert.«

Morlov nickte. »Es hat mich interessiert, sehr interessiert. Als ich über Ihre Expedition las, wurde mir bewusst, dass es kein Zufall war, dass wir uns begegnet sind. Wir haben beide etwas erlebt, was andere wohl niemals verstehen werden.« Er sah Skamper an. »Ich kann Sie verstehen, niemand versteht Sie so wie ich«, sagte er. »Ich weiß, wie es ist, einen Freund zu töten.«

Skampers Körper war auf einmal steif. Er blickte auf seine Tasse Cappuccino und rührte sich nicht.

»Es gibt jedoch einen Unterschied zwischen uns beiden. Sie hatten keine andere Wahl. Ich hatte eine Wahl.«

Wieder war Schweigen. Skamper hörte gedämpft die Gespräche an den Tischen hinter ihm. Von der Theke kamen die Geräusche der Kaffeemaschine, das Klacken, wenn die Bedienung das alte Espressopulver aus dem Sieb schlug, es neu auffüllte und das Sieb wieder in die Halterung drehte. Hatte Morlov neben ihm eben davon gesprochen, dass er einen Mann umgebracht hatte?

Skamper nahm einen Schluck von seinem Cappuccino. »Was wollen Sie?«, fragte er.

»Wie meinen Sie das?«

»Für das Artefakt. Sie sind doch derjenige, der es gestohlen hat.« Skamper schaute Morlov in die Augen. Morlovs Gesicht verriet nicht, was er dachte.

»Ich will, dass Sie mir helfen.«

»Wobei?«

»Sie werden es erfahren, wenn es so weit ist.«

Skamper sah nach draußen auf die Straße. Er hatte auf einmal das Bedürfnis, Morlov an die Gurgel zu gehen, ihn zu würgen, so lange, bis er ihm sagte, wo das Artefakt war. »Wer sind Sie?«, fragte Skamper. »Wer zum Teufel sind Sie?«

»Jemand, der wünscht, dass wir Freunde sein können.«

»Was soll das, ich kenne Sie nicht und Sie mich nicht.«

»Ich kenne Sie, ich weiß, wie das ist, wenn man einen Freund tötet. Wenn man Vertrauen tötet. Wenn man tötet, was man liebt.«

Der Kerl ist verrückt, dachte Skamper. Es gab keinen Zweifel, dass der Kerl neben ihm völlig durchgedreht war. Es war nicht nur, was er sagte, es war die Art, wie er es sagte. Als würden die Worte, die sie wechselten, in einer verschlüsselten Sprache bei ihm ankommen. In einer Sprache, die nur Morlovs verwirrter Geist verstand. »Ich habe niemanden umgebracht in Kolumbien. Lockroft starb in der Höhle, in die ich ihn gebracht hatte. Als ich ihn verließ, halluzinierte er, er war am Ende, genau wie ich. Wahrscheinlich hat er den nächsten Tag nicht mehr erlebt.«

Morlov lächelte, auf Skamper wirkte das Lächeln wie die verzerrte Fratze eines Irren. »Das war die Geschichte für die Zeitungen. Die Wirklichkeit war eine andere. Die Wirklichkeit war, dass Lockroft eine Gefahr war. Dass Sie taten, was jeder getan hätte in Ihrer Situation. Es war Notwehr, reine Notwehr.«

Skampers Herz klopfte schneller. Es musste Morlov gewesen sein, der ihm im Stollen eine Pistole in den Nacken gepresst hatte. Ihm hatte er alles anvertraut, er war sein Beichtvater gewesen.

»Wir wissen beide Bescheid«, sagte Morlov und seine Stimme hatte etwas Hypnotisches. »Wir wissen, dass die Zeitungen sich auf die Story gestürzt haben, aus Sensationsgier die unglaublichsten Theorien entwickelt haben, aber nur derjenige, der dabei war, weiß, wie das wirklich ist und dass es keine andere Chance gab.«

Skamper wollte sich wehren gegen die Stimme neben ihm. Es war, als würde sie in seine geheimsten Gedanken dringen.

Er musste plötzlich an Markoven denken. An das, was ihm der pensionierte Kommissar von dem Profikiller Barewski erzählt hatte. Dann war es, als ob eine Stimme in seinem Kopf flüsterte. Markoven ist tot, sagte die Stimme. Immer wieder sagte sie diesen Satz. Markoven ist tot. Es war nicht eine Ahnung, es war Gewissheit. Deshalb hatte sich der alte Kommissar nicht bei ihm gemeldet.

Skamper dachte, dass er irgendetwas tun musste, um diesen gefährlichen Irren neben sich auszuschalten, aber er war wie gelähmt, alles lief weiter und Skamper nahm seine Tasse und trank einen Schluck von seinem Cappuccino.

»Wir sehen uns wieder«, sagte Morlov plötzlich. Er wandte sich ab, ging zum Ausgang und Skamper sah ihm nach, wie er durch die Tür ging, sich nach rechts wandte und verschwand.

Skamper steckte sein Handy zurück. Er hatte zum dritten Mal versucht, Markoven zu erreichen, aber dessen Handy war abgeschaltet. Skamper saß im Foyer in einem Hotel in der Nähe der Burg. Hier war Markoven für die Dauer seines Aufenthalts in Nürnberg abgestiegen. Seit einer halben Stunde wartete Skamper schon. Er sah auf die Uhr über dem Empfang: Viertel nach fünf.

Markoven sei mittags aus dem Haus gegangen, hatte die blonde Frau am Empfangstresen gesagt. Er habe aber für sechs eine Ayurveda-Massage gebucht, was bedeutete, dass er jeden Augenblick zurückkommen musste.

Doch Markoven erschien nicht. Skamper ging noch einmal zu der Frau am Empfangstresen, die gerade telefonierte. Er wartete, bis sie aufgelegt hatte.

»Entschuldigen, ich wollte noch etwas fragen wegen Herrn Markoven.«

Die Frau nickte.

»Hat er gesagt, wo er hingegangen ist?«

Sie überlegte kurz, schüttelte den Kopf. »Nein, er hat sich nur erkundigt, ob der Termin zur Massage auch wirklich gebucht ist. Daher gehe ich davon aus, dass er bald kommt.«

Skamper überlegte. »Ist Ihnen irgendetwas aufgefallen, als er mit Ihnen gesprochen hat?«

Sie sah ihn misstrauisch an. »Sind Sie von der Polizei?«

»Ich bin ein guter Bekannter von Herrn Markoven.«

Sie zögerte.

»Bitte, es ist sehr wichtig. Es könnte sein, dass sich Herr Markoven in großer Gefahr befindet. Ist Ihnen etwas aufgefallen, als Sie mit ihm sprachen?«

Sie überlegte kurz, schüttelte dann wieder den Kopf. »Er hat sich sehr höflich verabschiedet und ist gegangen.« Sie sah zu den Broschüren, die links neben ihr auf kleinen Ständern steckten. »Moment, doch, da war etwas. Er ist noch einmal zurückgekommen und hat sich eine dieser Broschüren genommen.«

»Welche?«

Die Frau nahm eine gefaltete gelbgraue Broschüre aus einem der Ständer. Die Broschüre informierte über die Sehenswürdigkeiten, die es in Nürnberg gab.

Skamper überflog die Seite. Plötzlich stockte er.

Die große Teddybär-Ausstellung im Spielzeugmuseum.

Skamper ärgerte sich, dass er nicht schon längst darauf gekommen war. Er hatte in der Zeitung von der Sonderausstellung gelesen. Der Friedhof der Kuscheltiere, nur die Teddybär-Ausstellung konnte damit gemeint sein.

Das Spielzeug-Museum befand sich nicht weit vom Hauptmarkt und war von Markovens Hotel zu Fuß in zehn Minuten zu erreichen. Skamper beschloss, sein Auto stehen zu lassen und zu Fuß zum Museum zu gehen. Mit dem Auto hätte er nur ewig nach einem Parkplatz suchen müssen.

Es war kurz nach halb sechs, als Skamper das Museum betrat. Der Raum, der zu den Sonderausstellungen führte, befand sich gleich hinter dem Eingangssaal.

»Wir schließen in einer halben Stunde«, sagte die Frau hinter dem Verkaufstresen.

»Das wird doch reichen, um sich ein paar Teddybären anzuschauen.« Skamper schlug einen lockeren Ton an. Er legte ein paar Münzen auf den Tresen. Die Frau zuckte die Schultern und gab ihm eine Eintrittskarte.

Skamper ging sofort in den hinteren Raum. Er hatte keinen Blick für die unzähligen Teddybären, die in Vitrinen ausgestellt waren. Skamper war noch nie hier gewesen und auf einmal fiel ihm die Stille auf, die hier herrschte. Er schien der einzige Besucher zu sein um diese Zeit.

Skamper ging weiter, bis er das Ende des großen Raums erreichte. Hier hatte man eine Szene arrangiert, eine Konferenz der Teddybären. Auf einem großen, länglichen Tisch standen alte Schreibmaschinen, Aktenkoffer, lose Zettel und Bleistifte. Rings um den Tisch hatte man die unterschiedlichsten Teddybären auf Bürostühlen drapiert. Einer hielt einen Telefonhörer in der Hand, die anderen saßen stumm um den Tisch, als würden sie dem Gespräch zuhören.

Am Tischende saß Markoven mit einem großen, schwarzen Teddybär auf seinem Schoß. Sein Kopf war nach hinten gegen die Stuhllehne gebeugt, als schliefe er.

Skamper ging vorsichtig näher und fasste ihn an der Schulter. »Herr Markoven.«

Keine Reaktion. Der Teddybär auf Markovens Schoß sah Skamper traurig aus seinen Glasaugen an.

Markoven war tot. Skamper musste nicht den Puls fühlen, um das zu wissen. Dann erblickte er die Nachricht. In der alten Adler-Schreibmaschine, die vor Markoven auf dem Tisch stand, steckte ein Zettel mit einer handschriftlichen Notiz. Skamper zog das Papier heraus und las es.

•

»Markoven wollte dich also anrufen?«, fragte Dora.

Sie saßen in der Wohnküche in Skampers Haus. Auf der einen Seite Dora und Schmidt und ihnen gegenüber Skamper.

»Das habe ich doch schon gesagt«, sagte Skamper. »Er hatte mir am Vormittag eine SMS geschickt, dass er sich nachmittags melden wollte.«

»Und warum bist du in sein Hotel und hast nicht einfach gewartet, bis er sich bei dir meldet?«

Skamper zögerte einen Moment. »Es klingt vielleicht blöd, aber ich hatte plötzlich das Gefühl, dass ihm etwas zugestoßen ist.«

Dora sah ihn nachdenklich an. »Was heißt, du hattest plötzlich ein Gefühl?«

»Ich kann das nicht erklären, es war so, dass ich mir auf einmal ganz sicher war, dass Markoven tot ist.«

»Du meinst also, so etwas wie eine außersinnliche Wahrnehmung, eine parapsychologische Eingebung«, sagte Schmidt.

Dora sah ihn erstaunt an.

»Ich war ein großer Fan von ›Akte X‹«, erklärte Schmidt. »Schade, dass es die Serie nicht mehr gibt. Da kam so was dauernd vor. Ich habe auch viel gelesen, über Parapsychologie und so.«

»Nenn es, wie du willst«, sagte Skamper.

»Bisher geht man davon aus, dass Markoven einen Herzanfall hatte«, sagte Dora.

Skamper zuckte die Schultern. »Mag sein.«

»Wie hast du Markoven eigentlich kennengelernt?«

»Auf der Geocaching-Messe. Es ging um diese Gerüchte in der Szene. Ich hatte Viktor versprochen, da weiter nachzuforschen.«

»Aber wie ich gehört habe, habt ihr beim letzten Cache nur eine Attrappe entdeckt. Es war kein echter Totenkopf.«

»Ich habe eigentlich auch gedacht, dass damit der Fall erledigt ist. Aber dann wurde das Artefakt gestohlen. Und ich glaube immer noch, dass das irgendwie mit meinen Recherchen in der Geocaching-Szene zusammenhängt. Und dieser Markoven hat völlig unglaubliche Dinge erzählt. Von einem Profikiller, der als Geocacher aktiv ist.«

»Was hat er euch denn genau erzählt? Hat er irgendwelche Namen genannt?«

»Namen wusste er nicht. Aber ich habe einen Verdacht.«

»Und was für einen Verdacht?«

»Ich war ja mit Arabella und Jasmin auf der Geocaching-Messe in Bayreuth. Und da habe ich einen Typen kennengelernt. Simon Morlov heißt der. Ich sag dir, ein wirklich seltsamer Typ. An dem Nachmittag gestern, als ich Markoven treffen wollte, war ich in einem Café in der Stadt. Und da ist der Typ auf einmal neben mir gestanden und hat angefangen, ganz verrücktes Zeug zu reden. Er hat im Grunde zugegeben, dass er das Artefakt hat. Und er hat gesagt, dass er jemand umgebracht hat. Und da hatte ich das Gefühl, dass Markoven tot ist. Markoven wollte nämlich genau diesem Typ auf den Zahn fühlen.«

Während Skampers Erzählung hatte Dora immer nur auf ihren Papierblock gestarrt. Sie sagte nichts, als Skamper fertig war, wechselte nur einen Seitenblick mit Schmidt.

»Ich weiß, das klingt alles verrückt«, sagte Skamper.

»Das ist nicht das Problem«, sagte Dora. »Das Problem ist, dass es nicht die geringsten Hinweise auf irgendwelche Verbrechen gibt. Das mit den Leichenteilen hat sich als Gerücht erwiesen.«

»Aber es gab Tote unter den Geocachern.«

»Es gab zwei Unglücksfälle, die untersucht wurden. Ich habe mir die Mühe gemacht, etwas nachzuforschen. Es hieß in beiden Fällen, dass ein Fremdverschulden auszuschließen ist. Und dass dein Artefakt gestohlen wurde, das können auch irgendwelche Spinner gewesen sein, das weißt du genau.«

Skamper lehnte sich zurück. Dora hatte recht. Aber sie hatte eben diesen Morlov nicht gesehen. Sie hatte nicht mit ihm gesprochen, so wie Skamper.

»Markoven war ja nicht einfach so im Spielzeugmuseum. Als wir bei der letzten Suche diese Attrappe gefunden haben, war da noch eine Nachricht. ›Suche mich auf dem Friedhof der Kuscheltiere.‹ Wir konnten damit nichts anfangen, aber Markoven muss darauf gekommen sein, dass damit die Teddy-Ausstellung im Spielzeugmuseum gemeint war. Das Versteck mit der Attrappe, das war gar kein *Travel Bug*, das war auch nicht der *Final*. Das Teddymuseum war der *Final*.« Skamper brach ab. Er sah in die Gesichter von Dora und Schmidt. Ihm wurde plötzlich klar, dass seine Worte für jemanden, der sich nicht mit Geocaching auskannte, wie völliger Unsinn klangen.

Einen Moment überlegte Skamper, ob er den Zettel erwähnen sollte. Die Nachricht, die er bei dem toten Markoven gefunden hatte. Aber wenn er davon anfing, dann musste er über alles reden. Auch über die Begegnung im Stollen und über das, was er dem unbekannten Mann hinter ihm erzählt hatte. Und das konnte er nicht. »Man muss Markoven gerichtsmedizinisch untersuchen«, sagte Skamper. »Wenn das stimmt, was Markoven erzählt hat, dann ist dieser Killer ein Profi. Jemand, der auf genau solche Morde spezialisiert war. Einen Mord ohne Spuren.«

»Markoven war schon über siebzig«, sagte Dora. »Und er hatte ein schwaches Herz. So viel haben wir schon herausgefunden.«

»Wir können nicht einfach eine gerichtsmedizinische Untersuchung ansetzen, nur weil du irgendeinen Verdacht hast«, sagte Schmidt.

»Hat man denn irgendwelche Unterlagen in Markovens Hotelzimmer gefunden?«, fragte Skamper.

Dora schüttelte den Kopf. »Nichts, nur eine Postkarte, die er an einen alten Freund geschrieben hat. Aber darauf stand nur, dass das Wetter hier ziemlich kalt ist.«

»Vielleicht bedeutet das etwas«, sagte Skamper.

»Dass es eben hier kalt ist«, sagte Dora.

»Dann knöpft euch wenigstens diesen Morlov vor.«

Dora sah ihn schweigend an.

»Ich brauche Informationen über den Kerl. Das muss doch möglich sein.«

»Ich werde sehen, was sich machen lässt«, sagte Dora.

•

Morlov saß in der Küche, als das Telefon klingelte. Er wartete einen Moment, dann ging er in sein Arbeitszimmer und hob den Hörer ab.

»Hallo?«

»Morgen Simon, hier ist Stefan.«

Panzer. Morlov atmete tief durch. Panzer schien nach seinen Worten eine freudige Begrüßung zu erwarten, doch Morlov blieb stumm. Panzer räusperte sich. »Tja, wir haben ja jetzt einige Zeit nichts mehr voneinander gehört. Da wollte ich mich mal melden.«

»Du hast mir Birdy auf den Hals gehetzt«, zischte Morlov.

»Was meinst du damit?«

»Jetzt spiel nicht den Ahnungslosen. Du hast Birdy auf mich angesetzt.«

»Simon, du verstehst da was falsch. Das war ein Missverständnis.«

»Ein Missverständnis. Der wollte mich abknallen. Der hatte die Knarre in der Hand und wollte mich abknallen.«

»Du regst dich jetzt unnötig auf, das war ein Missverständnis, ein furchtbares Missverständnis.«

»Birdy hat es mir doch selbst gesagt. Dieser Idiot war noch blöd genug, mir alles haarklein zu erzählen.«

»Birdy hat da was falsch verstanden. Aber jetzt lass mich doch mal erklären. Warum hörst du mich nicht wenigstens an?« Panzer machte eine empörte Pause. Zumindest hatte Morlov am Telefonhörer den Eindruck, dass die Pause empört klang.

»Birdy hat da etwas falsch verstanden«, fuhr Panzer fort. »Ich habe ihm gesagt, er soll einen Warnschuss abgeben, genauso habe ich das gesagt. Aber von umbringen war nie die Rede. Mit deinen Geocaching-Spielchen, mit deinem Leichtsinn, da bringst du uns in Gefahr. Ja, ich rede von uns, von dir und mir. Und ich habe gedacht, wenn Birdy dir das deutlich macht mit so einem Warnschuss, dann begreifst du vielleicht, dass du nicht so weitermachen kannst. So war das gemeint, aber Birdy hat das falsch verstanden.«

Morlov war im ersten Moment zu verblüfft, um etwas zu sagen. Glaubte Panzer wirklich, er würde ihm diese Geschichte abnehmen?

»Du kannst doch nicht glauben, dass ich dich wirklich umbringen will. Wie schon gesagt, ein Warnschuss habe ich gesagt, freundschaftlich, ein freundschaftlicher Warnschuss. Du bist doch für mich wie ein Sohn. Als ich mit Birdy über dich geredet habe, da habe ich geweint. Wie ein Wasserfall sind die Tränen gekommen, glaub es mir.«

Morlov musste sich zusammennehmen, um nicht laut loszubrüllen. Was erzählte ihm Panzer da? Hielt er ihn schon für völlig verblödet?

»Es sollte alles nur ein Warnschuss sein«, redete Panzer weiter. »Niemand will dich umbringen, das bildest du dir nur ein. Es gab keine Anschläge auf dich.«

»Was redest du da überhaupt? Zweimal hat man schon versucht, mich umzubringen. Einmal waren da die Schüsse im Wald und dann Birdy.«

»Simon, überleg doch mal. Bei dem GEZ-Typen, da hast du dich ja schon mal ziemlich verhauen. Dann bleiben nur noch ein paar Schüsse, die jemand auf dich abgefeuert haben soll. Mitten in der Wildnis. Ich meine, in deiner Gegend gibt es doch sicher genug Typen, die mit 'ner Knarre auf Hasenjagd gehen und dann irgendwo in der Gegend rumballern. Vielleicht war das so ein Idiot, irgendein Jäger, der dich für einen Rehbock gehalten hat.« Panzer gluckste in sich hinein, als sei der Quatsch, den er erzählte, auch noch witzig. Was glaubte er überhaupt, wo Morlov wohnte. Mitten im Urwald unter lauter Hinterwäldlern?

»So ist das gewesen, einfach ein Falschalarm. Und das mit Birdy sollte nur eine kleine Warnung sein. Und du verdächtigst mich, dass ich dir an die Gurgel will.« Panzer lachte wieder. Der Kerl musste was genommen haben, Speed, irgendwelche Aufheller.

»Ich hab mir das auch noch mal überlegt, dass du diesen Typ von der GEZ kalt gemacht hast. Das hat ja im Grunde auch was Komisches. Versteh mich nicht falsch. Ich find das wirklich nicht gut, dass du deine Fernsehgebühren nicht zahlst. Aber dass du den Typen dann umbringst. Das hat was.« Panzer gluckste wieder. Morlov spürte Wut in sich aufsteigen. Man sollte Panzer eins über den Schädel schlagen.

»Dass du Birdy um die Ecke gebracht hast, das ist natürlich dann eher tragisch«, sagte Panzer.

Morlov glaubte so etwas wie einen Seufzer zu hören.

»Weil wir gerade von Birdy sprechen. Ich hab mit seiner Frau gesprochen. Und die hat jetzt ein wenig Probleme, weil Birdy erst mal nur vermisst gemeldet ist. Und sie erwartet 'ne Wahnsinns-Lebensversicherung. Und dazu muss sie beweisen, dass er tot ist. Sie hat mich gebeten, dich zu fragen, ob du da vielleicht etwas machen könntest.«

Es war das zweite Mal in dem Gespräch, dass Morlov sprachlos war. Endlich fasste er sich. »Was soll ich da machen, soll ich ihr vielleicht ein abgeschnittenes Ohr schicken?«

Panzer schien den Sarkasmus in Morlovs Stimme nicht zu bemerken. »Na ja, ein Ohr wäre gar nicht so gut«, sagte er. »Dann könnte er ja theoretisch für die Versicherungsfritzen noch am Leben sein …«

»Hör auf mit dem Scheiß.« Morlov schrie in den Hörer. Er versuchte sich zu beruhigen. Warum hörte er sich überhaupt an, was Panzer erzählte? Es hatte keinen Sinn, mit ihm zu reden. Er musste ihn umbringen. Er würde es tun, bei der nächsten Gelegenheit. Er konnte ihn einfach nicht mehr ertragen.

»Gut«, sagte Panzer. »Sprechen wir ein andermal über dieses Thema.«

Es war wieder still. Panzer schien darauf zu warten, dass er etwas sagte, aber Morlov presste nur den Hörer ans Ohr und blieb stumm.

»Wir sollten uns mal treffen«, sagte Panzer. »Ich denke, es ist wirklich das Beste, wenn wir uns mal irgendwo treffen, so unter vier Augen und diese ganzen Dinge besprechen.«

Morlov schwieg. Er wusste, was dieses Treffen bedeuten sollte. Unter vier Augen, hatte Panzer gesagt. Aber er würde sicher nicht allein kommen. Er hatte zu viel Angst. Er würde seine Leute mitbringen, gute Leute, die besten, so einen Fehler wie mit Birdy würde Panzer nicht noch einmal machen.

Wie konnte Panzer überhaupt glauben, dass er so einfach diese Einladung annehmen würde? Die einzige Erklärung war, dass Panzer auf Morlovs Schwachstelle vertraute. Du bist einfach zu naiv, hatte er ihm immer wieder gesagt. Aber Morlov war nicht naiv. Er hatte nur gehofft, vertrauen zu können. Er hatte gehofft, Freunde zu haben. Aber er hatte keine Freunde. »Wo soll denn dieses Treffen stattfinden?«, fragte Morlov.

Panzer ließ wieder sein albernes Lachen hören. »Ich schicke dir 'ne Mail«, sagte er. »Und weil du so auf dieses Versteckspielen stehst, hab ich gedacht, ich schicke dir die GPS-Daten.« Wieder lachte er.

Plötzlich wusste Morlov, warum Panzer ihm diesen Vorschlag machte und so sicher schien, dass er kommen würde. Sie trafen sich zu einem Duell. Einer von ihnen würde am Ende tot sein. Beide hatten sie den brennenden Wunsch, den anderen zu töten.

Es ging nicht mehr um die Dokumente, die Morlov immer als seine Lebensversicherung betrachtet hatte, es ging nicht mehr darum, dass Panzer Angst hatte, Morlov könnte durch seine Geocaching-Spielchen beide verraten, ihn und Panzer, es ging darum, dass nur einer von ihnen überleben konnte.

Und Panzer schien sich völlig sicher zu sein, dass Morlov auf der Strecke bleiben würde. Doch Morlov würde ihm beweisen, warum man ihn »das Phantom« nannte. Mit dem größten Vergnügen würde er diesem Gauner das Gehirn aus dem Kopf pusten. Dann müsste er endlich nicht mehr sein blödes Geschwätz ertragen.

»Wir sehen uns«, sagte Panzer.

Morlov hielt den Telefonhörer immer noch in der Hand, obwohl Panzer schon längst aufgelegt hatte. Seine Hand schmerzte, so fest hatten sich seine Finger um den Hörer gekrallt.

•

Zwei Uhr nachts und Skamper saß immer noch vor dem Computermonitor. Seine Augen brannten, er sollte aufgeben und sich hinlegen, doch er suchte immer noch in den Untiefen des Webs nach Spuren zu Simon Morlov.

Er hatte Suchanfragen eingegeben, aber diese hatten ins Leere geführt. Es gab noch Menschen, über die es nichts zu googeln gab, die sich versteckt hielten, die den Moloch Internet mieden oder, wenn sie denn ins Netz gingen, dies nur mit falscher Identität taten.

Und die auch dem Drang zur Selbstdarstellung widerstanden. Es gab nichts über Simon Morlov. Für die Caches, die er im Internet veröffentlichte, hatte er Decknamen erfunden. Er versteckte sich mit irgendwelchen Fantasienamen hinter den anderen Spinnern, die besondere Verstecke anpriesen. *Extreme Geocaching* an gefährlichen *Lost Places*. Nichts für Weicheier und Anfänger.

Skamper blickte auf den Zettel, der neben seiner Tastatur lag. Der Zettel, den er bei dem toten Markoven gefunden hatte. Er las noch einmal, was darauf stand: »Und wenn der Gott der Schatzsucher gnädig war, wenn man die Zeichen richtig gedeutet hat, die Wüsten durchquert hat und den Dschungel durchwandert, wenn man die Hitze ertragen hat und die Kälte, den Hunger und den Durst, wenn man nicht verrückt geworden ist, besessen von dem Dämon Gold, dann kann man vielleicht den magischen Augenblick erleben, wo man die Schatzkiste hebt.«

Das war genau das, was Skamper bei seinem Vortrag in der Volkshochschule gesagt hatte. Diese Nachricht war von Morlov, für Skamper gab es keinen Zweifel. Morlov war bei diesem Vortrag gewesen, es war immer Morlov gewesen, der Bettler in der Fußgängerzone, der Mann mit der Pistole im Stollen der alten Fabrik und auch der Killer, der Markoven im Spielzeugmuseum getötet hatte.

Skamper starrte auf den Bildschirm. Er würde nichts mehr herausfinden. Es war Zeit, ins Bett zu gehen.

•

Morlov hatte den Kopf auf den Küchentisch gelegt und schlief. Er hatte die halbe Nacht wach gelegen, die Kopfschmerzen waren zu stark gewesen und jetzt war er müde.

»Wach auf«, sagte eine Stimme, die von ganz weit weg zu kommen schien.

Morlov öffnete die Augen und richtete sich auf. Ihm gegenüber saß der Graue. Morlov blickte ihn lange an. Ein altes, von Falten durchzogenes Gesicht. Auffällig blass. Der Graue trug wie immer einen Hut, die langen Haare quollen darunter hervor. Die Augen des Grauen waren auf ihn gerichtet, aber Morlov war, als blickte er durch ihn hindurch.

»Wer bist du?«, fragte Morlov.

Der Graue ging nicht darauf ein. »Du kannst jetzt nicht schlafen. Sie kommt gleich.«

Wen meinte der Graue?

»Sag ihr, dass es nicht mehr lange dauert, es geht auf das Ende zu.«

Im nächsten Moment hörte Morlov, wie ein Auto die Hauptstraße des kleinen Dorfs hochfuhr und dann vor seinem Haus hielt. Morlov stand auf und ging zum Fenster.

Ein blauer VW Golf. Eine Frau stieg aus. Sie war schlank, fast zierlich und trug eine braune Lederjacke, die ihr zu groß war. Sie sah zu Morlovs Haus hinüber, wirkte unschlüssig, hatte noch ihren Autoschlüssel in der Hand, betrachtete ihn einen Moment lang. Schließlich drückte sie auf den Knopf des Schlüssels, um die Türen des Wagens zu verschließen. Dann ging sie auf das Haus zu.

Morlov wartete am Fenster. Der Stuhl, auf dem der Graue gesessen hatte, war leer. Es klingelte, Morlov ließ die Frau ein zweites Mal klingen, dann ging er zur Tür.

Er öffnete, und als er sie von Nahem sah, wusste Morlov, wer sie war. Er hatte ihr Foto im Internet gesehen. Als er über Paul Skamper recherchiert hatte. Die Frau, die vor ihm stand, war Skampers Ex-Frau.

»Mein Name ist Dora Kohörner, ich bin von der Nürnberger Kriminalpolizei.«

Sie hatte einen Ausweis in der Hand, Morlov blickte kurz darauf, dann steckte sie ihn wieder ein.

»Sind Sie Simon Morlov?«

Morlov nickte.

»Es geht um Marek Klöpper. Ein Fahnder von der Gebühreneinzugszentrale. Nach unseren Informationen war er bei Ihnen, kurz bevor er verschwand.«

»Deswegen waren schon Kollegen von Ihnen hier.«

»Richtig, aber es sind neue Erkenntnisse aufgetaucht. Darf ich vielleicht hereinkommen?«

Morlov zögerte einen Moment, dann machte er eine einladende Handbewegung.

Dora setzte sich auf den Stuhl, auf dem vorher der Graue gesessen hatte. Sie holte sich einen Notizblock hervor.

»Sie sind nicht wegen diesem GEZ-Typen hier«, sagte Morlov.

Dora blickte ihn überrascht an.

»Paul Skamper hat Sie geschickt. Wahrscheinlich hat er Sie gebeten, mir etwas auf den Zahn zu fühlen.«

»Wie kommen Sie darauf?«

»Sie sind die Ex-Frau von Paul Skamper. Der GEZ-Typ interessiert Sie doch gar nicht. Außerdem soll der sich doch nach Tschechien abgesetzt haben.«

Dora wusste einen Moment nicht, was sie sagen sollte.

»Aber sagen Sie Skamper, dass ich ihm deswegen nicht böse bin. Ich hätte wahrscheinlich dasselbe gemacht an seiner Stelle.«

Dora schwieg noch immer.

»Was hat er Ihnen denn von mir erzählt?«, fragte Morlov.

Dora zögerte einen Augenblick. Dann beschloss sie, ganz offen zu sein. Diesem Mann etwas vorzumachen, hatte keinen Sinn. »Er glaubt, dass Sie etwas mit diesen dubiosen Vorgängen in der Geocaching-Szene zu tun haben. Und dass Sie das Artefakt haben.«

Morlov lehnte sich zurück und lächelte. »Welches Artefakt?«

»Sie wissen, wovon ich rede.«

»Wenn Sie nach dem Artefakt suchen, Sie können sich hier gerne umsehen, bitte.« Morlov machte eine einladende Handbewegung, doch Dora ging nicht darauf ein.

»Er hat auch gesagt, Sie hätten ihm gegenüber einen Mord zugegeben.«

Morlov sah sie lange an. Er lächelte immer noch. Er lehnte sich nach vorne. »Und Sie glauben ihm?«

»Ich frage Sie nur, ob das wahr ist.«

»Es ist richtig, dass wir über einen Mord gesprochen haben. Es ging allerdings um den Mord, den er begangen hat.«

Dora schluckte. Der Kerl ist völlig durchgedreht, hatte sie Skamper gewarnt. Bisher hatte sie mit einem ruhigen, sachlich wirkenden Mann gesprochen. Und doch war etwas an ihm, das sie an Skampers Worte denken ließ. Sie hatte die Jacke nicht abgelegt, obwohl es in der Küche angenehm warm war. Doch sie spürte ein leichtes Frösteln. »Das müssen Sie mir schon genauer erklären«, sagte sie.

Morlov ging nicht auf ihre Frage ein. »Nach dem Gespräch mit Skamper habe ich mir oft gedacht, wie es für Sie gewesen sein muss, als er endlich zurückgekommen ist. Sie haben ihn gesehen, und Sie hatten nur ein Gefühl: dass ein anderer vor Ihnen stand. Ein ganz anderer Mann, nicht der Mann, der Sie vor Jahren verlassen hatte. Noch heute ist er ein anderer. Etwas von ihm ist im Dschungel geblieben. Es ist immer noch dort, er ist niemals ganz zurückgekehrt.«

Er spielt Psychospielchen mit dir, warnte eine Stimme Dora. Doch ihre Kehle war trocken, es war, als hätten seine Worte etwas in ihr berührt, was sie seit Jahren versucht hatte, zu vergessen.

»Er hat nie über das gesprochen, was damals passiert ist. Es gab Zeitungsberichte, es gab dieses Buch mit seinen hässlichen Andeutungen, aber Ihr Mann hat dazu geschwiegen. Und das alles wegen eines lächerlichen Artefakts. Und Sie wollen mir erzählen, Sie würden wegen dieses Artefakts Nachforschungen anstellen? Sie hassen dieses Artefakt. Es hat Ihr Leben zerstört.«

Dora zwang sich, ganz ruhig zu bleiben. Nicht auf die in ihr aufkommenden Gefühle zu achten. Doch ihr Herz raste.

»Was ich mit Paul Skamper besprochen habe, war ein Gespräch unter Freunden. Ja, wir sind Freunde, Ihr Ex-Mann und ich sind Freunde.« Morlovs Stimme hatte sich verändert. Als wäre er selbst erstaunt über das, was er sagte.

Dora gab sich einen Ruck, als müsste sie zurückkehren aus einem Traum. Du musst sachlich bleiben, dachte sie. Du bist eine Polizistin, die einen Fall untersucht. »Kennen Sie einen Berthold Markoven?«, fragte sie.

»Ich hab den Namen noch nie gehört.«

»Markoven ist vor zwei Tagen gestorben. Er wollte mit Ihnen Kontakt aufnehmen. Markoven ist ein pensionierter Kriminalbeamter, der jedoch immer noch an einem Fall gearbeitet hat, den er nicht lösen konnte.«

»Und was habe ich damit zu tun?«

»Markoven glaubte, einem ehemaligen Stasikiller auf der Spur zu sein.«

»Und er war der Meinung, ich sei das gewesen?«

Dora zögerte einen Moment. »Er glaubte, dass Sie etwas wissen.«

»Wie ist er denn gestorben?«

»Ein Herzinfarkt«, sagte Dora. Sie ärgerte sich. Sie benahm sich wie eine Anfängerin. Er fragte sie aus, nicht sie ihn. Und jetzt gab sie auch noch zu, dass sie im Grunde nichts in der Hand hatte.

Morlov nickte mehrmals, sagte aber nichts dazu. »Haben Sie denn Paul Skamper jemals gefragt, was in Kolumbien geschehen ist?«

Dora spürte, wie verkrampft ihre Hand war, die den Stift hielt. Warum hörte er nicht auf, immer wieder auf diese Geschichte zurückzukommen?

Sie hätte nicht allein zu ihm gehen sollen. Aber Schmidt hatte keine Zeit gehabt. Außerdem war das hier eher privat. Sie hatte nichts, aber auch nichts gegen Morlov in der Hand. Außer dem, was ihr Paul Skamper erzählt hatte. »Darum geht es hier nicht«, sagte sie.

»Es geht nur darum«, sagte Morlov. »Sie machen ihm heute noch Vorwürfe, weil er nie etwas erzählt hat. So ist es doch. Aber vielleicht hat er nichts erzählt, weil Sie nie gefragt haben. Und Sie haben ihn nie gefragt, weil Sie Angst hatten. Angst vor dem, was er sagen würde.«

Dora musste raus hier. Dieser Morlov spielte mit ihr, machte Andeutungen, tat so, als wisse er alles über damals. Als wäre er der Ermittler und sie die Verdächtige.

Sie steckte ihren Notizblock ein. »Ich glaube, es hat nicht viel Sinn, sich weiter zu unterhalten.« Sie stand auf. »Vielen Dank für Ihre Hilfe.« Die übliche Floskel nach der Vernehmung eines Zeugen. Dora redete wie ein Automat. Morlov sah sie forschend an, sagte aber nichts. Stumm begleitete er sie zur Haustür, hielt sie für sie auf und sah ihr nach, wie sie zu ihrem Auto ging.

Dora hatte sich die ganze Zeit unter Kontrolle. Doch im Auto fiel die Maske ab. Sie zitterte auf einmal, es kostete sie Mühe, nicht einfach loszuheulen. Sie steckte den Zündschlüssel ein und startete den Motor.

•

Skamper saß vor dem Computer, als das Telefon klingelte. Er nahm den Hörer in die Hand und drückte das Freizeichen. »Ja.«

»Hallo, hier ist Dora.«

»Und, hast du etwas über Morlov rausgekriegt?«

»Ich war vorhin bei ihm.«

Skamper war überrascht. Dass sie gleich zu ihm fahren würde, hatte er nicht erwartet. »Und?«

»Er ist wirklich etwas seltsam. Er hat natürlich alles abgestritten, oder besser gesagt, ist nicht darauf eingegangen.«

»Das war zu erwarten.«

»Sag mal, was hast du ihm eigentlich alles erzählt?«

Skamper atmete aus. Hatte dieser Morlov seine Tour auch bei Dora abgezogen? Die Tour des allwissenden Sehers. »Gar nichts, ich habe gar nichts erzählt. Er hat geredet. Er reimt sich da etwas zusammen, ich weiß nicht, wie er das macht. Ich kenne ihn überhaupt nicht.«

»Er nennt dich seinen Freund.«

»Diese Freundschaft ist etwas einseitig.«

Dora schwieg.

»Bist du noch dran?«

»Ja.«

»Worüber hat er denn gesprochen?«

»Von deiner Zeit in Kolumbien. Er hat geredet, als wäre er dabei gewesen.«

»Er hat keine Ahnung. Er war nicht dabei, niemand war dabei. Nur ich weiß, wie das gewesen ist.«

»Du hast es mir nie erzählt.«

Skamper schwieg einen Moment. »Vielleicht werde ich das irgendwann mal. Aber darum geht es doch überhaupt nicht. Es geht darum, dass dieser Simon Morlov vielleicht wirklich der ist, den Markoven gesucht hat. Hat man denn etwas über Markovens Tod herausgefunden?«

»Nichts Neues. Es wird auch keine Obduktion geben.«

Skamper schwieg. Er trat auf der Stelle.

»Ich werde mich trotzdem weiter umhören, wegen Morlov«, sagte Dora.

Sie scheint mir doch zu glauben, dass mit diesem Morlov etwas faul ist, dachte Skamper. »Tu das, ich kann nichts anderes tun, als hier zu warten, dass er Kontakt aufnimmt.«

»Ruf mich an, wenn er sich meldet.«

»Werde ich.«

»Mach's gut«, sagte sie.

»Du auch«, sagte Skamper. Er legte das Telefon zurück auf den Tisch. Es war lange her, dass sie so miteinander gesprochen hatten.

Skamper sah wieder auf den Bildschirm. Das E-Mail-Programm blinkte. Eine neue Nachricht. Er öffnete das Programm.

Eine Nachricht von Morlov. Der Link zu einem Cache. Skamper starrte gebannt auf den Schirm.

•

»Es kommt nicht in Frage, dass eine von euch mitkommt.«

Skamper saß am Frühstückstisch mit einer Kaffeetasse in der Hand. Eine Tasse, auf der Goofy abgebildet war, der sich in Clinch mit einem bulligen Hund befand.

Skamper gegenüber saßen Arabella und Jasmin.

Arabella hatte ihren alpinblauen Pyjama an, auf dem Haifische aufgedruckt waren. Sie stellte sich wahrscheinlich vor, dass so der Pyjama einer Privatdetektivin auszusehen hatte. »Aber du hast mir den Auftrag gegeben, das Artefakt zu finden. Und jetzt willst du, dass ich mich raushalte. Gerade dann, wenn es interessant wird.«

»Gerade dann, wenn es gefährlich wird.«

»Warum soll diese Suche gefährlich werden?«

Skamper schwieg einen Moment, rührte in seinem Kaffee. »Ich habe mit dem Typen gesprochen, der diesen Cache gelegt hat. Ich habe ihn kennengelernt. Und ich weiß, dass er gefährlich ist.«

Arabella sah erstaunt zu Jasmin. »Aber davon hast du nichts erzählt. Du hast uns wichtige Infos nicht gegeben.«

»Ich wusste ja bis vor kurzem noch nicht, dass sie so wichtig sind. Aber ich möchte auf keinen Fall, dass ihr bei dieser Suche dabei seid.«

»Aber gerade wenn es so gefährlich ist, sollten wir dabei sein. Was ist, wenn dir da etwas passiert und niemand weiß, wo du überhaupt steckst?«

Skamper schüttelte den Kopf. »Ich sag euch doch, das ist nicht ein Spaziergang mit einer kleinen Schnitzeljagd. Der Kerl ist so durchgedreht, dass es nicht mehr feierlich ist.«

»Und warum gehst du dann nicht zur Polizei?«, fragte Arabella.

»Genau, du könntest Mami Bescheid sagen.«

Skamper sah seine Tochter müde an. Er zögerte, er dachte an das Telefongespräch mit Dora. Er hatte ihr nichts von Morlovs Mail erzählt. Er wusste nicht, warum. Irgendwie hatte er das Gefühl, das wäre eine Sache, die nur ihn und Morlov anging. »Ich will sie da nicht mit reinziehen. Das hier ist etwas, das ich allein durchziehen muss. Ich will nicht, dass Dora damit zu tun hat. Es ist einfach zu gefährlich.«

»Aber gerade wenn es gefährlich ist, brauchst du einen Profi«, sagte Jasmin.

Skamper lächelte.

»Aber wir könnten doch wenigstens in deiner Nähe sein«, sagte Arabella. »Und wenn irgendwas ist, sendest du uns ein Zeichen per SMS.«

Skamper überlegte. »Das ist vielleicht gar nicht so dumm. Aber ihr müsst mir versprechen, dass ihr euch nicht einmischt.«

»Großes Indianerehrenwort«, sagte Arabella.

•

Susanne Winter saß am Tresen des Spielzeugmuseums. Sie sah auf die Uhr. Viertel vor sechs. Noch fünfzehn Minuten, dann würde das Museum schließen.

Im Museum gab es nur noch einen Besucher. Es war den ganzen Tag nicht viel los gewesen. Das Wetter war einfach zu gut, um ins Museum zu gehen.

In diesem Moment kam der letzte Gast aus den Ausstellungsräumen zurück. Ein Amerikaner, beim Kauf der Eintrittskarte war sie mit dem großen Mann ins Gespräch gekommen. Er hatte erzählt, dass er Verwandte in Nürnberg habe und seit zwei Wochen hier sei.

Er hatte eine Halbglatze und trug hellblaue Jeans und ein Shirt mit einem Konterfei von Barack Obama.

Der Amerikaner nickte ihr zu und blieb an dem Stand mit den Ansichtskarten stehen.

»Und, wie hat es Ihnen gefallen?«, fragte sie.

Der Mann sah zu ihr. »Oh, ja, sehr schön, *very nice.*« Er lächelte, dann kam er zu ihr und legte eine Postkarte auf den Tresen. Er holte eine Geldmünze aus einer Jackentasche und legte sie daneben. Susanne Winter gab ihm das Wechselgeld zurück.

»Es ist nur«, sagte er dann. Er stockte, sie sah ihn fragend an. »In dem Saal hinten, da wo die Bären sind und die alten Schreibmaschinen. Da riecht es komisch. *It smells strange.*«

Susanne Winter sah ihn erstaunt an.

»Aber sehr schön«, sagte der Amerikaner. Er nickte ihr noch einmal zu und ging dann die Treppe hoch zum Ausgang.

Susanne Winter sah wieder auf die Uhr. Noch zehn Minuten. Jetzt würde sicher niemand mehr kommen. Sie stand auf. Das mit dem komischen Geruch musste sie überprüfen.

Der Amerikaner hatte recht. Sie stand jetzt vor dem großen Tisch im großen Ausstellungssaal. Es roch penetrant. Vielleicht eine tote Maus, dachte sie.

In ihrer Wohnung war eine einmal eine tote Maus im Hohlraum hinter der Flurwand gewesen, wo die Kabel verliefen. Es hatte Wochen gedauert, bis der Gestank verschwunden war.

Es kam von der Rückseite des Tisches. Dort saß ein großer, schwarzer Bär, dem man eine Brille aufgesetzt hatte.

Sie ging näher. Ja, es kam von dem Bären. Sie nahm ihn in die Hand. Komisch, er war sehr schwer in ihrer Hand. Der Geruch stieg ihr in die Nase, es war kaum auszuhalten. Sie drehte den Bären ein wenig, dann sah sie es. Ein Riss an der rechten Seite, der notdürftig mit einem weißen Faden zusammengenäht war. Jemand hatte sich an dem Stofftier zu schaffen gemacht.

Sie zog an dem weißen Faden, der sofort aufging. Es war ganz einfach, das Fell zu öffnen. Im Innern war etwas. Ein Gesicht sah sie an. Ein abgeschnittener Kopf. Susanne Winter fing an zu schreien.

Sie ließ den Bären fallen und auf dem Boden rollte der Schädel heraus und blieb liegen.

Es war der Kopf von Birdy, er hatte den Mund leicht offen, als wollte er immer noch weiterreden, und Susanne Winter hörte nicht auf zu schreien.

•

Skamper drehte den Schlüssel und öffnete die Schublade seines alten Schreibtisches. Darin lag ein Revolver. Skamper blickte lange auf die Waffe, dann nahm er sie in die Hand. Er hatte sie seit Jahren nicht mehr angerührt. Er öffnete die Trommel, noch vier Kugeln, zwei Kugeln waren irgendwo im Dschungel Kolumbiens.

Als er von der Expedition zurückgekommen war, hatte er sich vorgenommen, den Revolver nie wieder in die Hand zu nehmen. Aber es wäre ein Wahnsinn, heute ohne Waffe loszuziehen.

Neben dem Revolver lag ein Schulterhalfter. Er nahm ihn heraus und legte ihn an. Dann schob er die Waffe hinein. Er nahm sich noch ein paar Ersatzpatronen und schloss die Schublade wieder.

Im Haus war es still. Arabella und Jasmin schliefen noch. Sie waren gestern auf einer Party gewesen und spät nach Hause gekommen.

Skamper überlegte kurz, ob er sie wecken sollte. Er hatte gesagt, er würde ihnen Bescheid geben, sobald er aufbrechen würde. Doch er war ganz froh, dass beide fest schliefen. Er wollte sie nicht in diese Sache hineinziehen.

Außerdem war ihm klar, dass er das Artefakt nur zurückbekommen würde, wenn er allein ging. Und er musste es zurückhaben. Ohne das Artefakt hatte er das Gefühl, dass die ganzen Jahre, die er nach Schätzen gesucht hatte, vergeblich gewesen waren. Er hatte für die Suche seine Familie zurückgelassen, hatte seine Ehe zerstört, hatte einen Freund getötet. Und zurückgekommen war er nur mit dem Artefakt. Aber dieses Artefakt barg in sich die Möglichkeit, dass er etwas Außerordentliches gefunden hatte. Er musste nur dahinterkommen, was diese seltsamen Punkte im Inneren des Steins für eine Bedeutung hatten. Das Artefakt war ein Fluch und ein Versprechen.

•

Etwas klingelte. Arabella wälzte sich in ihrem Bett. Sie fühlte sich zerschlagen. Noch ein Viertelstündchen Schlaf, gerade hatte sie so einen schönen Traum gehabt, aber das Klingeln ließ nicht locker. Hatte sie gestern vergessen, den Wecker abzustellen? Aber nein, das war ein anderes Klingeln. Ihr Wecker machte Klängeläng, Klängeläng, Klängeläng, während das hier ein hässliches Rattern war, als würde ein Lastwagen über eine Fahrradklingel fahren und diese ihre letzten Geräusche von sich geben.

Das Telefon läutete. Jetzt fiel es ihr wieder ein, sie hatte gestern noch spät telefoniert mit dem Typen, den sie auf der Party kennengelernt hatte. Und dann hatte sie das Telefon neben ihrem Bett liegen lassen und nicht wieder in die Basisstation unten im Flur gesteckt.

Das Telefon hörte nicht auf zu klingeln. Arabella griff mit der Hand danach. »Hallo«, sagte sie schlaftrunken.

Das Telefon klingelte weiter. Arabella drückte auf das grüne Hörersymbol. »Hallo«, sagte sie nochmals.

»Hier ist Dora, ist Paul da?«

»Paul, ich weiß nicht, ich schlaf eigentlich noch.«

»Könntest du vielleicht mal nachsehen?« Doras Stimme klang ungeduldig.

Langsam richtete sich Arabella auf. Ein Teil von ihr schlief noch, hing immer noch ihren Träumen nach. Aber während sie nach unten in die Küche schlurfte, um zu sehen, ob Skamper da war oder vielleicht eine Nachricht hinterlassen hatte, wurde sie mit jedem Schritt wacher. »Was ist denn los?«, fragte sie. »Ist irgendetwas passiert?«

Dora zögerte einen Moment. »Ja«, sagte sie dann leise.

Arabella war mit einem Mal hellwach. Sie kam gerade in die Küche und sah auf die Uhr. Halb elf. Sie hatte verschlafen. Und heute war doch der Tag, an dem Paul auf Cachingtour gehen würde. Er hatte versprochen, ihr vor seinem Aufbruch Bescheid zu geben.

Aber als sie den Zettel auf den Küchentisch entdeckte, ahnte sie, dass er schon weg war. »Was ist passiert?«, fragte sie.

»Man hat im Spielzeugmuseum einen abgeschnittenen Kopf entdeckt. In einem Stoffbären, genau auf dem Platz, wo Paul den toten Kommissar gefunden hat.«

»Einen echten Kopf?«

»Ja.«

Arabella war elektrisiert. Also doch, der erste Beweis dafür, dass sie recht hatten. Dass sie nicht die ganze Zeit einem Phantom hinterhergejagt waren.

Ihre Gedanken rasten durch den Kopf, während sie die Nachricht auf dem Zettel las.

»Was ist jetzt mit Paul?«, tönte es aus dem Hörer.

»Der ist weg, ohne Bescheid zu geben. Und heute ist doch der Tag, wo er diesen Cache finden will. Er hat auf einen Zettel was geschrieben. ›Komme heut spät zurück. Wartet nicht mit dem Essen auf mich.‹ Nicht mal 'ne Unterschrift steht da.«

»Mist«, sagte Dora.

»Er hätte mir ruhig Bescheid geben können.«

»Was ist das für ein Cache, den er finden wollte?«

»Wir haben uns noch gestern darüber unterhalten. Er wollte nicht, dass wir mitgehen. Er hat gesagt, es wäre zu gefährlich.«

»Ich bin in einer halben Stunde bei euch.«

•

Morlov saß an einem Tisch in der Ecke des Restaurants und hielt sein Wasserglas in die Höhe. »Da ist ein Fleck. Sehen Sie?

Und ich soll aus so einem schmutzigen Glas trinken. Ist dieses Restaurant hier ein Saustall?«

Der bullige Kellner beugte sich vor und blickte auf das Glas, das Morlov ihm vor die Nase hielt.

»Da muss ein neues Glas her, aber dalli.«

Der Kellner war einsneunzig groß. Ein Kerl wie ein Stier, ein breiter Nacken, dem der Hals abhandengekommen war, der Kopf schien direkt auf dem Rumpf zu sitzen. Sein Schädel war blank wie eine polierte Holzkugel und irgendwie zu klein für den mächtigen Körper. Die platte Nase ragte schief aus dem Gesicht und zwei kleine Äuglein glotzten auf das Glas vor ihm. Die schwarze Oberjacke über dem weißen Hemd spannte, sie würde bei einer schnellen Bewegung reißen. Er sah jetzt Morlov an. In seinen Augen blitzte es, als wollte er sich im nächsten Augenblick auf den Gast stürzen. Doch dann nahm er das Glas in die Hand. »Wie Sie wünschen«, sagte er.

Morlov lächelte kaum merklich und sah dem Glatzkopf nach, wie er mit dem Glas breitbeinig zur Theke ging.

Dort stand der Wirt. Er hatte sich auf den Tresen gestützt, ein kleiner, verschlagen aussehender Mann. Sein Gesicht erinnerte an eine Bulldogge, als hätte man die Kopfhaut abgerissen und schief und provisorisch wieder aufgeklebt. Mit tief eingegrabenen Falten und einer breiten Nase, die genauso platt war wie die des Kellners.

Der Kellner beugte sich nach vorne zu der Bulldogge, flüsterte etwas, dann nahm er Morlov ins Visier, der ihn kalt lächelnd fixierte. Der Wirt riss dem Glatzkopf das Glas aus der Hand. Er holte ein neues, hielt es gegen das Licht, dann füllte er es wieder mit Wasser und reichte es dem bulligen Kellner, der damit zu Morlov trottete.

Der Glatzkopf stellte das Glas auf den Tisch vor Morlov. Morlov sah darauf, blickte dann den Kellner an. »Die Sauberkeit lässt sehr zu wünschen übrig hier«, sagte er. »Dabei ist Sauberkeit das A und O, wenn Sie heute mit einer Gaststätte erfolgreich sein wollen. Sagen Sie das Ihrem Chef. Es ist kein Wunder, dass sich niemand hierher verirrt.«

Morlov ließ seinen Blick durch den Raum schweifen. Eine einfache Gaststube mit großen, braunen Holztischen und wuchtigen Stühlen. An den Wänden hingen Landschaftsbilder von ausgesuchter Hässlichkeit und über dem Tresen war ein Schild angebracht: »Wer den Wirt hier kränkt, wird aufgehängt.«

Außer Morlov gab es nur noch einen Gast. Ein Mann, etwa Mitte vierzig, der seinen unförmigen Körper nur mühsam hinter einen der Tische gezwängt hatte. Sein fetter Hintern quoll über die Lehne und stellte die Stabilität des Stuhls auf eine harte Probe. Die Haare sahen aus, als wäre er bei einer Putzfrau eingebrochen und hätte den erstbesten Lappen als Perücke zweckentfremdet, und die riesigen Schwitzflecken unter seinen Achseln hielten die Schmeißfliegen fern, die sich sonst überall im Raum befanden.

Der Typ saß in der Morlov gegenüberliegenden Ecke und glotzte stumpfsinnig auf das Glas Bier vor ihm. Doch Morlov wusste, dass er ihn die ganze Zeit beobachtete.

Morlov fuhr mit seinem Finger über die staubige Tischplatte und hielt ihn dem glatzköpfigen Kellner vor die Nase. »Was ist das?«, fragte er.

Der Kellner sah auf den Finger. »Staub.«

»Natürlich Staub. Aber es ist noch viel mehr. Es ist ein Zeichen. Ein Zeichen dafür, wie in diesem Laden mit Hygiene umgegangen wird. Sie waren doch sicher für die Sauberkeit des Tisches zuständig. Und ich muss sagen, Sie haben Ihre Arbeit nicht gut gemacht. Keine gute Arbeit. Sie denken vielleicht, Sie könnten sich das erlauben, Sie bekommen ja sowieso Ihr Geld, aber da täuschen Sie sich. Ich kann Ihnen schon jetzt sagen, von mir bekommen Sie kein Trinkgeld. Trinkgeld gebe ich nur, wenn ich mit dem Ambiente und mit der geleisteten Arbeit zufrieden bin. Und das bin ich nicht. Das hier ist ein Saustall und Sie scheinen mir das Oberschwein zu sein.« Morlov beugte sich nach vorne und rief in Richtung des Wirts am Tresen, der die Szene die ganze Zeit beobachtete. »Sie sollten den Kerl da rausschmeißen und sich jemand aus dem Osten holen. Einen Ossi oder eine Polin. Die würden ganz anders arbeiten, da würde ein bisschen Schwung in den Laden kommen.«

Das Bulldoggengesicht am Tresen blickte stur in Morlovs Richtung. Kein Zucken in seinem Gesicht verriet, was er dachte.

Auch der Kellner vor Morlov reagierte nicht. »Wünschen Sie vielleicht etwas zu essen?«, fragte er.

»Ob ich was zu essen wünsche? Na, es wird Zeit, dass Sie fragen. Glauben Sie, ich bin nur hier, um das Ambiente dieses Saustalls auf mich wirken zu lassen?«

»Dann werde ich Ihnen die Speisekarte bringen.« Der bullige Kellner trottete wieder zum Tresen, nahm eine der auf der Theke liegenden Karten und brachte sie ihm. Morlov nahm sie vorsichtig in die Hand. Er hielt sie, als wäre sie mit dem Ebola-Virus verseucht.

»Mann, habt ihr die im Schweinestall aufbewahrt?« Morlov sah sich die Karte genauer an. Er studierte sie, obwohl er wusste, dass er sowieso nichts essen würde.

•

Skamper setzte das Fernglas ab. Er stand am Waldrand auf einer kleinen Anhöhe, versteckt hinter einer großen Fichte. Seit einer halben Stunde beobachtete er das Gasthaus, das im Tal lag. Die einzige Zufahrtsstraße war wegen Bauarbeiten gesperrt gewesen. Ein Schild hatte darüber informiert, dass das Gasthaus geschlossen sei. Skamper hatte das Auto in einem Feldweg abgestellt und war durch den Wald hierher gelaufen, wo er einen ausgezeichneten Ausblick auf den Gasthof hatte.

Auf dem Parkplatz hinter dem Lokal parkten fünf Autos. Am Eingang stand ein Mann in einem schwarzen Anzug, der eine Zigarette rauchte. Vielleicht jemand, der den Eingang bewachte. Vielleicht aber auch nur ein Gast, der zum Rauchen vor die Tür gegangen war. Die Gaststätte war nicht geschlossen, mit dem Fernglas konnte Skamper sehen, dass sich hinter den Fenstern etwas tat. Was ging dort vor? Warum hatte ihn Morlov ausgerechnet hierher bestellt?

Skamper überlegte. Im Grunde sah alles harmlos aus. Vielleicht hatte ja Morlov auch andere Geocacher informiert, vielleicht stellte sich heraus, dass Morlov nicht mehr war als ein harmloser Geocacher, der zwar so durchgedreht war, ihm das Artefakt zu klauen, aber nicht der gefährliche Killer war, von dem Markoven gesprochen hatte.

Er würde sich das Ganze mal von Nahem ansehen.

•

Arabella saß vor Skampers Computer und blickte mit angestrengtem Gesicht auf den Bildschirm. Das Mailprogramm verlangte ein Kennwort. Sie hatten schon die verschiedensten Wortkombinationen durchprobiert, bisher ohne Ergebnis.

»Wir haben im Präsidium einen Computerspezialisten, der würde das sicher knacken, aber der ist zur Fortbildung in München.« Dora hatte sich in einen Korbstuhl neben Arabella gesetzt. Auf der anderen Seite saß Jasmin.

»Hast du es noch mal mit dem Handy versucht?«

»Er hat es ausgeschaltet«, sagte Dora.

»Verdammt noch mal, warum hat er bloß nichts gesagt«, sagte Jasmin.

»Du kennst ihn doch.«

»Wer konnte auch ahnen, dass das mit den Leichenteilen nicht nur ein blödes Gerücht war.«

»Ich hätte vielleicht von Anfang an mehr machen sollen«, sagte Dora leise.

»Jetzt mach dir keine Vorwürfe. Er ist einfach so stur, warum will er diese Sache unbedingt allein durchziehen?«

Dora biss sich auf die Lippen. »Versuch es mal mit ›Jasmin‹«, sagte sie zu Arabella.

Arabella blickte sie überrascht an. Dann tippte sie den Namen und drückte »Enter«. Einen kurzen Moment geschah nichts, dann öffnete sich das Programm und Skampers letzte E-Mail-Nachrichten wurden angezeigt.

•

Skamper hatte sich von der Rückseite des Gebäudes angeschlichen. Er war schon einmal vor Jahren hier gewesen und wusste, dass es einen Hintereingang gab. Durch ein Fenster hatte er in den Raum gesehen. Die Szenerie hatte harmlos auf ihn gewirkt. Morlov allein an einem Tisch in einer fast leeren Wirtsstube. Doch als Skamper den Raum über die Hintertür betrat, spürte er sofort, dass etwas nicht stimmte. Alle Augen waren auf ihn gerichtet. Der Bulle von Kellner starrte ihn an, als wäre er ein Aussätziger, und der Kerl mit dem Bulldoggengesicht hinter der Theke hatte dasselbe ungläubige Glotzen im Gesicht wie der Fettwanst am Ecktisch. Der Einzige, der nicht glotzte, war Morlov. Er lächelte, als er ihn sah.

»Grüß Gott«, sagte Skamper und die Worte fielen in die Stille wie ein schwerer Stein in einen Brunnen.

Niemand sagte etwas. Skamper ging die wenigen Schritte zu Morlovs Tisch und setzte sich seitlich zu ihm. Morlov sah ihn an, sagte kein Wort. Der Kellner und der Wirt rührten sich nicht, blieben regungslos am Tresen stehen. Skamper spürte ihre Blicke auf sich wie Feuerstrahlen.

»Was ist hier los?«, fragte Skamper. Er hatte unwillkürlich leise gesprochen. Noch immer blickten alle auf ihn.

Der Kellner wechselte einen Blick mit der Bulldogge, dann richtete er sich auf und kam zu Skampers Tisch. »Was wünschen Sie?«, fragte er.

»Ein Glas Wasser«, sagte Skamper. Der Bulle nickte und bewegte sich wieder zur Theke.

Sie warteten, bis der Kellner das Wasser eingeschenkt hatte. Die ganze Zeit war es still, eine konzentrierte Aufmerksamkeit war im Raum, so dass Skamper ein Kribbeln auf der Haut verspürte. Die Szenerie wirkte wie die eine quälende Sekunde vor der Explosion, der Moment, kurz bevor der Vulkan ausbricht und seine glühende Lava über die Stadt ergießt.

Der bullige Kellner stellte das Glas vor Skamper ab, blieb einen Moment stehen, als würde er auf etwas warten, und ging dann wieder.

Skamper rührte das Glas nicht an. Er blickte starr zu Morlov hinüber. Skamper hatte keine Lust mehr auf die Spielchen. »Wo ist das Artefakt?«, fragte er.

Morlov schüttelte den Kopf. »So einfach geht das nicht.«

»Oh doch. Sie geben mir das Artefakt und ich verschwinde wieder. Und wir vergessen alles andere.«

Morlov lächelte wieder. Er beugte sich vor. »Man wird Sie nicht so einfach gehen lassen.«

»Und warum nicht?«

»Nun, Sie haben sicher schon bemerkt, dass die Bedienung hier lausig ist. Unprofessionell und ungeschickt. Das hat einen ganz einfachen Grund. Der Kellner hat keine Ahnung vom Kellnern, genauso wenig wie der Wirt weiß, wie man eine Gaststätte führt. Alle im Raum hier, außer Ihnen und mir, sind bezahlte Killer. Und sie haben nur einen Auftrag. Der lautet, mich zu töten. Aber natürlich werden sie auch jeden Zeugen umbringen.« Morlov saß immer noch vornübergebeugt und sah Skamper an.

Skamper schluckte, aus den Augenwinkeln beobachtete er die beiden Männer, die am Tresen standen und so taten, als würden sie ein Gespräch führen. Dann ging sein Blick zu dem dicken Mann mit den wirren Haaren am anderen Ende des Saals, der sein Glas hob und unendlich langsam einen Schluck davon nahm. »Und warum hat man Sie nicht schon lange umgebracht?«

»Weil die wichtigste Person, der Auftraggeber dieser Killer, noch nicht hier ist. Auf ihn warten wir hier alle.«

Skamper blickte sich um. War das wieder eine dieser idiotischen Geschichten von Morlov? Was er sah, waren ein bulliger Kellner und ein Wirt an der Theke, die stumpfsinnig vor sich hin glotzten. Dann blickte er zu dem Mann in der Ecke. Der wandte den Blick ab. Skamper erkannte die Ausbuchtung in seiner Hosentasche, wo er offensichtlich eine Waffe einstecken hatte. Auf einmal sah er all die Kleinigkeiten, die ihm normalerweise nicht aufgefallen wären. Dass das Besteck nicht richtig angeordnet war, dass das Kalenderblatt an der Wand den gestrigen Tag anzeigte. Sein Hals war trocken und er nahm einen Schluck von dem Wasser vor ihm.

In diesem Moment erschien ein Mann an der Tür.

Er trat in den Raum, doch als sein Blick auf Skamper fiel, blieb er stehen.

Mitten in der Bewegung, so dass er irgendwie albern aussah, mit einem Bein vorne, das andere hinten, einen Arm abgewinkelt, als würde er als grünes Ampelmännchen posieren.

Verdammt, ich kenne diese Witzfigur, dachte Skamper. Aus dem Fernsehen.

Der Mann an der Tür trug Weiß. Weißer Anzug, weißes Hemd, weißer Hut. Der einzige Farbtupfer war eine rote Rose, die in seiner Hemdtasche steckte.

Er stand da und glotzte wie eine Kuh auf Skamper. Dann sah er zu den Männern an der Theke. Die blickten ihn starr an. Mit Skamper hatte offenbar niemand gerechnet.

»Wenn ich ihn erschieße, sollten Sie in Deckung gehen«, sagte Morlov leise zu Skamper, während er unverwandt zur Tür starrte.

Der Mann in dem weißen Anzug hatte sich endlich gefasst, er löste die starre Pose auf und ging an den Tisch, an dem Skamper und Morlov saßen. »Du hast jemand mitgebracht«, sagte er.

»Ein guter Freund«, sagte Morlov. Er ließ den Mann nicht aus den Augen.

Der sah auf den einzigen Stuhl an dem Tisch, der noch frei war. Morlov hatte seinen Platz sehr sorgfältig gewählt. Nicht weit von ihm war ein Ausgang, der in einen Nebenraum führte. Eine Möglichkeit, sehr schnell in Deckung zu gehen. Und der einzige freie Platz am Tisch befand sich genau in der Schusslinie, die vom Tresen zu Morlov verlief. Wenn sich der Mann darauf setzte, würde er mit dem Rücken zur Theke sitzen und den beiden Killern dort den Blick auf Morlov nehmen. Er zögerte, blickte wie hilfesuchend zum Nebentisch, wo vier leere Stühle um einen Tisch standen. Aber dann setzte er sich langsam und vorsichtig auf den freien Stuhl an den Tisch von Morlov und Skamper.

Er rutschte ein Stück zur Seite, als wolle er näher bei den beiden anderen sein. Morlov sah zu Skamper. »Er heißt Stefan Panzer. Sie kennen ihn vielleicht aus dem Fernsehen. ›Maulaffen‹. Eine Talkshow für Idioten.«

Panzer lachte gekünstelt. »Er ist so witzig, unser Simon«, sagte er.

Panzer blickte zu dem bulligen Kellner am Tresen. »Könnten Sie mir ein Wasser bringen?«

Der Mann nickte. Er schenkte ein Glas voll und kam dann angeschlurft, stellte das Glas stumm vor Panzer.

Panzer nahm es in die Hand, trank aber nichts. Er wirkte nervös. Skamper sah, dass sich auf seiner Stirn kleine Schweißtropfen bildeten.

»Und wie geht es dir?«, fragte Panzer.

Morlov sah ihn stumm an. »Ich bin verärgert«, sagte er dann. »Sehr verärgert.«

Skamper blickte kurz zu den beiden Typen am Tresen, dann zu dem Mann, der immer noch stumpfsinnig vor seinem Glas Bier saß. Er konnte förmlich spüren, wie sich alle Aufmerksamkeit im Raum auf ihn und Morlov konzentrierte.

»Ach ja«, sagte Panzer unsicher. »Warum denn?«

»Weil du glaubst, du könntest mich für dumm verkaufen. Weil du tatsächlich denkst, ich würde nicht merken, was hier abläuft.« Morlov war laut geworden, die Stille nach seinen Worten hatte etwas Bedrohliches.

»So«, sagte Panzer. Er hielt sein Wasserglas so fest in beiden Händen, dass Skamper glaubte, es würde zerbrechen.

»Was läuft denn hier ab?«, fragte er.

Morlov sah ihn an, dann drehte er den Kopf, schaute zu den beiden Männern am Tresen und zu dem Mann am Eingang.

»Du hast irgendwelche Idioten engagiert, die mich umbringen sollen.«

Totenstille. Es war, als hätte jemand die Zeit angehalten. Morlov schien den Moment zu genießen.

Er fasste wieder die beiden Typen an der Bar ins Auge. »Ich wette, er hat euch beschissen. So wie ihr zwei ausseht, habt ihr euch über den Tisch ziehen lassen. Was hat er euch denn gegeben: Weniger als fünftausend? Wisst ihr, dass dieser Preis lächerlich ist? Der Letzte, den er engagiert hat, hat zehntausend bekommen. Er hat es mir selbst gesagt. Das, finde ich, ist ein anständiger Preis, aber für euch Knalltüten ist jeder Euro zu viel.«

Der bullige Kellner wirkte nervös, er blickte kurz zu dem Bulldogengesicht neben ihm.

»So blöd, wie ihr aus der Wäsche guckt, kriegt ihr wahrscheinlich nicht mal tausend.« Morlov fing unvermittelt zu lachen an. Ein lautes Lachen, das die beiden an der Theke aus dem Konzept zu bringen schien.

Panzer blickte ihn kalt an. »Es ist schon gut. Du kannst mit deiner Show aufhören …«

Panzer kam nicht dazu, weiterzureden. Der Schuss einer Pistole unterbrach seinen Satz. Skamper hatte nicht gesehen, wie Morlov die Pistole gezogen hatte, er sah nur, wie Panzer vor ihm die Augen aufriss, etwas sagen wollte, aber es ging nicht, weil ihn die Kugel mitten ins Herz getroffen hatte.

Skamper hatte einen dieser Momente, wo er glaubte, neben sich zu stehen, wo die Ereignisse eine solche Übermacht gewannen, dass sich sein Bewusstsein ausschaltete. Er sah, wie Morlov zur Seite hechtete und auf die Männer am Tresen feuerte. Alles lief ab wie in Zeitlupe und auf einmal waren alle seine Reflexe wieder da, die er früher eintrainiert hatte.

Er hatte seinen Revolver gezogen und feuerte auf die Killer, die sich hinter dem Tresen verschanzt hatten. Um ihn flogen die Kugeln, er glaubte sie zu sehen, kleine Geschosse, die auf ihn zurasten, und er stürzte hinter Morlov her, der zum Seitenausgang rannte.

Skamper hechtete in den kleinen Nebenraum, richtete sich auf und war mit einer schnellen Bewegung neben Morlov, der an der Wand bei dem Durchgang kauerte.

Auf einmal war es still. Im Nebenraum waren die Fenstervorhänge zugezogen, so dass nur durch den Durchgang Licht in das Zimmer drang. Der Raum war vielleicht dreißig Quadratmeter groß. Mit Tischen und Stühlen genau wie in dem großen Gastsaal. Es gab zwei Fenster. Sie konnten versuchen, durch eines zu entkommen. Doch Skamper war überzeugt, dass da draußen schon jemand war. Der würde nur darauf warten, sie auf der Flucht abzuknallen.

Skamper und Morlov horchten an der Wand. Aus dem Gastraum war kein Laut zu hören. Skamper lud seinen Revolver nach. Morlov sah auf die Waffe.

»Woher hast du das Ding, aus dem Museum?«, flüsterte er.

Morlov hatte ihn geduzt, aber Skamper schien das auf einmal ganz natürlich. »Er funktioniert«, sagte Skamper.

»Einen habe ich erwischt«, sagte Morlov.

»Dann sind es noch zwei.«

»In der Küche ist noch jemand.« Morlov robbte bis zum Rand des Durchgangs. Er horchte einen Moment. »Die glauben, wir warten hier auf sie«, sagte Morlov. »Aber wir werden etwas anderes tun.« Er sah zu Skamper. »Wenn ich ›los‹ sage, feuerst du in den Raum, was deine alte Knarre hergibt. Einfach nur schießen, bis die Trommel leer ist.«

Skamper nickte zum Zeichen, dass er ihn verstanden hatte. Morlov ging in die Knie, wartete einen Moment. In seinem Blick war ein irres Glück, als würde er den Tod suchen, als würde er sich auf den Augenblick freuen, wo er sich den Kugeln seiner Feinde aussetzen würde.

»Los«, sagte er.

Im nächsten Augenblick war er um die Ecke in den Raum verschwunden und Skamper drehte sich blitzschnell hin zum Durchgang, eine fließende Bewegung mit dem Revolver in der Hand, und sobald er den Tresen im Visier hatte, fing er an zu schießen, einmal, zweimal, dreimal, glaubte einen Schrei zu hören, sah Morlov wie einen schwarzen, todbringenden Schatten durch den Raum gleiten, Schuss um Schuss feuernd. Das Mündungsfeuer seiner Pistole markierte den Weg und in Skampers Ohren explodierte jeder Schuss wie eine Granate. Dann war die Trommel seines Revolvers leer und Skamper hechtete zurück hinter die schützende Wand.

Er keuchte, er hörte noch einen Schuss, dann war es still. Skamper spürte, wie sein Herz raste, er musste sich beruhigen, es war, als würde er erst jetzt wieder zu sich selbst kommen.

Er lud wieder seinen Revolver nach. Er wartete eine halbe Minute, zählte die Sekunden. Dann drehte er sich zum Durchgang und sah in den Gastraum.

Er erblickte zuerst den Kellner, der neben dem Tresen zusammengesackt auf dem Boden lag. Morlov stand in der Mitte des Raums vor dem Tisch, an dem immer noch der tote Panzer saß. Morlovs Arm mit der Pistole hing nach unten und er starrte auf einen Blutfleck auf dem Boden, als würde er darin etwas entdecken, wonach er die ganze Zeit gesucht hatte.

Skamper ging durch den Raum zu ihm, stieg über den toten Killer mit dem Bulldoggengesicht.

Als Skamper vor Morlov stand, sah dieser plötzlich auf. Alles ging so schnell, dass Skamper nicht reagieren konnte, er hatte nicht damit gerechnet, dass Morlov sich auf ihn stürzen und mit seiner Pistole niederschlagen würde. Skamper spürte einen heftigen Schmerz an der Schläfe, er sackte zu Boden.

Dunkelheit hielt ihn umfangen. Von ferne hörte er ein leichtes Rauschen, wie das Geräusch eines Ventilators an einem stickigen, heißen Tag im August. Er war weit weg, doch es interessierte ihn nicht, wo er war. Er ging durch eine Welt, deren Ränder sich wie Wellen bewegten. Alles war in Bewegung, von einer flirrenden Unschärfe, und ließ sich nicht fassen.

Die Wellenbewegungen wurden schwächer, das Bild vor ihm gewann an Konturen, wurde schärfer. Dann war das Bild fest und er erblickte über sich die Decke der Gaststätte.

Er sah Morlov, der ein paar Meter von ihm entfernt auf dem Boden saß. Skamper beobachtete ihn. Morlov aß ein Leberwurstbrot. Manchmal nahm er einen kleinen Bissen, dann kaute er lange und sorgfältig, als erforderten die Bewegungen der Kiefer seine ganze Aufmerksamkeit.

Es war tatsächlich ein Leberwurstbrot, der charakteristische Geruch stieg Skamper in die Nase. Sein Kopf schmerzte. Morlov nahm keine Notiz von ihm, er kaute immer noch an seinem Bissen.

Skamper erinnerte sich plötzlich an einen schmerzhaften Stich im Arm, er tastete mit der Hand zu der Stelle und sah eine leichte Rötung. Er saß noch immer auf dem Boden, neben ihm lag sein Revolver, Skamper nahm ihn in die Hand. Langsam robbte er näher zu Morlov, der sein Leberwurstbrot aufgegessen hatte. Er saß im Schneidersitz, als meditiere er, und blickte starr nach vorne.

»Was hast du gemacht?«, fragte Skamper.

Es schien unendlich lange zu dauern, bis Morlov den Kopf hob und Skamper ansah. Er sagte kein Wort.

»Was hast du gemacht?«, fragte Skamper noch einmal.

»Ein Gift, ich habe dir ein Gift injiziert.«

Die Worte trafen Skamper wie ein Schlag. Er fasste sich wieder an den Oberarm. Einen Moment hoffte er, dass das nicht wahr war. Dass Morlov einen Scherz machte, einen makabren, bösartigen Scherz. Aber Morlovs Blick sagte ihm, dass er nicht scherzte. Etwas verkrampfte sich in Skamper. Er brachte kein Wort mehr heraus.

»Aber du brauchst dir keine Sorgen zu machen. Du hast vier Stunden, um den *Final* zu finden. Dort sind eine Spritze mit dem Gegenmittel und dein Artefakt. Es ist ganz einfach. Du musst nur den Cache finden.«

Vier Stunden. Morlovs Worte schallten wie Hammerschläge in Skampers Kopf. »Und wo ist dieses Versteck?«

»Um das zu erfahren, musst du die letzte Prüfung bestehen.«

»Was ist die letzte Prüfung?«

»Du musst mich töten. Die GPS-Daten sind auf meiner Brust eintätowiert.«

Skamper sah ihn lange an. Morlov hielt seinem Blick stand. Er war ruhig und ernst.

»Sag mir einfach die Daten.«

Morlov schüttelte den Kopf. »So geht das nicht. Es ist eine Prüfung, die letzte und wichtigste Prüfung.«

Skamper musste auf einmal heftig atmen. Ihm war kalt, er zitterte wie im Fieber. Begann das Gift schon zu wirken oder war das nur seine Angst?

»Du hast es schon einmal getan. In Kolumbien«, sagte Morlov. »Es ist ganz einfach.«

Skamper richtete seinen Revolver auf Morlov.

Morlov lächelte. »Die Zeit läuft ab. Du musst dich beeilen.«

»Sag mir, wo das Versteck ist.«

Morlov schüttelte den Kopf. Skamper saß vor ihm mit der Waffe in der Hand. Auf einmal schien Skamper alle Geräusche des Raums überdeutlich wahrzunehmen. Das Ticken der Uhr über dem Tresen, das Summen der Fliegen, angelockt vom Blut der Toten. Und die Bewegungen seiner zitternden Hand. Er blickte so lange auf Morlovs Gesicht, bis es undeutlich wurde und eins mit dem Gesicht Lockrofts, den er vor Jahren getötet hatte. Die Szenerien verschwammen, die Hitze des Dschungels in Kolumbien mit dem blutgetränkten Geruch des Raumes, in dem er saß und mit der Waffe auf Morlov zielte.

Schweiß tropfte von seiner Stirn und sein Schweiß roch nach Angst.

»Paul.«

Die Stimme holte ihn zurück, sie kam vom Eingang. Dora stand dort, mit einer Pistole in der Hand.

Morlov griff nach seiner Waffe, doch bevor er sie auf Dora richten konnte, hatte Skamper abgedrückt, einmal, zweimal, Skamper hatte nicht überlegt, hatte einfach geschossen und die Schüsse rissen Morlov nach hinten auf den Boden.

Skamper stürzte sich sofort auf ihn. Mit zitternden Fingern öffnete er sein Hemd, riss es auf. Er spürte, dass Morlov noch atmete.

Skamper hob den Kopf und sah Dora, die wie eine Schlafwandlerin durch den Raum ging, ihr Blick schweifte über die Toten.

Dann war sie bei Skamper. »Was machst du da?«

Skamper entblößte Morlovs Brust. Auf der Haut waren die Daten eintätowiert. »Hast du etwas zu schreiben?«, fragte er.

Es musste etwas in Skampers Augen sein, dass Dora keine Fragen stellte, sondern einfach nur ihren Stift und den kleinen Block aus ihrer Jackentasche holte.

Skamper diktierte ihr die Zahlen auf Morlovs Brust.

•

Morlov atmete ruhig und tief. Alles hatte sich erfüllt. Er lächelte, ein bewegungsloses Lächeln, das nur in seinem Bewusstsein existierte und nicht nach außen drang. So war es, wenn Freundschaft bis zum Äußersten ging. Morlov öffnete die Augen und sah nach links. Alles ging leicht, dabei wusste er, dass in jeder Sekunde der Strom des Lebens aus ihm floss und schwächer wurde.

Der Graue saß auf einem Stuhl. Er stand auf, kam näher und kniete sich neben ihn. Er blickte ihn fast zärtlich an.

Und Morlov wusste auf einmal, wer er war. Der Graue war der Mann, den er bei einer Bergwanderung getötet hatte. Der Graue war Boris Vanderhorst.

»Ist es jetzt zu Ende?«, fragte Morlov.

»Ja«, sagte der Graue.

Morlov lächelte, dann schloss er wieder die Augen. Alles verließ ihn, so wie er alles verließ, den Raum, die Toten und die Welt. Morlov atmete noch einmal aus, dann starb er.

•

Skamper und Dora stürzten aus der Gaststätte ins Freie. Skamper sah auf seine Uhr. Es war kurz nach vier Uhr.

»Jetzt erklär mir doch, was los ist«, sagte Dora.

Skamper antwortete nicht auf ihre Frage. »Wo hast du dein Auto?«

»Dort, wo auch deins ist.«

In diesem Moment erschienen Jasmin und Arabella. Die beiden blieben stehen, als sie Skamper erblickten. Skamper hatte auf einmal einen Hustenanfall. Er schluckte, würgte.

»Jetzt erklär endlich, was hier eigentlich los ist«, sagte Dora.

»Wir haben Schüsse gehört«, sagte Jasmin. »Wir hatten furchtbare Angst.« Sie kam näher und umarmte ihren Vater. Der ließ es geschehen, löste sich dann von ihr.

»Wir müssen ein Versteck finden, Dora hat die GPS-Daten. Wir haben nur vier Stunden.« Skamper wurde für einen Moment schwindlig. Er stützte sich mit den Händen auf den Knien ab. Alles drehte sich.

»Wir rufen einen Krankenwagen …«

Skamper unterbrach Dora. »Kapier doch, wir haben keine Zeit. Er hat mir ein Gift injiziert. Es wirkt in vier Stunden. Und die einzige Chance ist, dass wir das Versteck finden. Dort ist das Gegengift.«

Auf dem Weg erzählte Skamper in hastigen Worten, was in der Gaststätte geschehen war. Sie waren durch den Wald gestolpert, Dora und Arabella wollten ihn stützen, aber er machte eine abwehrende Bewegung. Noch spürte er nur eine leichte Schwäche und manchmal einen Schwindel, der wieder vorbeiging.

»Wir fahren mit meinem Auto«, sagte Dora, als sie zu den Autos kamen. Skamper zwängte sich auf den Beifahrersitz. Sobald alle saßen, gab Arabella die GPS-Daten in ihr Handy ein. Skamper schloss die Augen. Er versuchte seinen Puls zu beruhigen.

»Vielleicht könnte die Uniklinik in Erlangen was machen. Da gibt es eine Abteilung, die ist auf so was spezialisiert«, sagte Dora.

»Die müssten aber wissen, was das für ein Gift ist«, sagte Skamper.

»Wie viel Zeit haben wir noch?«, fragte Jasmin.

Skamper sah auf die Uhr. »Ich schätze, noch ein bisschen mehr als drei Stunden.«

»Es ist im Reichswald, in der Nähe vom Flughafen«, sagte Arabella von hinten. »Ungefähr dreißig Kilometer von hier.«

Dora drehte sofort den Zündschlüssel um und legte den ersten Gang ein.

Skamper hörte, wie Dora neben ihm im Präsidium anrief und mit ihrem Kollegen Schmidt sprach. Sie gab ihm die GPS-Daten durch. Schmidt sollte sofort Kollegen losschicken. Vielleicht würden die etwas finden. »Und ein Arzt«, sagte Dora, »wir brauchen unbedingt einen Arzt.«

Skamper hörte die Worte, aber er hatte auf einmal das Gefühl, als hätten sie nichts mit ihm zu tun, als würde irgendwo ein Radio laufen, auf das niemand achtete.

Die GPS-Daten führten sie zu einem kleinen Feldweg, der über eine Wiese in den Reichswald führte. Sie stellten das Auto an einer Einbuchtung ab. Skamper erinnerte sich, dass er hier vor Jahren eine Fahrradtour gemacht hatte.

Wo sie parkten, standen schon zwei Polizeiautos und ein Krankenwagen. Als Skamper ausstieg, spürte er wieder einen leichten Schwindel, stützte sich mit der Hand an der Türöffnung ab und wartete, bis es vorbei war. Er hatte das Gefühl, als hätte sich ein Schleier über seine Wahrnehmung gelegt.

Ein Mann stand neben ihm, der immer wieder fragte: »Können Sie mich hören?«, und es dauerte eine Weile, bis Skamper begriff, dass die Frage an ihn gerichtet war, und er nickte und spürte dann einen kleinen Schmerz, wie ein Insektenstich. Der Arzt hatte ihm eine Spritze gegeben.

Er sah Schmidt neben Arabella stehen, sein Mund bewegte sich die ganze Zeit, er sagte etwas, doch die Worte erreichten ihn nicht, bis er plötzlich einen Satz hörte: »Wir haben etwas gefunden.« Schmidt sagte es immer wieder und sie gingen alle den Feldweg hoch, der in den Wald führte. Auf einmal war ein junger Beamter neben Skamper, der ihn stützen wollte, doch Skamper fühlte sich jetzt wieder besser, es musste die Spritze gewesen sein, die ihm der Arzt gegeben hatte. Er stolperte hinter Dora und Schmidt her, neben ihm war Jasmin, die manchmal etwas sagte, und hinter ihm Arabella, aber Skamper achtete nur auf den Weg, konzentrierte sich mit aller Kraft darauf, nicht zu stolpern, einfach weiterzugehen. Sie hatten etwas gefunden, hatte Schmidt gesagt.

Dann blieben alle stehen und es war einer der seltenen Momente während dieser Suche, dass Skamper einen klaren Blick hatte.

Sie waren auf einer kleinen Lichtung, im letzten Herbst hatte es einen schweren Sturm gegeben, der eine Schneise in den Wald geschlagen hatte. Nur ein paar Bäume reckten ihre dürren Äste in den Himmel. Vor ihnen war Gebüsch, dahinter Wiese und dann sah Skamper die Beamten, die vor etwas standen und auf sie warteten.

Sie hatten Leichenteile ausgegraben. Während sie näher kamen, erzählte Schmidt, dass sie eine Hand gesehen hätten. Sofort, nachdem sie die Stelle gefunden hatten, die ihnen Dora am Telefon genannt hatte, hätten sie die Hand entdeckt. Der Arm war hinter einem Gebüsch im Boden eingegraben gewesen, die Hand hatte aus der Erde geragt und zum Himmel gedeutet. Skamper musste an den Arm denken, den sie am Glatzenstein gesehen hatten.

Sie hätten sofort angefangen zu graben und hätten auch gleich einen Rumpf im Boden gefunden. Einen Rumpf, dem der

Kopf fehlte. Der Leichnam sei erstaunlich frisch, vielleicht hatte man den Rumpf in einem Eisschrank aufbewahrt. Dies alles erzählte Schmidt, während sie zu den Beamten gingen.

Die Leiche war weiß und aufgedunsen, als wäre sie im Wasser gewesen, der Kopf war so sauber vom Hals getrennt worden, dass die Ränder künstlich wirkten, wie der Rumpf einer Schaufensterpuppe. Skamper nahm alle diese Eindrücke in sich auf und dann sah er die blutig eingeritzte Frage auf der Brust des Toten: »Welchen Fehler machte Boris Vanderhorst?«

Skamper murmelte die Frage vor sich hin, wiederholte sie, wurde lauter: »Welchen Fehler machte Boris Vanderhorst?« und sah auf einmal, dass ihn alle anstarrten, und im Blick von Jasmin erkannte er Angst. Angst, dass er durchdrehen würde, dass es schon zu spät war, dass sie das Versteck nicht finden würden.

Skamper stoppte mitten im Satz. Er setzte sich auf den Boden, starrte vor sich hin. Freundschaft, dachte er, vielleicht ist Freundschaft das Wort, aber dann fragte er sich, wie sie das zu dem Versteck führen sollte, denn das hier war nicht das Versteck, hier gab es nur den Hinweis, der sie zum *Final* bringen sollte.

Dora hockte sich neben ihn. »Hast du eine Ahnung, was das bedeuten könnte?« Sie sprach langsam und betonte jedes Wort.

Skamper sah sie an, schüttelte den Kopf.

Auf einmal war er so müde, dass er sich am liebsten ins Gras gelegt hätte, es hatte keinen Sinn mehr, er konnte hier liegen und warten, bis es zu Ende ging.

Dann blickte er sich um und sah, dass alle stumm um ihn standen, die zwei Polizisten, die den Leichnam ausgegraben hatten, der Beamte, der neben Skamper gegangen war, der Arzt, Dora, Schmidt und Arabella. Jasmin war nicht da. Wo war Jasmin?

Skamper glaubte ihre Ratlosigkeit hören zu können und sie dröhnte in seinem Kopf.

»Ich habe etwas entdeckt.«

Skamper sah auf. Jasmin stand auf einmal vor ihm. »Es gibt hier drei Wege, die weiterführen. Und an jedem ist ein Buchstabe. Ein S, ein K und ein V. Das ist ganz frisch gestrichen.«

Morlov hatte den Weg markiert. Sie mussten den Buchstaben folgen, und die Buchstaben erhielt man, wenn man die Frage richtig beantwortete. Die Erkenntnis durchfuhr Skamper wie ein heißes Fieber.

»Vertrauen«, sagte er. »Das Wort ist Vertrauen.«

Sie hasteten durch den Wald, Skamper wusste nicht, wie lange sie schon den Buchstaben folgten, die Morlov an die Bäume geschrieben hatte. Aber dass sie auf dem richtigen Weg waren, dass auf den Buchstaben V ein E gefolgt war, und dass sie dann an irgendwelchen Bäumen auf ihrem Weg ein R und ein T gesehen hatten, gab Skamper Kraft. Vertrauen. Er musste vertrauen, dass Morlov sich keinen tödlichen Scherz erlaubt hatte, dass sie am Ende dieser Schnitzeljagd tatsächlich ein Versteck finden würden, in dem sich das Gegenmittel befand.

Skamper wusste nicht, wie spät es war. Die Sonne stand niedrig, er sah die Wolken am Himmel, sie waren rot, als hätte sich die Sonne darin eingebrannt. Das hieß, dass am nächsten Morgen schönes Wetter sein würde. Er wollte diesen Morgen noch erleben, einen Moment lang stellte er sich vor, wie er am nächsten Morgen erwachen würde, wie er in die Küche gehen und zuerst einen Kaffee machen würde, so wie er es jeden Morgen tat. Er würde wie jeden Morgen im Küchenschrank nach seiner blauen Tasse suchen, die einzige Tasse, auf der nicht irgendeine Comicfigur aufgemalt war. Er versuchte, sich die Bilder so deutlich wie möglich vor Augen zu rufen. Wenn er nur die Kraft hätte, sich den Morgen vorzustellen, dann würde er ihn auch erleben.

»Ein U, hier ist ein U.« Arabella hatte es geschrien, und ihre Botschaft war wie ein Adrenalinstoß, der Skamper wieder vorwärtstrieb. Es war nicht mehr weit, es fehlten nur noch ein E und ein N und dann würden sie das Versteck finden, das Gegenmittel, und Skamper würde den nächsten Tag erleben, würde sich einen Kaffee in der Küche machen und nach draußen sehen und sehen, dass die Sonne schien, so wie es die roten Wolken vorausgesagt hatten.

Weiter, immer weiter. Zwei Polizisten hatten Skamper untergehakt, er spürte, wie ihn die Kräfte verließen, weiter, immer weiter.

»Da ist ein E«, rief jemand und wieder trieb etwas Skamper voran, er würde es schaffen, er würde leben.

Dann blieben sie plötzlich stehen. Skamper wollte seine Beine weiterbewegen, aber die beiden Männer, die ihn hielten, hatten gestoppt.

Es ging nicht mehr weiter. Ungefähr fünfzig Meter vor ihnen war ein mit Büschen bewachsener Hügel, der steil nach oben führte. Rechts und links war Wald und vor ihnen ein Waldstück, in dem der Sturm vom letzten Frühjahr nur noch ein paar kümmerliche Bäume übriggelassen hatte.

Skamper riss sich los von den beiden Männern, er stolperte weiter zu einem abgesägten Baumstamm, auf den er sich setzte. Sein Herz pochte, das Pochen schien jede Faser seines Körpers zu erfassen, er atmete schwer, er kam nicht mehr nach mit dem Atmen, aber er musste durchhalten.

»Es gibt kein N.« Arabella hatte das gesagt, ihre Stimme klang panisch und ihre Worte hallten in seinem Bewusstsein nach. Es gibt kein N. Aber es musste ein N geben.

Skamper versuchte sich zu orientieren, alles verschwamm vor seinen Augen, wurde undeutlich, aber er durfte jetzt nicht aufgeben, er hatte nicht mehr viel Zeit, vielleicht eine halbe Stunde, die Abenddämmerung hatte eingesetzt.

Skamper nahm noch einmal alle Kraft zusammen, er blinzelte, konzentrierte sich und dann wurden die Bilder klar, er sah, dass die Beamten, Arabella und Jasmin überall den Boden absuchten. Dora erkannte er rechts im Wald, alle suchten sie, ob irgendwo dieser verdammte Buchstabe war.

Skamper blickte zum Himmel, die Sonnenstrahlen durchbrachen an einigen Stellen die rote Wolkenwand über der Anhöhe, irgendwo dahinter war die Sonne. Ich möchte noch einmal die Sonne sehen, dachte Skamper. Und dann riss die Wolkendecke auf und der große, gelbe Ball erschien über dem Hügel und Skamper kniff die Lider zusammen, spürte die Wärme in seinem Gesicht und dann sah er das N. Zwei Bäume, ungefähr dreißig Meter vor ihm. Zwei Bäume, die der Sturm im Herbst übrig gelassen hatte. Sie warfen einen Schatten und der Schatten bildete ein großes N vor ihnen.

Skamper war so aufgeregt, dass er kaum atmen konnte, er sah sich um, aber niemand beachtete ihn, alle waren sie auf der Suche nach diesem N, das so einfach zu sehen war, man musste nur auf den Schatten der zwei Bäume achten. Ein Baum hatte einen starken Ast, der gleich am Stamm begann und nach oben führte zum kahlen Wipfel des zweiten Baumes, und der Baum, sein Ast und der Stamm daneben bildeten das N. Man musste nur genau hinsehen. Skamper schrie, aber die Stimme versagte ihm, er fing an zu winken, mit letzter Kraft, und dann erblickte er Dora, die irgendetwas gemerkt haben musste, denn sie rannte zu ihm. Skamper deutete auf das große Schatten-N und sein Mund formte immer wieder, »da ist es, bei den Bäumen, sucht bei den Bäumen«, und dann sah es auch Dora.

Skamper fiel in eine tiefe Dunkelheit. Immer tiefer und weiter und er ließ sich fallen, weil die Müdigkeit zu stark war, weil er nicht mehr kämpfen konnte, weil er alles getan hatte.

•

Skamper wachte erst am nächsten Morgen wieder auf. Wie nach einer ewigen Reise durch die Nacht erschien ihm ein Licht in der Ferne, das ihm den Weg aus der Dunkelheit wies. Aber noch war er gefangen in einer Welt zwischen Schlaf und Erwachen. Bilder tauchten auf, rasten an ihm vorbei und dann war er wieder im Dschungel und lag auf dem Boden. Über sich sah er einen Himmel aus Blättern und Ästen.

Ich muss alles geträumt haben, dachte er. Es hatte angefangen mit einem Vortrag in einem Saal über seine Schatzsuche in Südamerika, er hatte nach einer toten Hand in einem Felsen gesucht, er war abgestürzt und in einem Krankenhaus erwacht, er hatte einen Mann erschossen und auf einer kleinen Lichtung in der Abenddämmerung gelegen.

Wie war der Traum nur ausgegangen? Jemand hatte ihn vergiftet, aber sie hatten nach dem Gegengift gesucht. Hatten sie es gefunden, war er im Traum gerettet worden? Er würde es nicht erfahren, weil er wieder aufgewacht war oder immer noch hier lag. Oder gehörte das zum Traum und er schlief immer noch und der Traum hatte viel früher angefangen, bevor er nach Kolumbien gegangen war, um einen Schatz zu finden?

Und am Ende des Traums lag er hier. Unter einem Himmel aus Blättern und Ästen und wartete, bis der Tag verging und die Nacht, und wartete, bis er ein Blatt wurde, ein Baum, ein Tropfen im Fluss, bis es zu Ende war.

Aber es war nicht zu Ende.

Der Himmel aus Blättern und Ästen über ihm verschwand, einen Augenblick sah er nur noch Schwärze. Und dann glaubte Skamper etwas zu hören.

»Mach die Augen auf!« Eine Stimme flüsterte in seinem Kopf, leise und eindringlich. Aber er wollte die Augen noch nicht öffnen.

Er wollte seinen Traum festhalten, doch die Welt zwischen Schlafen und Wachen entglitt ihm, und plötzlich wusste er, dass er träumte und gleich erwachen würde.

Er war nicht im Dschungel Kolumbiens geblieben, irgendwann war er aufgestanden, irgendwann hatte er den Himmel aus Blättern und Ästen verlassen und die Hitze und die Moskitos, die um ihn schwirrten. Irgendwann hatte er den ersten Schritt gemacht zu einer Reise, die ihn bis hierher geführt hatte.

Als Skamper die Augen öffnete, lag er in einem Krankenzimmer und vor ihm befand sich eine weiße Wand, an der ein Kalender hing. Das Bild zeigte eine Gebirgslandschaft im Frühling.

Auf einmal war alles wieder da. Die Geschehnisse im Reichswald, der Schatten der Bäume, der ein N geworfen hatte, der letzte Buchstabe zum Wort »Vertrauen«, sie hatten ihn gefunden.

Dann sah Skamper Jasmin. Sie saß auf einem Stuhl neben einem kleinen Tisch. Ihre Augen waren geschlossen, sie schlief und Skamper blickte sie lange an. Er wollte etwas sagen, sie wecken, aber dann ließ er es, das hatte Zeit.

Skamper sah auf eine Uhr über der Tür. Zehn Uhr, er musste über zwölf Stunden geschlafen haben.

Langsam richtete er sich auf. Er fühlte sich etwas benommen, aber dann stand er auf und ging zum Fenster. Draußen war der Himmel blau, die Sonne schien, so wie es die roten Wolken am Abend vorausgesagt hatten, so wie er es sich vorgestellt hatte auf dem Weg durch den Wald.

Bitte beachten Sie auch folgende Buchhinweise.

Buchhinweise

ISBN 978-3-86680-564-4 | 13,90 € [D]

Sechs Jahre ist die deutsch-tschechische Grenze nun schon geöffnet, die Menschen haben sich an die Besuche im Nachbarland gewöhnt. Doch nicht nur harmlose Einkäufer und Waren passieren die Grenze …

Ein in Oberfranken angesiedelter Regionalkrimi, der nicht nur spannende Lesenachmittage verspricht, sondern auch zur Diskussion anregt.

Bayern 5

ISBN 978-3-86680-757-0 | 9,90 € [D]

Nur ein Wochenende auf dem Land, hieß es, um die Familie der Verlobten kennenzulernen. Von der Außenwelt abgeschnitten, muss Tillmann mit ansehen, wie ein Familienmitglied nach dem anderen einem unsichtbaren Mörder zum Opfer fällt. Das kann doch alles gar nicht wahr sein … Ein famoser Krimispaß in bester angelsächsischer Tradition.

Kurz, knapp und voller Spannung hat man mit diesem Buch einen kurzweiligen Krimi in der Hand, in dem auch der Humor nicht zu kurz kommt.

Suite101.de

Buchhinweise

ISBN 978-3-86680-761-7 | 12,00 € [D]

Die schöne Agnes lernt 1428 im Badehaus ihres Vaters einen ungewöhnlichen jungen Mann kennen. Sie weiß nicht, dass es sich um den Thronfolger des Herzogtums Bayern, Albrecht von Wittelsbach, handelt. Beide verlieben sich ineinander und heiraten heimlich. Doch Albrechts Vater Ernst, der Herzog von Bayern, fürchtet ob der unstandesgemäßen Heirat seines Sohnes mit einer Bürgerlichen um den Fortbestand der Wittelsbacher Dynastie. Als ihm Albrecht den Gehorsam verweigert und sich mutig zu seiner Liebe zu Agnes bekennt, eröffnet Ernst die Jagd auf die junge Frau.

Wer sich für Geschichte interessiert und gern historische Romane liest, ist bei diesem Roman bestens aufgehoben.

BOOK LOUNGE

Weitere Krimis und Romane finden Sie unter:
www.sutton-belletristik.de